分行行长

FENHANG HANGZHANG

胡金华 著

中国文史出版社
CHINA CULTURAL AND HISTORICAL PRESS

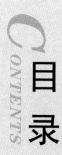

目录

营业所里的说唱脸谱

沙 窝 里

镇子叫沙窝里，傍山而建，半月亮形，集镇长约一公里，有四千多居住人口，在二十世纪八十年代末九十年代初的赣西北幕阜山区，这样的集镇规模已算很繁华了。镇政府扎在镇子的东头，有一个院子，两层办公楼。镇政府对面是镇里的大礼堂，是镇里开大会与文化活动的中心，两层楼结构的混凝土建筑，一楼是镇文化站，二楼放电影，礼堂里有能容纳八百多人的座椅。紧邻镇政府的就是营业所，也就是银行，集镇的街道两边，从东往西数，紧挨营业所的是司法所，司法所对面是林站，林站对面又是财政所，然后是邮电所、法庭、派出所、税务所、供销社、卫生院、工商所、粮管所、农技站、供电所、食品站等等站所单位，最西头占地面积最大的是镇中学、镇中心小学。沙窝里镇面积有一百多平方公里，下辖十几个行政村，人口有一万八千多，每月的十六号是赶集日，集镇上车水马龙，满街都是人流，热闹非凡。营业所里存钱的、取钱的，办

1

理业务的也是川流不息。金融是经济的核心，于是营业所里的各色人等也就演绎出了许多令人津津乐道的故事……

所主任老龚

在镇上，营业所主任老龚可是一个响当当的人物。镇里的人私下里称他是三把手，什么意思呢？就是说镇里书记是一把手，镇长是二把手，老龚是三把手。镇里还有副书记、副镇长若干个，老龚怎么能被人称上三把手呢？镇里人解释说所谓三把手是指老龚的话语权仅次于书记、镇长。一个营业所主任有何能耐让镇里的人这么看重？老龚是营业所主任，当时营业所管辖信用社，老龚同时又兼着信用社的主任，信用社离营业所一百多米远，除了老龚，还有一个会计、一个出纳、两个信贷员共四个人。老龚既当营业所主任又兼信用社主任，手上是又有权又有钱，企业也好，个人也罢，要想发展谁能离得开资金支持？于是乡镇企业老板要去找他，个体经营户要去求他，春耕时节，农民买种子买化肥都要去找信用社贷款，老龚坐在一个这样的位置上，能不威风八面、掷地有声吗？所以老龚走到哪儿，人家都是一口一个龚主任，又是敬烟又是递茶，奉若上宾。镇上的酒店里，常常见到老龚与人觥筹交错，把盏言欢。

奠定老龚三把手位置的还有一个典故，有一次镇里的三把手——党委副书记、常务副镇长吕华勇去南坪村处理一个山林权纠纷案，现场吵得一团糟，怎么样也平息不下来。派出所干警在一旁看着也是干着急，老龚去村信用站检查工作刚好从那里路过，了解完事情

2

原委之后，挑头的一个刺头被老龚叫过去附在他耳边嘀咕了几声，那刺头马上就软和下来了，双方偃旗息鼓，接受了调解。此事传回镇上，老龚是镇上三把手的传闻也就不胫而走。

其实并非老龚有那么大的能耐能让那刺头言听计从。原来是那刺头办了一个木材加工厂，向信用社申请了一笔八万元的流动资金贷款，申请书还捏在老龚的手里，老龚附在那刺头耳朵边说，你给吕书记一个面子吧，你那八万元贷款明天我给你批了。俗话说：一文钱难倒英雄汉！那刺头正为厂里的流动资金发愁，老龚捏着他的申请书就像捏着了他的命门，如今老龚一说明天就批款，刺头脑袋骨碌一转，立马就软下来做个顺手人情，既给老龚的面子又给了吕书记的面子，何乐而不为呢！

一个巴掌拍不响，刺头这边软下来了，另一边也就见好就收，刚才还硝烟弥漫的现场，霎时间也就烟消云散。吕书记十分感激地握着老龚的手，附在他耳边说，龚主任，回去我请你吃饭！

营业所除所主任老龚外，还有其他五个人，一个是辅导员老方，老方主要是辅导信用社、信用站的工作，年龄比老龚还要大两岁，另外四个都是年轻人，一个是女会计小范，一个是女出纳小杜，剩余两个都是男信贷员：金胖子与柳高个。老龚在镇上活得有头有脸、八面威风，在所里员工面前，他倒不敢恃权摆威，而是满脸和蔼。所里这六个人，老龚、老方是本地人，柳高个是邻县石门镇人，而小范、小杜、金胖子三个都是县城人。城里人都有一种虚荣心，瞧不起乡下人。老龚虽是所主任，但身上那种乡土气怎么也脱不掉，所以小范、小杜、金胖子打心眼里还是瞧不起老龚的，尤其是金胖子，他父亲就是县支行的副行长，更有优越感，嘴上虽不说，心里更是不尿老龚。老龚也知道，这些城里长大的娃，能做好本职工作就成，只要不添乱，就算烧了高香，别指望还能干出一番什么业绩，管理上过得去就行。

老龚一开口说话，话尾巴上爱带一句口头语："……的话呢。"那天金胖子的父亲来所里检查工作，老龚汇报了约半个小时，金胖子就坐在下面数，不到半个小时的汇报，老龚的口头语"……的话呢。"一共讲了五十六个。老龚的汇报是这样的：今天的话呢，是金行长来所里检查工作，我代表所里的话呢，对金行长一行的到来表示热烈欢迎。今天汇报的话呢，我讲三个方面，第一个方面的话呢，是存款方面的工作……第二个方面的话呢，是贷款支持春耕生产方面的工作……金行长讲完话后，老龚又说：刚才的话呢，金行长对我们的工作做了指示，下一步的话呢，我们要认真领会，贯彻执行，不然的话呢，我们的工作就会被动……事后，金胖子在小范、小杜面前学老龚的汇报，学得惟妙惟肖，把个小范、小杜笑得差点背过气去。

老龚在当所主任之前做过信用社的会计、信贷员与信用社主任，后来银行干部扩编，老龚就转为了银行干部。刚好那年所里的老主任退休，支行考虑老龚在镇里人缘地熟，就让老龚接了班，当了所主任兼信用社主任。

老龚能吃苦，全镇一百多平方公里的地形地貌，农户家庭的人口、经济状况都了然于心，人们私下里又称老龚是镇里的"活地图"。

老龚身高一米六二，长一张刀条脸，爱梳一个大背头，走路喜欢双手反剪在后臀上。

老龚的老婆在镇里的企业办做出纳，育有三个小孩，大女儿考取了大学，二女儿读高中，小儿子读初中，一家人的日子过得其乐融融。

许多的事物与人生的命运总会在时间的流逝中而变幻莫测，几年之后，老龚家那其乐融融的日子突然戛然而止，老龚的辉煌人生从高耸的山峰直坠幽深的山谷。

辅导员老方

老方在所里年龄最长，是一个银行老职员了。镇里信用社下面有十几个村信用站，老方主要是做信用社、站的业务辅导、业务检查、统计报表等方面的工作。所里这边员工休假顶班，突击性的揽存、收贷等等当然也要参加，对老龚分派的任务，老方再忙也从不推诿，任劳任怨，所里人都称老方是头"老黄牛"。年底评优评先，老方民主得票率最高，年年受到县支行奖励表彰。

银行也好，信用社也好，当时对贷款的发放有一个"三查"制度，叫"贷前调查、贷时审查、贷后检查"。这个制度坚持得好，贷款质量就高，就不会形成逾期贷款和呆账贷款，但很长一段时期，银行与信用社都出现过信贷管理粗放，"三查"制度形同虚设，图形式走过场，让有些手握信贷大权的人钻了管理的漏洞，造成了大量的贷款损失，有些人甚至走上了犯罪的道路。

老方人老实，做事一板一眼，却是一个很有心计的人，老龚与他共事几年，并未发现老方有这种优点，对老方也就没有半点提防。在老龚当营业所主任的第三年，有一次老方在对信用社的贷款进行贷后检查时，逐渐发现了老龚违规的一些蛛丝马迹，老方用本子暗暗记上，同时开始留意老龚的生活动向。

几次远远地跟踪后，老方发现老龚与镇上人称为"阿庆嫂"的个体户肖金红果然过往甚密。有一天晚上，老方竟发现老龚一钻进肖金红的家里，二楼肖金红住房的灯光一下子就灭了。老方证实了自己的判断，老龚与"阿庆嫂"已沆瀣一气。

老方是在一次对村信用站的贷款检查中发现了肖金红同一个名字在多个信用站有贷款，而且每笔金额都在一万至二万不等，贷款总额达到了十万多元，而每笔贷款的审批人都是老龚，这引起了老方的警觉。

肖金红老方也是认识的，但并未打过什么交道。肖金红原来在镇上开一间个体小南杂店，做了几年生意也未见很大起色。肖金红年龄三十挂零，老公跑运输，生有一个女孩。肖金红长得颇有一番姿色，瓜子脸，柳叶眉，一笑两酒窝圆圆的，为人八面玲珑，镇上人就称她为"阿庆嫂"。

肖金红自从搭上了老龚，生意扩展得很快，由一间原来十几平方米的小南杂店，连扩三间店面，变成了一个一百多平方米的小商场，商场货架上琳琅满目，还请了两个中年妇女帮她卖货，商场里的商品价值加上库房的存货少说也不下五十万元。

老方去肖金红的商场里溜达过好几回，借故买点东西，实际上是去测算她的商品价值。从肖金红的商品价值里，老方揣摩老龚可能还通过其他手段帮肖金红融了资。

果然不久,老方对几笔发放额度较大而且借款人是在其他乡镇的个体贷款去上门核对时,对方看着借据竟目瞪口呆,连说见鬼了,见鬼了,我又没贷款,怎么我的身份证复印件装在借据里呢?……老方回来后核查当时贷款对应的资金去向,竟发现这几笔资金都转入了肖金红在县城里其他银行的一个存款账户中,老方才恍然大悟。

老方把逐笔已核查清楚的贷款用本子记上,因怀疑还有未核查清楚的,因此老方不动声色,既未惊动老龚,也未向县支行报告,他想看老龚下一步还想怎样表演,还能否进一步挖出铁的证据。

信用社的贷款有一个最明显的特点就是春放秋收,县支行信用合作股是以每年七月三十一日的贷款余额为基数,下达下半年后五个月的收贷任务目标,并进行考核。那个年代信用社的业务考核指标就三项:存款净增额、贷款收回额、利润,考核很简单。一个年度过去以后,老方发现,老龚发放的那几笔个人贷款都没有按期收回,都成了逾期贷款,而且逾期的原因五花八门,有一笔是借款人因病死亡,有一笔是借款人遭遇交通事故身亡,有两笔是借款人遭受山洪,一个砖厂被冲毁,一个猪场被冲垮,几十头生猪被洪水冲走,总金额三十多万元。以上的这些贷款所述的逾期原因,其实埋下了一个重要的伏笔。根据信贷管理办法,凡借款者死亡或借款人遭遇特大自然灾害遭受重大损失的,其贷款可以核销。贷款形态由逾期贷款转为呆账贷款,下半年再通过审批以后,办理正式核销手续。这笔贷款就算一笔勾销了。

果然,老龚下半年在上报需要核销的贷款时,这几笔贷款全部上报了，而且不久也审批下来了，老龚叫会计全部及时进行了账务核销处理。

老龚的这一种违法犯罪行为，令老方十分惊愕，老方深深地吸了一口冷气，再不制止老龚这种犯罪行为，国家的信贷资金今后还将蒙受更大的损失。老龚啊老龚，你这个吃里爬外的蛀虫！为了一个女人，你竟走上犯罪的歧路！老方心里咒骂着老龚，将手中掌握的所有证据资料整理完毕，匿名寄了一份给县支行监察室，一份寄给了县检察院。

检察院一接到翔实的线索举报，迅速派人下来核查，果真证据确凿，老龚当即就被干警铐走带上了警车。

老龚后来被检察院以"伪造虚假资料贷款罪"提起公诉，判处有期徒刑三年。老龚的辉煌人生从高耸的山峰直坠幽深的山谷。

后来据说老龚写了一份悔过书，字数不多，却无比精辟。大概内容是：我在一块巴掌大的地方，却犯了一个天大的错误，该死该死！

会计员小范

营业所的会计小范长得娇小玲珑，老龚当所主任的那年她二十六岁，已婚，她老公易旭东是她的初中同学，做建筑包工头，俩人生育一个儿子。易旭东挣了一点钱，但也花天酒地，风流偶傥。易旭东在外面彩旗飘飘，对妻子小范却是百依百顺。易旭东曾大言不惭地对别人说，男人嘛，在外面怎么花都行，但家里老婆这杆旗千

8

万不能倒。

小范最大的喜爱是唱歌，但那时镇里的文化生活还是很单调的，营业所的斜对面是镇文化站，文化站魏站长却是一个多面手，吹弹歌唱样样在行，尤其手风琴拉得好，只要魏站长在家，小范一到晚上就经常去魏站长那里唱歌，魏站长拉手风琴伴奏，小范就甜美美地展开歌喉。

镇文化站就魏站长一个人，他既是站长又是员工。文化站有一个图书室，每周一、三、五对外开放，魏站长还要兼做电影放映员，每周六在大礼堂放一场电影。如果下面村里有人结婚、做寿，需要放电影的，也会有偿地来请魏站长下去放一场电影给村民看。所以，魏站长也是忙得团团转。若遇上县里搞乡镇文艺会演，挑选演员、编排节目、定做服装、演出彩排……那魏站长忙得是裤裆里都是汗。

魏站长个头不高，长相还有点偏丑，四十挨边年纪，肚子有点微微发福。他老婆是个农村妇女，家住在月山村，有三个小孩，大女儿高中毕业后去了南方打工，二女儿读高中，小儿子读初中。

小范晚上经常去文化站魏站长那里唱歌，久而久之，镇上就有一些风言风语传了出来，说魏站长老牛吃嫩草。而小范纯真，全然懵懂不知。

魏站长曾有一段风流韵事在镇里的茶楼酒肆流传过的，但到底是真还是假，却无从考证。

镇上有一间洗头坊，洗头坊只洗头不剪头，楼上有三间按摩包房。开洗头坊的女人叫秦三月，她是镇里秦铁匠的小女儿。秦三月初中毕业就去了南方打工，最早受到改革开放之初性解放思潮的影

9

响，在南方做了多年的坐台小姐。秦三月到了二十八岁，男大当婚，女大当嫁，才回到镇里，嫁给了小学同学许木根。许木根是个木匠，为人老实巴交，嘴巴像他名字一样木讷，用磨盘也压不出一个屁来，三十岁了还迟迟找不上老婆。秦三月回来后，经人一撮合，俩人也就成了家。但结婚几年，秦三月肚子里就是不见动静，最后只好抱养了一个女儿。秦三月回来后的第二年开了一间洗头坊，雇了三个小妹，提供洗头、按摩服务。镇里人明里不说，暗里都知道洗头坊就是一个"玩那事"的地方。

秦三月长得丰腴饱满，两个乳峰用文胸包着还颤颤悠悠的，煞是诱人眼球。

秦三月也爱唱歌，在未开洗头坊之前，有一段时间晚上经常往魏站长那里跑，魏站长拉琴，秦三月唱歌，配合得相当默契。后来，据说有一天晚上突然停了电，琴停了，歌停了，却未见秦三月从文化站走出来。还有好事者说，有人去文化站趴了墙根，说魏站长与秦三月一个晚上都没消停，把个秦三月舒服得哼哼叽叽。

这些传闻，小范当然不知。小范身正不怕影歪，只要魏站长晚上在文化站，依然就会跑过去唱歌。

小范平时都住在营业所，会计、出纳晚上要守库，只有周末才能回县城。有时小范的老公易旭东也会开车过来住一住。但不知何时，说魏站长与小范有染的小道消息竟传进了易旭东的耳朵里。

易旭东是一个醋坛子，自己在外胡搞乱来不觉得有半点对不起老婆，而一听说老婆在外有染，也不管是否属实，就恨得牙根痒痒。易旭东一向在小范面前百依百顺，对小范不敢发作，内心的怒火就全部烧向了魏站长。

易旭东表面上看似平平静静，内心里却在酝酿一个恶狠狠的复仇计划。他要废了魏站长，可怜魏站长却蒙在鼓里毫无知晓。

魏站长经常要去县文化馆办事，还要每周去一次县电影公司拿电影片。魏站长在明处，易旭东在暗处，不久，就让易旭东逮住了机会。

县文化馆召开各乡镇文化站长会议，易旭东雇用了县城的一个叫"锡皮"的罗汉，趁魏站长去散步时，突然袭击，一闷棍将魏站长打昏在地，并用水果刀挑断了魏站长的脚筋。

案件很快就被警方侦破，逃跑去了温州的"锡皮"被警方缉拿归案，一突审，幕后操纵者易旭东就浮出了水面。

"锡皮"就是县城黑道上的一个打手，谁给他钱他就跟谁干活。易旭东是做建筑的包工头，免不了要与黑道上的人打交道，这样就结识了"锡皮"。

两天前易旭东打听到了县文化馆即将召开各乡、镇文化站长会议，就约了"锡皮"在凤尾竹咖啡屋密谈了一番，易旭东先付了两万现金给"锡皮"，并承诺事成之后再给三万。

文化馆会议报到那天，易旭东暗中将魏站长指认给了"锡皮"，"锡皮"就一直跟踪着魏站长的行踪，魏站长吃完晚饭去散步，"锡皮"就一直尾随在后，并趁机下了手。

魏站长从此拄上了双拐。易旭东、"锡皮"因犯故意伤害罪并致人重度伤残，法院判决易旭东有期徒刑八年，"锡皮"有期徒刑五年。

小范知道了事情的原委，悲伤欲绝，浑身哆嗦个不停。她因为魏站长不明不白被易旭东致残而深深内疚自责，同时又为自己竟与一个如此阴险歹毒之人同床共枕多年而恐惧。只有小范清楚，她与魏站长是清白的，而易旭东的不分青红皂白也最终葬送了自己。

小范当机立断，迅速与身陷囹圄的易旭东离了婚，从此分道扬镳。

信贷员金胖子

县支行副行长金圣文有两个儿子，大儿子金道明，小儿子金道文，也就是金胖子。金胖子哥哥金道明高中毕业考取了省城师范学院，毕业后分在了省城的一所中学当化学老师。金胖子没有哥哥那么会读书，他只考取省里的银行学校，那是中专学校，学的专业是农村金融。毕业后金胖子就分配回了父亲所在的银行，安排到了营业所来工作。

体形上金胖子与哥哥截然相反，金胖子身高一米六五，体重一百八十斤，而他哥哥瘦得像只板鸭，一身西服穿在身上都空空荡荡。

营业所的信贷业务当时分为两块：一块是工商信贷业务，比如供销社、粮管所、食品站以及个体工商户的贷款，都属于工商信贷范围，这一块业务所主任老龚就安排了金胖子分管。另一块业务是农业信贷业务，比如乡镇企业、林场、农场、鱼种场以及向农户发放的贷款都属于农业信贷范围，老龚就安排了柳高个分管。

做信贷员的要懂信贷业务，去企业要能查账，看得懂资产负债表、现金流量表、损益表，如果企业要申请贷款，则要先去企业进行贷前调查，并写出调查报告。金胖子是科班出身，在校学过《货币银行学》《信贷管理》《投资银行学》《会计学》等专业课程，加之支行经常举办信贷员培训班，业务长进很快，半年下来，就能完全胜任工商信贷这项工作。

金胖子在学校时就很调皮，参加工作以后也还有点玩世不恭，加之他父亲是支行的副行长，所主任老龚对他也就比较迁就。

金胖子来营业所工作后谈过一个对象，女方在县人民医院做护士，谈了将近一年，却不知怎么的就突然黄了。据说是女方变了卦，失恋的金胖子，那一段时间情绪低落到了冰点。

营业所的建筑设计一般都是一个营业厅对外营业，营业厅内设有会计员室、出纳员室，通常在会计员与出纳员两个住房中间，设有一间"金库"。"金库"都是安在出纳员房间内的，晚上，会计员、出纳员都要在房间里住，叫"守库"，而且每晚对守库人员都有补贴。

会计员小范离婚后，回县城的时间就减少了很多。有一次出纳小杜得了肝炎，医院嘱咐要调养一个月，老龚就安排金胖子代出纳员小杜的班，这样，晚上守库就是会计员小范与金胖子了。那段时间又正是夏天，一男一女在营业厅里守库，而且长达一个月，不知何时起，小范与金胖子守库竟守到了一张床上，待所里人发觉，两个人已如同夫妻，如胶似漆了。

小范那年已二十七岁，而金胖子只有二十三岁。而且小范结过婚，并有了一个四岁的小孩。而金胖子毕竟还未结婚，还是一个年轻的单身小伙子。

这桃色新闻很快就传遍了集镇，传到了县支行，传到了金胖子的父亲金副行长耳朵里。人们都纷纷摇头，不知金胖子搭错了哪根神经。

金副行长心急火燎地赶来了所里，来做儿子工作，并晓之以理，动之以情，陈述利害关系，但好话说了一大箩筐，金胖子就是铁了心，说他就是喜欢小范，一副九头黄牛也拉不回的架式。把个金副行长气得鼻翘嘴歪，恨恨地把老龚也咆哮了一通，说他管理不严，而且麻木不仁，才造成这种丢人现眼的恶果。最后，连饭都没吃，摔上车门拂袖而去。把个老龚晾在那里尴尬得半天都回不过神来⋯⋯

出纳员小杜

出纳员小杜的大名叫杜迟迟。小杜的父母都是县航运公司的职工。小杜的父母结婚多年一直没怀孕，只好去抱养了一个女孩，起名叫杜丁丁。杜丁丁长到六岁的时候，小杜的母亲已三十六岁，突然有一天，小杜的母亲发现自己竟然怀了孕，夫妻俩又惊又喜，由于大龄怀孕，小杜的父母都有一点担心，但怀上了自己的亲生骨肉，冒再大的风险也值。怀孕七个多月，小杜的母亲早产，小杜出生时只有四斤八两，由于父母已算大龄得女，而小杜又是姗姗来迟，父亲就给小杜起名叫杜迟迟。

小杜从小就被父母视为掌上明珠，得到了父母的溺爱，比较以自我为中心，所以在所里不太合群。

小杜谈对象就像换衣服，所里的同事看见她两年多时间谈过五个男朋友，暗地里都不禁摇头！

小杜的第五个男朋友叫申远明，在县城做个体生意，开一间服装店，申远明喜欢留长头发，戴一副近视眼镜，穿花格衣裤，十分时髦。

小杜看样子十分喜爱这个申远明，但最终却让这个申远明给送进了班房。

那一天小杜回县城休礼拜天，与申远明一见面，申远明就苦着一张脸，半声也不吭。小杜忙问申远明遇什么事这么不开心？申远明长长叹了一口气，接着诉苦说，在湖南株洲订了一批服装，而且对方厂家给了很好的优惠价，如果这批服装卖了，最少都能赚两三万，这不正为筹措资金发愁吗？

小杜忙问进这批服装需要多少钱？申远明说总共要十万，自己准备了两万，还缺八万元。还缺这么多？小杜嘀咕了一下。是啊，我四处去借钱，可到处碰壁，人家也都有难处，如果凑不齐钱，这单服装生意只好黄了，我还要损失三千块钱的定金。唉——！申远明又长长地叹息了一声，双手插进长长的头发里。

看着心上人如此痛苦，小杜的心猛地一紧，说，还是我来想想办法吧！

申远明用狐疑的眼光看着女朋友，你来想办法？嗯，小杜抿了一下嘴，果敢地点了点头。

原来，小杜的心里浮上了去挪用一下库款为男朋友解愁的主意。

回到所里后的当晚，杜迟迟就找来一堆的报纸，关起房门，用裁纸刀按百元钞的大小，齐刷刷地裁剪了十把，藏在了床底下。第二天上班后的中午，她从库款里拿出了两把百元大钞，共两万元，中午休息时，又在房间里将裁剪好的十把报纸拿出来，每把报纸的前后两面，夹上十张百元大钞，再用腰条扎好，刚好扎了十把，下午上班时，她故意去打捆，并趁人不注意，将夹有报纸的十把钞币打捆成了一捆，这样不仔细看，以为这一捆百元大钞就是十万元。

杜迟迟狸猫换太子，将换下来的八万元第二天就送给了申远明去株洲进货。

起先两天，杜迟迟心里还有点忐忑，但十多天后，就渐渐把这事淡忘了。

有一天，小杜的母亲因急性阑尾炎住院，姐姐杜丁丁去深圳打工后，已在深圳成家立业，一下子赶不过来。小杜急慌慌地请了两天假去照顾母亲，出纳就由辅导员老方顶班。

老方代出纳班的第二天，林站因销售了一大批木材，缴存了十几万现金，金库里现金太多，所里就准备往县支行上介头寸（头寸是银行对现金的俗称）。按制度规定，上介头寸的营业所要把现金全部打捆盖章，以示负责，老方就把库内大额的现金进行重新捆扎，结果，老方就发现了破绽，有一捆放在保险柜最旮旯里的百元大钞，竟然除了每一扎的两个挡头各有十张现金，中间夹的竟然是一沓沓报纸，一捆百元大钞是十万元，那一捆竟然有八万元是用报纸来充抵的，所主任老龚与当时在场的人都吓傻了眼，这说明杜迟迟挪用了库款。冷静下来的老龚立马向县支行做了报告，县支行立马向公安经侦部门报了案，公安部门火速将杜迟迟拘留。

经突击审查，杜迟迟交代因男朋友缺钱进货，就打起了挪用库款的馊主意，本来想等男朋友进货回来销售后再将钱偷偷补上，不想一下子竟暴露了。公安将申远明也迅速逮了起来，经审问，申远明承认杜迟迟是筹措了八万元现金给他，但一口咬定并不知道杜迟迟挪用了库款，杜迟迟也说没敢同申远明讲那资金是挪用的公款。这样公安也就不好定性杜迟迟与申远明属内外勾结挪用库款，只好把申远明放了。申远明把货物尽快做了处理，将杜迟迟挪用的库款还了。钱虽然弥补上了，但案子已犯了，杜迟迟因挪用公款罪被判处有期徒刑二年。县支行同时开除其公职。一个年轻的姑娘就这样毁了自己的前程。

所主任老龚因管理不严负有领导责任，也受到了行政记过处分，并扣罚半年绩效工资。

信贷员柳高个

在营业里，柳高个这个人是工作最认真、学习最刻苦、最遵守劳动纪律的一个人。

柳高个大名叫柳谷员，身高有一米七八，皮肤黑黑糙糙，身子骨挺结实。

柳高个的父亲是邻县石门镇人，但他父亲一直在义宁县这边银行工作，退休以后才回老家。柳高个高中毕业后去当了兵，三年服役期满，退伍后安置进了银行，分到了沙窝里营业所，其时他父亲还在支行办公室上班，第二年才退休回了老家。

柳高个保留了部队的军人作风，来营业所工作后，先做过一年出纳，营业厅的卫生全是他打扫。第二年才去做信贷员。柳高个学业务很刻苦，不懂就问，做农业信贷这一块，经常骑着一辆自行车，跑林场、跑农场、跑乡镇企业，他掌握的第一手资料最齐，在金胖子与柳高个两个信贷员之中，所主任老龚对柳高个的工作最为放心与信任。

镇办企业松脂厂与造纸厂是镇里的两个骨干企业，松脂厂借了银行贷款四十多万，造纸厂借了银行贷款三十多万，两个厂每年能盈利三四万块钱。镇里要建一幢干部宿舍楼，要这两个厂上缴十万利润给镇政府，企业一时拿不出，镇里竭泽而渔，非逼着两家企业先交不可。两家企业只好从流动资金贷款中拐了一个弯，先将资金汇给外县的一家企业，再由外县的企业将钱汇到镇里的会计账户上，以掩人耳目。结果，柳高个在进行贷后检查时，发现了这两家企业挪用信贷资金给镇里建房，这是典型的违规。县支行领导亲自来找镇领导，要求镇里将挪用的信贷资金归位，否则，今后停止对镇办企业信贷支持，镇里也只好将资金退回。柳高个工作认真负责，得到了支行行长的表扬。这年底，柳高个被评为县支行优秀信贷员。

柳高个工作勤奋，又爱学习，他与所主任老龚共事大约一年半时间。一九九三年下半年考取了省分行的职工中专学校，脱产学习，学制两年。在学校里，柳高个积极上进，在学校里入了党，还当上了校学生会主席，年年被评为优秀学生干部。

柳高个入职工中专学校的头半年，在营业所里就报名了自学考试大专课程，职工中专毕业时，自学考试的大专学历也同时拿到了手。

柳高个毕业回来，正好遇上所主任老龚出事，被检察院逮起来了。县支行根据柳高个过去的工作表现与在校的表现，聘任柳高个担任沙窝里营业所主任。

柳高个接任主任时，所里除了辅导员老方还在，老龚已被检察院拘押，金胖子与会计小范也调走了。那次守库，金胖子在小范的肚子里种下了种子，生米煮成了熟饭。金副行长虽然生气，但恩大不由爷，也没有办法，只好让他们成了家。毕竟父子还是情深，金副行长还是把金胖子与小范调进了县城的网点工作。那个杜迟迟刑满释放后，申远明还算讲良心，与杜迟迟结了婚，从此两个人不知去向，据说是去了南方打工。

柳高个在担任了两年营业所主任以后，因工作成绩突出，被提拔为县支行副行长，三年后，又被市分行调任其他县支行去担任行长，成了沙窝里营业所里最有出息的一个。

无言的结局

二〇一〇年的金秋时节，已担任鹏城分行行长的柳高个回了一趟沙窝里，去看望了一下辅导员老方。老方已退休好几年了，身体硬朗，早上打打太极拳，然后去种种菜，带带小孙子。

老方告诉柳高个：沙窝里营业所早在二〇〇四年就被撤销了，房子早已处置，一个黄姓个体户将房子买下了，现在营业厅改造成了一家超市，三层的楼房改成了一家旅馆。

老方还告诉柳高个：老龚坐牢回来后，已无颜见江东父老，他大女儿在南方打工嫁在了当地，二女儿考取了大学，儿子进了高中寄宿，老龚与老婆就去了大女儿那边……

路过老营业所时，柳高个叫司机停了一下车，下车伫立了片刻，超市里正好飘出来一首谢津演唱的《说唱脸谱》：蓝脸的窦尔敦盗御马，红脸的关公战长沙，黄脸的典韦、白脸的曹操，黑脸的张飞叫喳喳……

车子飞驰，而过去营业所里发生的那一幕幕，那一张张脸谱在柳高个的脑海里不停地回旋……

支行是个大熔炉

突　发　事　件

　　到分宁支行上任的第四天，行长毕先亮就碰到了一件十分麻头的事，支行辖下的白露分理处员工吕红莲，在市分行技能比赛中，突然坠楼身亡……

　　电话是市分行行长章旗明亲自打来的，章行长告诉毕行长："你们支行有一个叫吕红莲的员工，在参加市分行的技能比赛时，中午大约一点多钟，突然从宾馆的客房内坠楼，人送往医院后经抢救无效死亡。警方通过现场勘查，从其行李箱中找到一份遗书，遗书上写着，因其老公嗜赌成性，屡教不改，家中已背负巨额债务，讨债者经常上门，为此，近一年来，为还债她被迫挪用了邻居廖雯丽理财资金三十万元，这笔资金还有几天就到期，再也无法隐瞒，她已无法面对廖雯丽，也无法面对分理处的同事，她只能以死解脱。希望老公从此回心转意，将女儿哺养成人……根据遗书与勘查结果，警方排除了他杀，吕红莲坠楼系自杀身亡。"章行长在告知了吕红莲

21

自杀的消息以后，指示毕行长尽快做好四件事："一是迅速派人来市里将尸体运回；二是派人去吕红莲家里做好善后工作；三是派人迅速检查核对吕红莲经手的账务，除了她遗书中指明的三十万，还有没有其他经济问题；四是一定要控制好舆情，现在有些记者是无孔不入，一件芝麻大的事放得比西瓜还大，弄得你灰头土脸不好收拾。"章行长最后还交代毕行长："你刚到分宁，头绪还没理清，人也还不熟，你立马开个班子会，合理安排人手，副行长钟贵林是本地人，担任行领导多年，有工作经验，善后工作请他去主事。在支行当一把手，不比在机关，考虑问题要周到些，千万别弄出什么岔子。"

放下章行长的电话，毕行长就感到双腿发软，走路都有点站立不稳。心中暗骂：怎么这么倒霉，才来几天啊，就碰上一档这样的破事。

毕先亮是中央财经大学金融专业的硕士研究生，六年前通过校园招聘进入市分行机关工作。头半年在基层网点锻炼，办理一些基础业务，结束后就回到市分行机关公司业务部做客户经理。毕先亮来自名校，学历高，人又勤奋，业务长进快，入行四年后就被提拔为公司业务部副经理，按地方上的行政级别已是副科级干部。副经理干了两年，前不久市分行有三个正科级职数空缺，公开竞聘，毕先亮又脱颖而出，以总分第一名成绩入围。原分宁支行行长鲁国安到龄退居二线，腾出了位置。分宁县是全市最大的一个县，人口有八十多万，而地理面积也是全省各县之最，有四千五百多平方公里，且地域处湘鄂赣三省交界，商贸活跃，在全市十三个县级支行中，各项业务指标始终走在前三甲，因此，选谁去分宁当行长，章行长

22

已经踌躇了好久。这次毕先亮以总成绩第一名入围，说明各位评委还是一致看好这位年轻人的，虽然毕先亮没有基层行的领导经验，但这个小伙子学历高，有悟性，让他去打磨去挑这个重担，相信他能胜任能成才。打定了主意的章行长在党委会上把他的意见一亮出，大家也都赞成，这样，毕先亮很快就来分宁走马上任了。

来分宁县支行上任的前两天，章行长还找毕先亮进行了一次任前谈话："小毕啊，这次党委派你去分宁这个大行当行长，是对你的充分信任。你虽然学历高，是一位硕士行长，但你毕竟没有支行行长的工作经历，支行是一个大熔炉，会遇到各种各样的问题，碰到许多意想不到的难点，你要团结班子，沉下身子，廉洁自律，做好表率，带领全行员工把工作做好做实，莫辜负组织上对你的期望啊！"

去分宁上任的那一天，章行长又亲自送他上车，握手告别，毕先亮眼圈都有点湿润起来。章行长那语重心长的谆谆教诲，一路上还在他的耳边回旋。

果然，眼下第一件麻头事，就突然降临下来。毕行长虽然感觉双腿发软，但有了章行长之前的交代，脑子还是一下子清醒过来，立马打起了精神。他迅速通知办公室主任把三位副行长叫来碰头，碰头会一结束，又迅速召开了一个行务会，简要通报了吕红莲坠楼的情况后，对三位副行长进行了分工，一位副行长带队去市里运回吕红莲遗体；一位副行长带队去核查吕红莲经手的账务；副行长钟贵林带队负责吕红莲家中的善后工作与舆情控制。毕行长则全盘统筹各路人马的进展与调配。行务会一结束，大家迅速领命而去。

副行长钟贵林是土生土长的分宁人，时年四十六岁，国字脸，头发往左梳，上嘴唇喜欢留一溜胡须，开口说话咬文嚼字，给人的印象既显城府又见圆滑。支行在职一百〇八位员工，家庭情况基本都熟。吕红莲家是城郊接合部的吕家村人，吕红莲有三姊妹，一个哥哥一个姐姐。老公蔡园平是她的高中同学，也是城郊接合部的蔡家村人，这两个村的民风都很彪悍，动不动就打人命，出过多起医闹事件。如何把吕红莲跳楼身亡的消息告知她的亲属，一定要注重策略与方法，人死为大，弄不好她家里人也会来行里打人命，这种后果必须防范。因此，钟行长一行三人先去了白露分理处，再叫分理处的主任柯峰通知吕红莲的老公与吕红莲的哥哥姐姐到分理处来。蔡园平先到一步，随脚后跟吕红莲的哥哥姐姐也到了。钟行长才压低嗓子告知他们："告诉你们一个沉痛的消息，吕红莲昨天去市分行参加技能比赛，今天中午在她住的宾馆突然跳楼身亡，警方已排除他杀。听到这个消息，我们也十分难过……"

"什么什么？我老婆跳楼了？"蔡园平最先反应过来。吕红莲的哥哥姐姐先是一愣，随后"哇"的一声哭了起来："妹妹啊，你怎么突然就跳楼了，你这是怎么回事啊！我们怎么忍心去告诉爹娘啊！"一阵恸哭之后，三位家人情绪开始激动起来，蔡园平还撸起袖子，双眼血红，一副要拼命的架式："钟行长，我老婆到底是怎么死的，她可是因公出差啊，你今天不把真实情况告诉我，我是要去行里打人命的！"

"你们还我妹妹来！你们还我妹妹来！"吕红莲的姐姐更是不分青红皂白撒起泼来。钟行长见状清了清嗓子，突然大喝一声："你们给我静下来，情况都没搞清楚就想闹，你们知道吕红莲为什么跳楼吗？我来告诉你们！"钟行长早有防备，他从衣服口袋里掏出一张纸来，那是他从市分行保卫部经理那儿要来的吕红莲遗书传真件。"这是你妹妹的一份遗书，我来念给你们听一下：……因我老公嗜赌成性，屡教不改，家中已背负巨额债务，讨债者经常上门。为此，近一年来，为还债我被迫挪用了邻居廖雯丽理财资金三十万元，这笔资金还有几天就到期，再也无法隐瞒，我已无法面对廖雯丽，也无法面对分理处的同事，我只能以死解脱。希望老公从此回心转意，将女儿哺养成人……"钟行长一念完，就将遗书塞到吕红莲哥哥手中。蔡园平、吕红莲姐姐也忙凑上去看，确实是吕红莲的遗书字迹，脸色顿时都煞白下来。第一个反应过来的是吕红莲的姐姐，她一把揪住妹夫蔡园平的衣领，边骂边扇蔡园平的耳光："你这畜生啊，屡教不改，光知道赌博，我妹妹这下被你害死了啊！妹妹啊，你当初不听爹娘的话，嫁了一个这样的畜生啊！……"啪啪啪，左一耳光又一耳光，蔡园平也不敢反抗，突然"咚"的一声跪在地上，号啕大哭："老婆啊，我对不起你呀，今后我再去赌博，我天打五雷轰，出门被车撞死！哥哥、姐姐呀，你们只管打呀，我就是一个没用的畜生啊！……"蔡园平也左右扇着自己的耳光，眼泪鼻涕哗啦啦掉落地上。

吕红莲的哥哥姐姐见状，反而住了手。钟行长见这场面达到了预期的效果，缓了一口气说："你们看了吧，吕红莲还犯了挪用客户资金罪，支行就看你们的态度，你们家属配合好，尽快商量派人协同行里去把吕红莲的遗体运回，支行出于人道，还是准备召开一个追悼会，毕竟吕红莲这次是出公差，过去也是支行的点钞技术能手，为行里做过贡献。大家都安静地让她下葬。蔡园平你起来，今后痛改前非，带大女儿，让老婆九泉之下安息！"钟行长说得重情重理，三个亲属都频频点头，最后一致表态配合行里把吕红莲后事办好。

钟行长一行回到行里向毕行长一汇报，毕行长那悬着的一颗心总算放下来了，毕行长夸赞钟行长办事有心计，拿捏得住火候。钟行长就有点飘飘然起来："我不吹牛，吕家村蔡家村的人难缠我也不尿他，想跟我玩没门。我早就想好了，打蛇一下打在它的七寸上，它就软耷下来了！"其他同行的人也随声附和："开始我们都捏了一把汗，结果钟行长几下子就把他们刷软了。"毕行长笑吟吟地说："确有几把刷子！今后多学着点钟行长。"转而又对钟行长说："下一步还要多留意舆情动向。"钟行长说："只要家属不闹事，顺利下了葬，行内这一块不要乱传言，舆情上一般也不会有什么事。我想明天请报社、电视台、广播电台几家媒体的分管老总吃顿饭，再笼络笼络一下感情。"

"我赞成，很有必要。舆情这一关一定要把住。"毕行长点头同意。

"您放心，毕行长，您交代了的事，我一定会把好关。"

"那就好，辛苦你了！"毕行长站起来伸了伸腰，心中长长地舒了一口气。

负责核查吕红莲经手账务的那一组集中了行里的十几个业务骨干连续奋斗了两天，内查外核，最终确定吕红莲只挪用了邻居廖雯丽一笔三十万元的理财资金。虽然廖雯丽不在分宁，外出旅游去了，但也电话核实了这笔业务的发生，当然廖雯丽尚不知她

26

的这笔理财资金已被吕红莲挪用，吕红莲跳楼自杀她也是回来后才获知的。

行里为吕红莲开了一个简单的追悼会，老公赌博老婆跳楼，说开来亲属也觉得这事脸上无光，参加悼念会的人稀稀落落，遗体火化后也就草草安葬了。

早几年前，市分行为了防范案件的风险，在保险公司为全行的网点柜员和几个重要的财经岗位人员购买了"雇员忠诚险"，每个岗位每年投保五十万元。一旦投保的哪个岗位出现盗窃、贪污、侵占、非法挪用、伪造等性质的案件，保险公司将承担赔偿责任。作为雇主谁也不希望自己的雇员不忠诚，因此，虽然每年投保这份保险，但市分行从没在员工中做过宣传，许多员工也不清楚，只有县支行以上的领导知道有这么回事。

吕红莲挪用客户理财资金案就符合"雇员忠诚险"的赔偿要件，对于分宁支行来讲，虽然发生了员工挪用资金案件，但资金上最终不会蒙受损失。根据上级行对经济案件的处罚办法，凡资金不受损失的案件，对相关责任人员的处理就会较轻；如果资金损失大，对相关责任人员就会加重处理。

吕红莲挪用客户理财资金案核查确定以后，根据案发报案规定，分宁支行除了要向市分行及时报案外，还应向当地的银监办报案。毕行长出于慎重，特地向市分行章行长请示，该案要不要报当地银监部门？章行长回复说这个案件案值不大，当事人吕红莲已死，而且市分行办了"雇员忠诚险"，行里不会有任何损失，可以不报。毕行长从章行长那里吃了一颗定心丸，吕红莲案也就没报告给当地银监办。从舆论媒体来讲，吕红莲跳楼后除了当时市内有一家电视台报道了一条简讯，分宁县的各家媒体也没有任何报道。吕红莲跳楼事件在市分行章行长、县支行毕行长两级领导的细心安排下，处理得风平浪静。然而，天有不测风云，半个多月后，省城的一家媒体又突然将吕红莲因老公赌博挪用客户理财资金案件抖搂出来，打了毕行长一个措手不及……

百 密 一 疏

原来，抖出这个事件的始作俑者不是别人，正是吕红莲的邻居——理财资金的当事人廖雯丽。

廖雯丽旅游回来以后，才得知吕红莲跳楼自杀了。廖雯丽与吕红莲是多年的邻居，对吕红莲的人品也特别信任。过去吕红莲要完成揽储任务，也经常找廖雯丽帮忙。那笔三十万元的理财资金也是吕红莲介绍给廖雯丽的，理财合同书是吕红莲填好后带来家里让廖雯丽签字的，转资金时廖雯丽去了一趟白露分理处，吕红莲叫她签字她就签字，叫她输密码她就输密码，最后吕红莲拿了一个单子给她说办好了，廖雯丽拿上单子就走了。其实，吕红莲在叫廖雯丽输密码的过程中就做了手脚，让廖雯丽输了两次支取密码，最后廖雯丽的三十万就转到了吕红莲的账户上，这事廖雯丽当然不知底细。

廖雯丽早年在县丝绸公司当过财务科长，后来公司改制，廖雯丽就到一家房地产公司做了会计。廖雯丽的老公金文松曾在分宁县报社做过编辑、记者，后来他的大学同学当了省城一家都市报的总编辑，他也调到同学属下去当了记者。廖雯丽回到分宁听说吕红莲跳楼死了，先是吃了一惊，后来想到银行曾电话核实她是不是办了一笔三十万元的理财资金，她回复办了，银行工作人员也就挂了电话。她在外旅游当时也就没放心上。回来后，听邻居说吕红莲跳楼自杀是因为老公蔡园平赌博负债累累，屡教不改，一气之下而跳楼轻生。廖雯丽心里就起了一个疑问：是不是吕红莲挪用了储户资金去填了赌债，担心暴露而吓得跳了楼呢？而那天银行电话核实自己是不是办了一笔三十万元的理财资金，按理说银行都是有账可查的，难道是自己的资金被吕红莲挪用了？廖雯丽赶紧打开了家里的保险柜，把那笔理财合同的单据拿了出来，一看合同时间都已经过期两天了，她决定立马就去白露分理处把钱取出来。可到了银行网点柜员看了看单子却把主任柯峰喊了过来，柯主任与她认识，就把她请到办公室，笑眯眯地对她说："廖大姐，你这笔理财资金已到期，本来今天是可以取的，这不你也听说了，吕红莲突然跳楼了，凡是她办的业务我们都在抓紧时间核对，要十天左右时间才能全部核查完，所以要请你宽限十天，到时再来办理。我这里给你准备了一袋米、两瓶油，我一块给你送过去。"柯主任讲得很诚恳，廖雯丽看在熟人的面子上也就只好同意了。柯主任亲自开车把她和赠送的物品送回了家。

实际情况是那笔"雇员忠诚险"的赔款保险公司在走流程还没到账，柯主任只好使了一个缓兵之计。

本来这件事也就过去了，不料两天后的一个晚上，廖雯丽从公园里跳广场舞回来，碰上了隔壁的蔡园平回家来拿东西。自从吕红莲死后，蔡园平就带着女儿去了父母家住，很少回来住了。廖雯丽一见吕红莲家有灯光，就去敲门想安慰一下蔡园平，蔡园平因老婆吕红莲是因自己赌博而挪用了廖雯丽的资金，做贼心虚，打开门一见是廖雯丽，就以为廖雯丽是来讨钱的，吓得两腿一软"咚"的一声就跪在地上："对不起，廖大姐，吕红莲挪用您的钱是为了还我的赌债，我是一个畜生，是我害死了老婆呀！您的钱我一定会还上，房子我已在中介公司挂出去卖了，只要一成交，我就把钱还您，您千万别去告状呀！"这一下不打自招，从蔡园平的嘴里，廖雯丽才确信吕红莲是挪用了自己的理财资金。

这下廖雯丽着急了，不仅着急而且还冒火，柯主任为什么要骗自己呢？明明是吕红莲挪用了自己的资金，却故意说是对账核查，这拖延的时间里面会不会还藏着什么"猫腻"？自己这三十万资金会不会拿得回来？廖雯丽准备第二天上班就去白露分理处找柯主任讨说法，并要银行立马把到期的资金付给她。

晚上正在廖雯丽着急冒火的当口，老公金文松刚好打电话过来，廖雯丽便风急火燎地把邻居吕红莲跳楼自杀的真正原因告诉了金文松。金文松一听就来了劲，忙劝廖雯丽莫急，先沉住气，存在银行的钱跑不了，不要再急于去找柯主任，等他明天赶回来，全面了解一些情况再说。

金文松第二天上午就赶回来了，家里那三十万的理财合同拿去复印了，接下来的两天里，又去找了蔡园平，白露分理处的主任柯峰不认识廖雯丽的老公，更不知道金文松是省城的报社记者，依然是请廖雯丽大姐再宽限几天，核查完账就付给她。

金文松暗地采访了两天，该拿的证据都拿到了手，回去以后，不出两天，就将分宁支行吕红莲因老公赌博挪用客户理财资金跳楼自杀的案件在省城的都市报上抖了出来。

案件一见报，省分行监察室的电话很快就打到了市分行，责问市分行为什么瞒案不报？更让人难受的是银监局那边，省局、市局、县银监办层层追问，要求省、市、县三级行说明发案经过、原因、案件损失、处置方式，并要求对这种瞒案不报的行为从严追责。

毕行长气得鼻翘嘴歪，捅了这么大的娄子，一下子还不知道问题出在哪，连忙召集钟行长、柯峰等一班人来了解情况，分头去忙碌了一下午，才把情况搞清，原来是当事人廖雯丽的老公金文松直接操的刀，把案件捅出去的。

案件抖出来了，省、市、县几级行都闻风而动，省行派人去与都市报疏通关系，不要继续往下报道。市分行领导亲自出面催促保险公司赔款到位。至于瞒案不报的责任，毕行长不敢出卖章行长，只能全部担下来。忙乎了整整半个多月，最后，由于该案案值小，保险公司理赔了"雇员忠诚险"，无案件损失，市分行研究决定，给予县支行行长毕先亮通报批评、分管副行长警告处分、撤销直接责任人白露分理处主任柯峰职务，其他与案件有关人员也分别给予了经济处罚。

银监方面通过多次沟通，最后看到该案案值小，无案件经济损失，当事人吕红莲已跳楼身亡，最后也就认可了市分行的处理意见。对分宁支行的瞒案不报行为在金融系统内给予了通报批评。

支行通过"雇员忠诚险"的理赔款支付了廖雯丽的理财资金。闻讯案件已了结的蔡园平知道了行里豁免了吕红莲的案件赔款，跑到毕行长的办公室，千恩万谢，泣不成声……

遭 遇 爱 情

过了小雪，离新年元旦就只剩下二十多天了，省分行召开了年终收官视频会议，会议直接开到了县级支行。县级支行参加会议的人员除了行领导班子成员，还有支行机关的中层干部、各基层网点负责人。会议明里是年终收官，暗里就是年终最后冲刺。

如今的银行多如牛毛，城市街道上的银行网点比米店还多，银行间的竞争已趋白热化。过去计划经济时代，银行考核指标就三项：存款、放贷、收贷。而如今的考核指标有几十项之多，主要的业务经营指标有存款净增数、日均存款余额、贷款增量、中间业务收入、拨备后利润。其他的指标有代理保险、代理基金、黄金买卖、信用卡发卡量等等，除了业务经营指标，还有风控指标、案防指标、党建工作指标等等。外行人只知道银行工资高，形象高、大、上，殊不知现时的银行层层级级都实行绩效挂钩，工资、费用全靠业绩赚，一个支行如果员工工资高、网点费用多肯定业绩好，行长也当得光鲜，队伍也好带；有的困难支行业绩上不去，员工工资少，费用也开支不出，队伍也就精神萎靡。支行行长个个累得气喘吁吁，肩上担子压力山大。

毕先亮行长来分宁已八个多月了，除了刚来时因处理吕红莲跳楼的事耽误了一些业务经营，后来随着人员越来越熟，情况掌握越来越多，工作状态渐渐进入了角色。每周一上午班子碰头会部署一周工作，每月召开一次网点负责人会议分析任务完成情况，每季度召开一次全行员工大会，通报全行季度业务指标完成情况，表彰季度业务明星。平时毕行长一有时间就跑基层、跑客户，一门心思全扑在工作上，加之分宁是湘、鄂、赣三省交界之地，自古商贸活跃，过完小雪一算账，大部分任务都能完成市分行下达的计划，唯有对公存款这一块，由于异地扶贫搬迁工程结账，一下子支付了八千多万存款，形成了一个大缺口，而要靠企业、行政事业单位凑上这个大数字，几乎不可能，毕行长想破了脑袋，也一筹莫展。

而离年关最后十天，市分行的各个业务部门天天要求报数字，催进度，连章行长也亲自打来电话："毕行长，你头年当行长，存款上可不能拖全市的后腿哟！"市分行分管存款业务的副行长口气更硬，要求分宁支行务必完成对公存款任务。

毕行长急得茶饭不思、味同嚼蜡，在蚂蚁啃噬般的煎熬里，有一天晚上看分宁新闻，才突然想起一个人来。

分宁电视台的记者栗颖玲几天前来行里采访毕行长关于小额扶贫贷款支持贫困户脱贫的情况，开初都有点拘谨，后来聊着聊着就渐渐进入了角色，俩人聊得很投机，毕行长从聊天中才知道栗颖玲就是分宁县县长栗智勇的千金。毕行长三十一岁，还是单身，原来处过两次对象最终告吹。而栗颖玲也已二十八岁，多人牵线搭桥，总是高不成低不就，也还是单身。与毕行长一见，栗颖玲眼睛一亮，脸颊情不自禁飞上一朵红云，栗颖玲心中暗想：难道这就是我的梦中情人？话匣子从开初的局促慢慢也就打得很开，本来约了一个小时的采访，硬是拖了一个多小时，俩人还意犹未尽。若不是毕行长约好了去拜访县电网公司的老总，栗颖玲巴不得聊到晚上就到行里吃饭。最后两人互留了手机号码，栗颖玲才依依不舍地回了电视台。

栗颖玲加班加点，两天后就将采访毕行长的专题搬上了分宁新闻，而且特地喜滋滋地打了电话给毕行长，告知他晚上一定要看分宁新闻。

毕行长看完新闻，脑洞大开，他想何不请栗颖玲出面，请她老爸给财政局打个招呼，多拨八千万资金到支行财政局账户上，对公存款不就一下子完成了。

分宁县财政收入上年已突破二十亿元，一到年终，财税资金入库、上面转移支付资金下拨，一般都有几个亿的资金沉淀留存。按惯例，县里为了感谢各家银行对地方的支持，一般会均衡地在各家银行留存资金，只有当年的新增财政收入，银行也摸不清底，年前各家银行都会悄悄去财政局局长那儿公关，希望局长多倾斜一些，毕行长把这一块存款早都预测进来了，还是有八千多万的缺口。如果通过县长去打招呼，财政多安排个八千万过来，那也是当县长的一句话的事儿，但栗县长哪会轻易开这个口呢？——恐怕只有通过他的宝贝女儿，才能撬开他的金口。

毕行长越想越兴奋。回想那天采访，看见栗颖玲，心里也是"咯噔"了一下。当时也曾暗想：难道这就是一见钟情？后来俩人都聊得那么开心，彼此也都留下了美好的印象。

毕行长拨通了栗颖玲的手机："栗美女，谢谢你的采访。我想请你去'静馨阁'喝杯茶，行吗？"

栗颖玲娇嗔地一笑，回道："你大行长请我喝茶，哪有不行之理，那我现在就出发了？"

"好的，一会儿见。"毕行长微笑着放下了电话。

栗颖玲似乎有一种预感，毕行长会跟自己打电话，早早地就做了精心的打扮，一放下电话，围上那条粉色的真丝围巾，拎上小挎包，开上自己的爱车，就往"静馨阁"茶楼驶去。

毕行长也是放下电话穿上风衣立马下楼驾车过去，男士总要在女士到来之前赶到才不失礼节。

"静馨阁"茶楼很幽静，矗立在汶水河边，是一个高端人士喝茶的场所，也很适合谈情说爱，有很多间包厢。毕行长点了间靠河的八号包厢后，马上发了一个短信给栗颖玲：在八号包厢恭候。

不出一刻钟，打扮得楚楚动人的栗颖玲款款而入。

四目相对，俩人都"扑哧"一笑，都觉今晚的相约是心有灵犀，话匣子也都放得很开，栗颖玲始终满脸笑意，聊得十分投入。

毕行长因心中还装着那八千万存款任务，瞅准时机，叹了一口气。栗颖玲忙问："你行长还有什么难处吗？"

"唉——！不瞒你说，还真有一个难处。"毕行长话锋一转，"但只要你愿帮上这个忙，这难处也就迎刃而解了。"

"哈哈哈，我还能帮上你的忙？"栗颖玲甩出一串银铃般的笑，一双大眼盯着毕行长，"你说说看，要我怎么帮？"

"是这样，现在快到年底了，我行里对公存款任务还差八千多万的缺口，你在电视台，方方面面关系都熟络，有没有办法帮我转八千万资金给行里填补这个缺口。"毕行长一脸的诚恳与期待。栗颖玲说："我还以为你有什么天大的困难呢，能破坏你今晚的心情，这事小菜一碟，我回去想想办法。"

"那我就先谢过了！"毕行长双手一拱。紧接着端起茶杯："以茶代酒，再次感谢美女为我解开了心病。"栗颖玲又扑哧一笑："想不到你这病还这么好治。"一句话把毕行长逗得哈哈大笑。俩人一直聊到十点半过了，栗颖玲妈妈盛芳琳打来电话，俩人才恋恋不舍地分了手……

姻缘自有天意

栗颖玲与毕行长在"静馨阁"茶楼分手的那个晚上回到家，老爸栗智勇还在批阅文件，每晚十二点钟之前，栗县长几乎没上过床。

栗智勇与老婆盛芳琳为了女儿的婚事几乎是操碎了心。

栗颖玲二十二岁大学毕业后回到分宁电视台来工作，那时栗县长还是常务副县长。栗颖玲在大学读大三的时候，曾暗恋过一个姓邢的助教，邢助教一米八一的个头，长得一表人才，惹得很多姑娘追求，栗颖玲发现邢助教换女朋友就像换衣服，一年里竟换了三个，如此风流倜傥，栗颖玲那暗恋的火焰终于熄灭下去。回分宁工作后，月下老人频频光顾，父母也托人撮合，栗颖玲先后也处过两次对象。一位是县一中的数学老师，其父是县总工会主席，数学老师人长得挺帅气，但心眼特小，花钱锱铢必较，买个西瓜掏起钱来都不利索，交往不到一个月就拜拜了；另一个是县人寿公司的副经理，交往大约三个月，栗颖玲发现只要自己与哪个男的多聊了几句天，他就醋意大发，说起话来酸溜溜的，把终身托付给这样的男人，岂不要闷死一生，栗颖玲果断地与他吹了。这两次交朋友的失败，让栗颖玲心灰意冷了几年，苦恼找不到意中人，眨眼之间就奔三了，父母急得暗中跺脚，一提起给女儿介绍对象，栗颖玲噘嘴就走，并丢下一句话："你们介绍的我一个不中，我自己找，找不到我终身不嫁。"吓得父母大气也不敢出，再也不敢托人给她介绍对象。夜深人静时，盛芳琳不知暗暗流下了多少眼泪。

"爸，我有事请您帮个忙！"栗颖玲推开爸爸的书房门，笑容可掬地对栗智勇说。

栗县长取下戴着的老花眼镜，看到心情舒畅的女儿，回笑着说："看你今天心情不错，还这么礼貌，有什么事要老爸帮忙？"这时盛芳琳端了一杯茶也走了进来。

"您能给财政局许局长打个电话，问问年底有没有相关款项需要存储，如果有可能的话，可不可以选择存到 N 行那里。"栗颖玲回道。

"是毕先亮行长的 N 行吗？"栗县长问。

"没错。"栗颖玲点点头。

栗县长接着又说："女儿，你能告诉我为什么要帮 N 行的理由吗？"栗县长一头雾水，一时还没明白过来。

栗颖玲同情说："毕行长很能干，但现在压力很大，整天愁眉苦脸的……"话未说完，两片红云飞上了栗颖玲的脸颊。

"噢，那这个忙应该帮，应该帮！"恍然大悟的栗智勇笑逐颜开，"我明天一上班就给问问，女儿你早点去休息。"

"谢谢老爸。"栗颖玲高兴地哼着小曲洗漱去了。

栗智勇有点口带埋怨地对盛芳琳说："老婆，你怎么没对我吐露半点风声？"

盛芳琳白了一眼栗智勇说："我也是刚知道，拿什么告诉你！"说完盛芳琳凑上前压低一些声音说："不过几天前她去 N 行采访，回来兴奋地告诉我，说与 N 行那个毕行长很聊得来，还打开摄像机给我看了一段采访的录像，我看那个毕行长长得不错，说话干练，人也精干，但我不敢多问。不过刚才回来她在我耳边嘀咕了一声，说今晚是毕行长约她去'静馨阁'茶楼喝茶。"

"那这样说应该有一点眉目了。"栗智勇说。

"从她这几天的心情和今晚的约会，特别是刚才求你为 N 行办事……看来是有眉目了。"盛芳琳高兴得抹了一下眼泪。

"好吧，今晚我也早点睡了！"栗智勇伸了一个懒腰，合上了文件夹。

毕行长的家在市里，他父亲是市一中的化学老师，母亲是市妇幼保健院的医师。毕行长也是独生子女，为了儿子的婚事，父母也是多方牵线搭桥，操烂了心肺。

毕行长也处过两次对象。在大学读研究生的第二年，有一个大四的学妹与他有过半年多的交往，后来学妹毕业后回了家乡重庆就业，天各一方，毕行长是家中独子，父母一定要他回去就业，俩人只好友友好地分了手。交第二个女朋友时毕行长已在市分行公司业务部做客户经理，市国电公司当时由毕行长管户，时常要跑国电公司财务部。在他人的牵线撮合下，毕行长与国电公司财务部的会计主管桂姗姗交起了朋友，本来一切进展都很顺利。不料有一次毕行长与高中同学顾清生在一块儿吃饭，顾清生在市国电公司总务科工作，席间喝高了，高谈阔论起来，说某些领导要么贪财，要么贪色，他们公司老总就是第二种人。公司里几个漂亮的女孩子都给他搞掉了，财务部会计主管桂姗姗几年前就要求调进公司财务部，老总就是卡着，最后还是被老总弄上了床才调进机关。顾清生不知道毕行长与桂姗姗在恋爱，却抖出了桂姗姗调进公司财务部的内幕。毕行长自然受不了，只好忍痛割爱……毕行长苦恼子好长一段时间，一时也无心接受其他的媒妁之言，不久市分行竞聘中层干部，他成功受聘为公司业务部副经理，走上了中层干部岗位。毕行长不顾父母的唠叨，静下心来想干出一番事业，果然两年后，市分行党委将他聘任为了分宁支行党委书记、行长，其时，毕行长已过了而立之年。

栗颖玲的采访，确实让毕行长一见钟情，随后在"静馨阁"茶楼的约会，俩人聊天的投机与默契更让毕行长感到栗颖玲就是上苍冥冥之中赐给他的心上之人。

嘀、嘀，手机来了信息，毕行长一看，是栗颖玲发来的：已搞定，祝你做个好梦。

毕行长马上回了一条信息：太好啦，我爱你！

栗颖玲的信息也呼啸而至：我也爱你。并添加了一个拥抱的表情。

……

九曲岭的哀歌

县财政局九千万的资金两天后就到了账，那时离年终决算还有五天时间。分宁支行提前完成了对公存款任务，市分行章行长亲自打电话给毕行长，祝贺他们提前完成对公存款任务。市分行还专程发来一份贺信表示祝贺。

之前在行里毕行长一直守口如瓶，当财政局九千万资金一下子到账，支行客户部的客户经理与分管副行长钟贵林当时还丈二和尚摸不着头脑，待知道是毕行长弄过来的资金，真还不知道毕行长是用了什么法子，九千万这么大一笔资金太不容易啦？望着贴在支行院子里市分行的贺信，全行干部职工脸上都喜气洋洋，大伙心里都明白，各项任务完成好，意味着大伙的绩效工资都能多拿一些，员工没日没夜一年工作干到头，谁不希望多拿一份奖金呢？毕行长在最后关头露了这一手，全行上下都觉得跟着这样的行长干才有奔头。

当九千万资金到账的那一刻，毕行长内心很激动，再次盘点市分行下达的各项经营目标任务均已完成之后，毕行长心里才踏实下来，他伸了一个懒腰，长长地吁出一口气。

柯峰在快吃中饭时才急匆匆地走进毕行长的办公室，告知毕行长县里扶贫工作领导小组过完元旦就要去支行的扶贫点九曲岭村进行验收，并要听取扶贫挂点单位的主要领导亲自汇报，看毕行长这几天能否抽出时间去一趟九曲岭村。

两年前县里提出了实施脱贫攻坚的更进一步具体措施，要求每一个贫困村由挂点单位派出一位党员中层干部去担任村里第一书记。每个村的贫困户建账立卡，精准施策，贫困户不脱贫，挂点单位就不能撤兵，而且县扶贫领导小组要严格验收。

支行原来派了工会副主席老吕去担任了一年多的村里第一书记，

建账立卡的九户贫困户在支行每户三万元小额扶贫贷款的支持下，通过成立互助组养鱼、种植黑木耳，一年多下来，人均收入有了大幅提高，再巩固发展下去，两年摆脱贫困大有希望。不巧老吕的老婆中风偏瘫，行里只好将老吕撤回，这当口刚好是毕行长来分宁第二个月。围绕谁去接手的问题，毕行长考虑白露分理处主任柯峰刚好因吕红莲事件撤职，便派了柯峰去接替老吕担任村里的第一书记，柯峰也算戴罪立功，吃住都在村里，与贫困户打成一片，扩大了种养规模，不仅种黑木耳，还加种了香菇，并通过他的一位搞电商的同学在网上销售，贫困户的户均收入又翻了一番，摆脱了贫困。县扶贫工作领导小组多次在会议上表扬柯峰，对于柯峰的敬业精神和取得的扶贫成绩，毕行长多次在行务会上和全行员工大会上提出表扬。

毕行长对柯峰说："我这两天一定去一趟九曲岭，汇报材料你就先准备好，写好后发给办公室主任，这大半年你不容易，中午我陪你在行里食堂吃顿饭再走。"

柯峰说："谢谢行长，还有一个贫困户的老婆在县人民医院看病，我去陪他们一起吃个中饭，再回九曲岭。"

毕行长说："既然这样，我就不挽留你了，县里的扶贫先进个人，支行党委一致同意报你。扶贫验收通过了，支行党委准备重新聘任你的中层干部职务。"

"谢谢领导对我的信任与关心！"柯峰用手一挥，打了一个告别的手势，扭头就走了。毕行长看见他的眼睛里有一颗晶亮的泪珠一闪而落。

下午四点多钟，噩耗就从九曲岭传来：柯峰驾驶的小汽车在翻越九曲岭鹰嘴崖时，因弯急路窄，不慎坠入一百多米的山崖，车上三人全部罹难，柯峰因公殉职。

接到噩耗的毕行长一时缓不过神来，几个小时之前还在面前活蹦乱跳的汉子，竟已阴阳相隔，两行热泪不禁夺眶而出。毕行长迅即打了两个电话：一个电话打给了县扶贫办主任，告知柯峰因公殉职的消息，另一个电话打给了栗颖玲，本来晚上俩人约好了吃饭。栗颖玲一再交代要他注意安全，不管多晚回来都要告知她。挂了电话，毕行长一行人两台车就风驰电掣般地向九曲岭赶去……

直到凌晨两点多钟，柯峰的遗体才运回殡仪馆。毕行长发了个信息告知了栗颖玲，才匆匆回去休息。但上床后辗转反侧，一夜未眠。

行里为柯峰举行了隆重的追悼大会，县扶贫领导小组的成员单位都送来了花圈，分管扶贫工作的秦副县长还专程出席了追悼会。

县里的多家媒体报道了柯峰在九曲岭村扶贫的先进事迹，省、市分行也派出了人员组织了柯峰的扶贫事迹先进材料，总行的报纸也刊发了柯峰的扶贫通讯……

喑哑的音符

分宁支行领导班子是一正三副，副行长钟贵林在三个副行长当中是资历最老的，所以排位是行里的二把手，加之他又是当地人，情况熟，毕行长刚来分宁时，也就十分器重他。班子分工时毕行长考虑由钟行长分管信贷客户、财会两个重要部门，在全行员工的眼中，能分管这两个部门的行领导，可谓大权在握。

一个大县的县级支行，存款、贷款业务量都很大，分宁支行存款总量有二十多个亿，贷款总量也有将近十个亿。去银行贷款难，一直是中小企业在社会上流传的呼声。银行贷款由于利率低、借贷时间长一直是社会的稀缺资源。民营企业、个体经营户削尖脑袋都会寻求去银行贷款的渠道，求贷款的自然要托关系，贷到了款的要维系关系，所以一个分管信贷的行长，永远也不会缺烟抽少酒喝。

时间如同白驹过隙，转眼毕行长来分宁上任就快两年了，毕行长与栗颖玲结了婚，在分宁安了家，而且栗颖玲已怀孕在身，乐得她爸妈都快合不拢嘴。

毕行长来分宁一年后，全行的人员素质、业务状况、客户结构、中层以上干部的工作能力都已了然于胸。情况熟稔了，毕行长开展工作也就得心应手。

当初刚到分宁时，又一下子碰上吕红莲跳楼那事，幸亏有副行长钟贵林的鼎力相助，才渡过了那一段难关。因此，在行领导班子里，许多事毕行长都很尊重钟行长，做决策前都充分听取他的意见。分工也给了他分管信贷客户、财会两个重要部门，深得一把手的器重与信任，钟行长也是意气风发、喜笑颜开。

但随着毕行长对行内行外情况的熟稔，毕行长工作上也就有了主见，不再会那么依赖钟行长了，尤其一些重要决策思考成熟以后就上党委会或行务会研究，不再提前去征求钟行长的意见了。

一把手这种工作方式的转变本来也是一件很正常的事，做副职的积极去适应正职的这种转变就行了。但钟行长心里却总觉得不是滋味，过去毕行长总是事先会先征求他的意见，而且基本上会按照他的意见办，现在却几乎不再征求他的意见了，心里就有了一种不再受一把手信任的冷落，并滋生出对毕行长翅膀长硬了开始忘恩负义的愤懑。这种情绪一产生，在党委会、行务会研究一些重大问题时，钟行长时不时就会发出一些暗哑的音符，明眼人一听就听出了弦外之音，弄得毕行长满脸不高兴。一个班子最怕就是有杂音、不团结，毕行长内心想，我作为一行之长，自然有自己的主见，不可能永远去随一个副职的下巴转，毕行长也开始对钟行长有了看法。

毕行长念及过去的情分，也不想与钟行长把关系搞僵，后来钟行长接连有两件事让毕行长抓住了把柄，逼迫毕行长在领导分工上对钟行长下了手。一件事是钟行长将他在幼儿园工作的老婆多次请人吃饭的三千多元发票，以行里招待信贷客户的名义拿来行里报销，被人检举到毕行长那里。毕行长派人暗中一调查，发现情况属实，毕行长就不同意在发票上签字，顾及钟行长的面子，就把钟行长单独叫到了办公室，对钟行长说："钟行长，这三千多元的发票是招待了信贷客户吗？你心中应该有数吧！"做贼心虚的钟行长一听毕行长话中有话，自知发票之事露了马脚，脸不禁一阵红一阵白，大气不敢出一声就灰溜溜地把发票拿回去了。第二件事是有一天钟行长带上支行客户部经理去拜访香炉峰钨矿罗矿长，头天是约好了的，不料第二天罗矿长有急事一大早就赶去省城办事，钟行长在去香炉峰的半路上才接到罗矿长已赶去省城办事的电话，罗矿长对未及时告知钟行长他去省城的行程一再表达歉意。本来钟行长打道回府或去改访其他企业都没关系，他却叫司机将车子一拐去了行里支持的一个信贷客户——汪泉农庄，去那里悠闲地钓起鱼来，一直到晚上才回家。世上没有不透风的墙，行领导上班期间带头去钓鱼，这事很快又传到了毕行长的耳朵里，毕行长找客户部经理一问，客户部经理承认当时不好拂钟行长的面子，确实是去钓了鱼。这两件事综合起来，让毕行长心中怒火暗涌，决定痛下决心，毕行长召开党委会调整了行领导班子的分工，钟行长由分管信贷客户、财会两重要部门改为分管风险管理、保卫两部门，让大权在握的钟行长脸面瞬间跌入冰窖。下班回到家，脸色阴沉，老婆说话也不愿搭理，晚上躺在床上辗转难眠，回想这一连串的事件，确实是自己不检点之过，唉——！钟行长不禁懊悔连连。

林子大了什么鸟都有

俗话说：人上一百，形形色色。林子大了什么鸟都有。在全市分行的十几个县级支行中，大部分支行一般员工都在六十人至八十人之间，而分宁支行的员工有一百多人，下辖八个营业网点，从人员讲是全市分行中最大的支行了。网点多、人员多，管理难度就大了很多，毕行长年纪轻，精力旺，员工行为排查也做得细致，但一百多位员工再怎么管，八小时之外的行为轨迹谁也无法把控。一些丑闻弄得你不仅单位形象受损，当行长的也灰头土脸。这不，接连两个月单位里冒出两件丑闻，把毕行长气得肺都差点爆炸。

先是工会副主席老吕去嫖妓被公安逮了个正着。老吕的老婆中风偏瘫快一年了，全靠老吕服侍照顾，老吕不离不弃，赢得大家的良好口碑。结果有一天晚上老吕与他的高中同学金文松在一起喝酒，俩人喝得兴起，突然就心血来潮，散席时，老吕对金文松说："老同学，你去省城多年了，今天晚上你请我吃饭，那我也请你去玩一下嫩货。"并附在金文松耳边嘀咕一番。金文松借着酒劲眼睛里也放出亮光来，两个人就打了个的士往温泉街驶去。

温泉街刚开发那一段时间很热闹，当地人暗地里称"红灯区"，街道两边尽是些浴室、美发店、按摩店，小姐十七八岁为多，来自五湖四海。后来，公安部门强力整顿，那些浴室、美发店、按摩店都悄悄关张，如今只有一些私人旅馆，还暗中提供这些特殊服务。

老吕与金文松去了一间叫"相思林"的小旅馆，老吕叫了两个年轻稚嫩的小姐，一人一个进了包房。恰巧那晚公安来查夜，老吕与金文松被逮了个正着。

在派出所里，老吕与金文松暗中叫苦不迭，酒也吓醒了，耷拉着脑袋，像霜打蔫了的茄子。警察讯问时起先俩人都不愿交代单位，说是下岗职工，警察一见他俩的穿着与模样就知道在撒谎，警察说："不老实交代是吧？那就只好拘留。"俩人一听要拘留吓得腿直哆嗦，老吕明天要上班，金文松也要赶回省城去，最后两个人只好老老实实招供了。俩人唯一的请求是多罚点款都行，千万不要告诉单位。派出所每人重罚了五千元，又叫老吕、金文松在讯问笔录上按了手印，才允许他俩分别打电话给最要好的朋友送钱来，派出所收到了钱才将老吕、金文松放了。那晚派出所一共处理了五六个人，

46

抓嫖时还有目击者，加上那些送钱的朋友，乌七八糟，这个纸再厚也包不住火，老吕与金文松被抓嫖的消息两三天以后就传到了毕行长耳朵里。毕行长很重视，派行里一位纪检干部去公安部门核实，果真坐实了老吕嫖娼的事实。一个中层干部去嫖娼，丢人现眼，毕行长召开了党委会，会议研究决定：给予老吕党内严重警告处分，行政上免去工会副主席职务。

金文松回到省城单位上班，心里也一直忐忑不安，生怕单位知晓这件事，还托了一个要好的朋友去了派出所所长家，要他们千万保密。因为嫖娼这事一旦败露，在同事面前实在抬不起头来。

不想老吕嫖娼很快就被单位知晓了，不仅党内受了处分，行政上还撤了职。金文松顿感惶恐不安，度日如年。

毕行长知道了与老吕同去嫖娼的就是那个将吕红莲跳楼事件在省城报纸上抖出去的记者金文松，心中不禁一阵窃喜：金文松啊金文松，你也有今天啊！一回想起当初金文松那副道貌岸然的做派，毕行长心中气就不打一处来，他叫支行监察室主任来办公室耳提面命了一番，监察室主任随之领命而去。

不出几天，一封举报金文松在分宁嫖娼被抓的信件摆在了都市报总编辑的案头，金文松嫖娼的时间、地点、罚款数额、同行人姓名清清楚楚……总编辑看完怒火中烧，把金文松叫去办公室一通大骂。金文松如雷轰顶，自知已大难临头，他两腿颤抖，面色铁青，巴不得找条地缝立即钻进去……

金文松的处分比老吕更惨，都市报社给予了金文松党内严重警告处分，撤销了金文松主任记者的职称，调离记者岗位去总务部门从事后勤工作。

更糟糕的是廖雯丽知晓了金文松去嫖娼挨处分的事以后，气得几乎昏厥过去，廖雯丽指着金文松的鼻子怒骂道："人家老吕去嫖娼我还理解，老婆偏瘫在床一年多，没有了性生活。我总没偏瘫吧？何况我还有这份姿色！你纯粹是道德品质出了问题！你叫我今后在熟人面前如何抬得起头来，不和你离婚，我无法做人了！"金文松自知理亏，任凭老婆如何责骂，脑袋耷拉着埋在裤裆里不敢抬头。金文松内心里不愿离婚，一再恳求廖雯丽原谅，但廖雯丽铁了心要离，拖了半个月，俩人只好去民政部门把手续办了。

老吕嫖娼的事过去才个把月，副行长钟贵林又因酒后驾车肇事被刑事拘留。

钟行长高中同学毕业三十周年聚会，地点安排在离县城二十多公里远的凤凰山庄，到齐了二十多位同学，一共去了五台小车，钟行长开了自己的凯美瑞轿车过去。晚上吃饭时请了过去的班主任朱老师过来，大家都向朱老师敬酒。这几年开始严查酒驾，钟行长本不想喝酒，大家就说他当官的摆架子，班主任的酒都不敬，钟行长抹不开面子，一下子来了豪情，二两多的红酒杯一口仰脖喝了下去。钟行长平日里不开车时也有点酒量，能喝个半斤以内的白酒，二两多的红酒下肚本不算回事，偏偏那晚聚会完返回县城时，在古尚洲那个交叉路口，一辆摩托车一下子斜插过来。钟行长刹车不及，将摩托车撞飞，造成摩托车上两人一重伤一轻伤。按责任本来是摩托车占道，外加摩托车手无证驾驶，但交警检测钟行长喝了酒，虽不属醉驾但属酒驾，钟行长就这样被行政拘留。

按行里的员工行为管理办法，一个支行副行长被拘留了，毕行长自然也不敢隐瞒，只好上报市分行来处理。

钟行长被行政拘留了十五天才放出来，市分行为了严明纪律、杀一儆百，免去了钟行长副行长的行政职务，改任支行工会主席。交通肇事一共支付了各种费用十七万多元，全部是钟行长自掏腰包，倒霉透顶的钟行长就像是一棵被霜打蔫了的茄子，从此一蹶不振。

浪子回头金不换

分宁支行下辖七个营业网点，其中农村网点有四个，城区网点有三个，这七个营业网点除了支行营业部外，其他六个网点都由过去的营业所或分理处翻牌为支行了。如今各家银行满大街悬挂的都是某某某银行某某某支行的牌子，过去的营业所、分理处、储蓄所那些招牌基本上已成为历史，对这些翻牌网点银行系统内部都统称为二级支行。分宁支行的华光支行就地处城郊接合部的蔡家村。

银行为了强化安全保卫工作，在各个网点的大堂里都配备了安保公司的保安，负责安保、客户引导方面的工作。

吕红莲的老公蔡园平通过公安局治安大队一个亲戚的引荐，进了银兴安保公司，蔡园平又是蔡家村人，就这样蔡园平被安排到华光支行大堂里做保安工作。

吕红莲因老公蔡园平赌博挪用客户资金跳楼自杀，对蔡园平的打击十分巨大，也将蔡园平从赌博的泥坑里拉了回来，蔡园平痛下决心、金盆洗手，誓将女儿抚养成人，以告慰妻子的在天之灵。

吕红莲挪用客户的资金因行里办了"雇员忠诚险"，由保险公司理赔了，也就没要蔡园平偿还，蔡园平卖房子的钱就留下了一笔积蓄，为此蔡园平还专程去到毕行长办公室磕头谢恩。

蔡园平被分派到华光支行去做保安以后，满怀着一颗感恩之心去做工作，清早就去帮助打扫大堂卫生、热情引导客户、加强安保巡查，有几次客户遗落了东西甚至现金，蔡园平及时上交，通过支行联系返还客户，一个保安拥有这种细致无私的工作作风，深得支行员工的一致好评。

毕行长每个星期都要抽两天时间去跑网点，了解情况，检查工作，同时为基层网点解决一些具体问题。蔡园平在华光支行做保安他也碰上了，蔡园平忙得不亦乐乎、满头大汗。毕行长也时有耳闻蔡园平深得员工好评的消息，不禁甚为欣慰。

蔡园平在华光支行做了将近一年的保安，有一天下午三点多钟，天空乌云密布，狼奔豕突，一个女顾客正在支取八万元的存款，女顾客将钱装入提包刚迈出大门，一个瘦高个的男子在门口突然将女顾客一推，猝不及防的女顾客"哎哟"一声倒地，提包一下摔出两米多远，瘦高个男子飞步上前，拎起提包就跑。"抢劫啦！抢劫啦！"女顾客大喊。闻声的蔡园平三步并作两步跨出大堂，就朝瘦高个男子猛追过去。瘦高个男子见一保安飞快地追赶上来，慌不择路往一小巷里跑去。蔡园平读高中时曾拿过全县中学生运动会男子一百米第三名，快要追上时，瘦高个男子见势不妙，突然从怀里掏出一把枪来，恶狠狠地说："你再追老子就开枪了！"蔡园平霎时驻足停顿了一下，但仅仅是一刹那，蔡园平就一个猛虎下山扑了上去，"砰"

的一声枪响，瘦高个男子扣动了扳机，蔡园平的右胸被击中，但蔡园平猛扑上去的惯性一下子将瘦高个男子撞翻在地，瘦高个男子后脑勺着地，一下子被摔昏过去，蔡园平也轰然倒地，随之赶来的 110 民警和 120 急救车将蔡园平和抢劫的歹徒一同送往医院抢救。

　　蔡园平勇斗歹徒的事迹迅速传遍了分宁县的大街小巷，分宁县的各家新闻媒体都报道了这一消息。市分行、省分行、市银监分局、省银监局也在第一时间得到了消息。蔡园平经抢救苏醒后的第三天接受了媒体的采访，记者问他："当时面对歹徒的枪口有没有害怕？"蔡园平说："我作为一个保安有责任保护顾客的财产安全，当时只想夺回提包，'害怕'两字丢到了脑后，一刹那我就扑上去了，但我没想到猛烈的撞击竟把歹徒撞昏了，让警方顺利将其擒获……"蔡园平脸上露出了一丝欣慰的微笑。记者最后问他："有什么愿望吗？"蔡园平说："愿望倒是有一个，但心中忐忑不好启齿！"记者鼓励他："说说看……"蔡园平说："我今年才三十二岁，如果 N 行能接纳我成为他们的员工，我将奉献出毕生的精力！"

　　半个月后，记者的通讯报道《枪口下的搏击》刊登在总行的报纸上。蔡园平的心愿记者也如实在文中提出。舆论的力量是巨大的。分宁支行很快就接到了总行人力资源部门传达下来的领导指示，要求分宁支行在申请表上提出明确的是否同意接受蔡园平为 N 行的正式员工的意见。市分行章行长也亲自打电话给毕行长："毕行长，这个蔡园平是不是原来那个跳楼的员工吕红莲的老公？"毕行长说："正是。"章行长又问："吕红莲当时跳楼轻生就是说他老公赌博，这个恶习蔡园平改了吗？"毕行长就把蔡园平近一年来在华光支行的表现向章行长做了汇报。并明确表态同意接受蔡园平为分宁支行正式员工。

蔡园平如愿以偿，从医院康复出院后就直接到分宁支行保卫部去做了保卫干事。

蔡园平去支行上班的头一天专程去公墓里上了一次坟，告知九泉之下的老婆吕红莲：他已洗心革面，这次能到N行来上班，他决心把余生的精力奉献给N行的事业。

蔡园平确实是浪子回了头，来N行上班的第一年就被评为先进个人。第二年隆冬的一个周日，分宁县的天空飘起了雪花，地面湿滑滑的，蔡园平骑自行车去医院看望姑父，途经良塘大桥时，只见一辆载人摩托车拐弯急刹一下子掉进了汶水河中，河里涨了水，落水的两个人在水中拼命挣扎。蔡园平见状丢下自行车，边喊救人边脱棉袄，奋力跃进冰冷刺骨的河中，在将一人推往岸边返身再去救另一人时，终因体力不支，被冰冷的河水吞噬，不幸罹难……

山河呜咽，情动分宁。毕行长为支行有这样的员工而泪涕长流。蔡园平前后两年多时间里，做出了两次英雄壮举，最终用他的生命书写了一曲浪子回头金不换的壮丽乐章……

熔炉锤炼始成金

市分行因一位副行长退居二线，缺额了一位副行长的职数，经省分行同意，缺额副行长的职数在全市系统内公开竞聘。根据竞聘方案，对符合条件的竞聘者，通过个人报名、组织审查、竞聘演讲、民主推荐等程序后，最终产生了三位入围考察人选，分宁支行行长毕先亮又以总分第一名入围，对三位考察人选，省分行人力资源部组织考察小组进行了考察，最后报省分行党委研究，确定毕先亮为市分行副行长公示人选，公示期为七个工作日，至此，毕先亮行长即将调任市分行副行长已是板上钉钉。

毕行长的任前公示张贴在支行的宣传栏里。是夜，繁星密布，闪闪烁烁。毕行长与老婆栗颖玲在父母家吃过饭，俩人决定去"静馨阁"茶楼坐一坐。快两岁的儿子澄澄已是外公外婆的掌上明珠，由外婆盛芳琳带着睡。女婿毕先亮即将被提拔为市分行副行长，栗智勇自然十分高兴，赶回家来陪女婿喝杯小酒，以示庆贺。

汶水河在静谧的夜幕下汩汩流淌，毕行长与老婆栗颖玲早早就订好了那间两个人第一次见面的八号包厢，俩人一边喝茶一边畅谈。

"颖玲，时间过得真快呀，来分宁眨眼就四年了，还记得我们当初在这间包厢的见面吗？"毕先亮先开口。

老公即将提拔，满脸洋溢着幸福感的栗颖玲笑吟吟地回答道："能不记得吗？那天晚上为了存款的事，你曾唉声叹气，一脸苦相，我追问你有什么难处，你才道出困难。哎，我问你，如果当初我不帮你那个忙，我俩能结合在一起吗？"

毕先亮说："颖玲，不管有没有存款，我内心里早就拉起了你的爱情之手。"

栗颖玲双手一合，俏皮地说："上帝呀，感谢存款牵线搭桥，让我有了老公，要不然我现在都成老姑娘了！"

毕先亮为老婆的幽默不禁"扑哧"一笑，随后，又充满感激地对栗颖玲说："颖玲，这几年行里业务的发展得很快，得感谢你的大力支持。"

栗颖玲说："没与你结婚，还真不知道银行是怎么回事。这几年耳濡目染，才知道当个行长真不容易，各种考核、检查、问责、数不胜数，摸爬滚打，操心受累，没日没夜，我算领教了，老公，你真辛苦！"

"颖玲，有你的理解支持，才有我这次竞聘的成功。"毕先亮不无感慨地说。

"我很快就要离开分宁了，这几天来，行里过去那一件件一幕幕的往事总在眼前浮现，吕红莲、柯峰、老吕、钟贵林、蔡园平……"毕先亮的嗓音里透着一种湿润。

栗颖玲也沉默了下来。她理解老公此刻的心情，与行里员工四年来的朝夕相处，"春天行动""激情仲夏""爱在金秋" ……哪一个季度的业务主题竞赛，不是闯关越险、排难而行。而老公很快就将离开这座充满激情的熔炉了，心潮能不起伏难平吗？过了好一阵，栗颖玲才打破沉默："先亮，我们去汶水河边走走吧？"

"好啊，再去闻闻这汶水河甜润的气息吧！"毕先亮站起身，牵起栗颖玲的手走出了包厢。

悠悠的河风起来了，远处飘来了吴雁泽演唱的《再见了大别山》的优美歌声："清风牵衣袖，一步一回头，山山岭岭唤我回，一石一草把我留……"

漉澄湖之夜

天刚蒙蒙亮，毕剑龙就醒了，一瞅，发现自己竟躺在罗素芸的床上。旁边的罗素芸还未醒，鼻息里响着轻微的鼾声。她像一只乖顺的小猫，侧身弯卧着，透明的真丝睡衣内，一对圆润丰满的乳峰随着匀称的呼吸在微微颤动，两条修长雪白的大腿裸露在外，不由毕剑龙的手不往那令人神往的地方滑去。

毕剑龙知道，是酒精那个魔鬼的魔力起了作用。

他依稀记得，昨晚与同学喝多了酒，他借着酒劲给罗素芸打了电话，是罗素芸开了车子去接的他，也不知罗素芸把车开去了哪里，他迷迷糊糊被罗素芸扶下车，扶进了屋，一头栽倒在床上，就沉沉地睡了过去。

罗素芸被毕剑龙的抚摸弄醒了，就嫣然一笑，说，清醒了吧？毕剑龙说，酒是醒了，这意识又迷糊了，说着就一把将罗素芸紧紧地搂进了怀里。罗素芸说，看你猴急的，你还未冲澡呢，我等你！毕剑龙一边脱衣一边说，我都快憋不住了，还冲啥澡！说完就跃了上去。罗素芸一笑说，算我倒霉，就乖乖叉开了双腿。两个人随之滚作一团。

罗素芸是国辉房地产开发公司的老总。她比毕剑龙小四岁。罗素芸与毕剑龙都毕业于国内某著名高校，两个人是校友。毕剑龙在大学读的是金融专业，而罗素芸读的专业是土木工程。毕剑龙读大三的时候，罗素芸刚进大一，因都是从景海市去的，老乡扯老乡，在大学里两个人就熟悉了。毕剑龙的堂堂相貌给罗素芸的第一眼印象挺深，但那时毕剑龙正与班上的同学齐文丽处在热恋之中。毕剑龙毕业后与齐文丽一起分配到了景海市的银行工作，两个人参加工作后的第三年结了婚，随后添了一个女孩，小家庭生活过得和和睦睦。毕剑龙工作勤奋，又有名牌院校的本科学历，入行第七个年头就被提拔为开发区支行的副行长，在副行长任上干了几年后，又顺利坐上了青云区支行行长的位子。毕剑龙干得一帆风顺，在行长这一级别里目前还是最年轻的一位，很有发展前景。可惜老婆齐文丽命薄，前年去医院检查得了淋巴癌，治了一年多，花去了十几万，去年还是撒手人寰。毕剑龙只好把读小学的女儿送去了爷爷奶奶处。

罗素芸毕业后也分到了景海市的建筑设计院工作。在设计院画了两年图后，设计院率先进行了薪酬改革，按个人业绩收入提成计酬，打破了大锅饭。罗素芸凭着名校的招牌，加上她漂亮的姿容与广泛的人缘，接洽了不少业务，三年下来，个人收入进项竟有七八十万元。有了这几十万元的原始资本，罗素芸的心开始躁动了，干脆辞职下了海，成立了国辉房地产开发公司，几年做下来，竟做出了名气，据说身家已有了数千万元。

罗素芸奉行独身主义。在大学读大三时，曾与一个助教相恋过，并爱得死去活来，那助教把她玩腻以后，又与另一位更漂亮的大一女生鬼混在了一起，被罗素芸撞了个正着。自那以后，伤心透顶的罗素芸对恋爱再也提不起了兴趣。如今年至而立，还是子然一身。

罗素芸初创国辉房地产开发公司时，因刚刚起步，资金上十分紧张，得到过校友毕剑龙的贷款支持。开手罗素芸接了两幢经济适用房的开发项目，做经济适用房可享受许多的税费减免政策，但工程需要很大一笔垫资。罗素芸先找了几家银行申请贷款都没有谈成，后来抱着试试看的心理找到校友毕剑龙，提出了申请贷款的要求，毕剑龙经过一番实地了解与调查，就爽快地贷了五百万给罗素芸。后来罗素芸打通了关节钻了政策的空子，将经济适用房捣成了商品房的售价，那块地段又是黄金地，待房子售罄，罗素芸除还去贷款本息，扣除各项成本开支，一家伙净赚下来一笔可观数目。罗素芸就这样起了家。现在罗素芸的国辉房地产开发公司倒成了毕剑龙所在支行的黄金客户。罗素芸对自己能发家，一直都记着毕剑龙的人情。

罗素芸与毕剑龙的过往并不密切。这之前还没有过肌肤之亲。也许是毕剑龙过于注重影响，或许是对齐文丽的感情专一，毕剑龙始终与罗素芸保持着一种朋友间的友情。不像有的单位头头或银行的行长，罗素芸一去求他们办事，眼睛就总往罗素芸的胸脯上溜来溜去，话语里总射着一种迷情的韵味。毕剑龙第一笔贷款助罗素芸成功后，罗素芸为了表示感谢，单独请毕剑龙吃过一顿饭，并送给毕剑龙一万元，毕剑龙饭是吃了，钱却无论如何不肯收。两个人在包厢内跳舞时，尽管灯光迷离，音乐抒情，罗素芸那高耸的乳峰总往毕剑龙的胸前碰擦，毕剑龙也未对罗素芸有非礼之举，最后收场时，毕剑龙只在罗素芸的额前飞快地吻了一下，仅此而已，就离开了酒店。凭着这，罗素芸对毕剑龙的人品就分外敬重。

罗素芸虽然奉行独身，却并非守身如玉。罗素芸十分清楚，如果守身如玉，她的房地产开发公司就不可能顺畅发展。甚至可以说，会寸步难行。

从第一次开发那两幢经济适用房到最后捣成商品房出售，以及此后能拿到一块又一块黄金地段的商品房开发，除了资金上毕剑龙的大力相助外，还离不开的一个人就是分管城建的副市长皇甫英朋。

皇甫市长已是五十开外的人，城府颇深，处事圆滑。已当了两届副市长了。要把经济适用房变换成商品房，要想能取得一块好的地段搞商品房开发，没有皇甫市长的点头与允诺，在景海市几乎是寸步难行。

而要能打通皇甫市长这一关，局内人都心有灵犀，心知肚明，要不与之有孔方兄的利益联系，要不与之有耳鬓厮磨的朱唇莺语。然而皇甫市长的眼界又特别高，不是绝色佳丽，他就不屑一顾。一旦能与之耳鬓厮磨，恐怕比孔方兄的魔力还能更胜一筹。

刚起步的罗素芸为能办成事多次找过皇甫市长，每次找他，皇甫市长总是笑脸相迎，听过了罗素芸的请求后，口中总说你莫急迟早会解决的，眼睛却盯着罗素芸的漂亮脸蛋、丰满的胸脯睃上瞄下，最后仍然是一副公事公办的模样把心急如焚的罗素芸送出门。有一次罗素芸送了他三万元的孔方兄，他竟义正词严地挡了回来，羞得罗素芸不知如何是好，泪水悬在眼眶里直打转转。罗素芸该走的棋都走了，横竖就是走不通。最后只好心一横，趁一次皇甫市长去省城开会，罗素芸追了过去，在省城最高档的一家大酒店里，单独约了皇甫市长共进了晚餐。席毕，罗素芸邀请皇甫市长去跳舞，皇甫市长就问罗素芸下榻在哪，罗素芸嘴一努说就住上面918。皇甫市长就一笑说，舞就不跳了，就去你房间坐一坐聊聊天。罗素芸就领着皇甫市长去了918，一进门，皇甫市长一把就将罗素芸抱住了，嘴里还恬不知耻地直喊宝贝，事毕，身心舒畅的皇甫市长笑着说，等我回去就给你把字签了，又涎着脸补了一句，以后你只要像今天这样听话，就不愁没有钱赚，只要是规划内允许开发的地段，你点哪块给你哪块，懂不？

有了那一次，罗素芸办事从此就一路绿灯了。皇甫市长也就隔三岔五地给罗素芸打电话，约她去漉澄湖的一座秘宅里幽会。

漉澄湖离市区还有约十公里，那是一个天然的湖泊，湖面有五六百亩面积，湖岸绿柳成荫，湖水清澈碧澄，鱼儿游弋，空气清新，是一个休闲娱乐的好去处。

皇甫市长的秘宅有两层，每层都有一百多个平方米，小车可以直接开进院内车库。秘宅有三分之一建在湖面上，离水面不到两米，内里装修豪华，设备一应俱全。皇甫市长自称花了约七十万。

罗素芸初创公司那年只有二十七岁，除了在大学里与那助教有过肌肤之亲，再未恋爱。罗素芸身材窈窕，皮肤白皙，双乳丰满，面容姣丽，素养极高。皇甫市长当时比罗素芸整整大了二十八岁，比他女儿还小，若不是他手中有权，要想沾上罗素芸无异于癞蛤蟆

59

想吃天鹅肉。有罗素芸这般素质、这般容貌、这般韵致的女子，皇甫市长是百尝不厌、乐在其中而心无旁骛了，他几乎看不得罗素芸与其他男人接触，他想把罗素芸藏于秘宅，成为其专用的二奶。

罗素芸与皇甫市长的幽会实在出于无奈。罗素芸心里清楚，自己与皇甫英朋的苟合，实际就是权色交易。皇甫英朋用手中的权力占有自己的肉体，而自己用肉体换取皇甫英朋权力下的"绿色通行证"。与皇甫英朋做爱，她可以一边想着公司里的事或边欣赏音乐，而皇甫英朋却十分专注而投入，津津有味，乐得其所。竟把这种占有升华为了情感的寄托，以致不能自拔。

皇甫英朋的精力十分充沛，几天不与罗素芸幽会就魂不守舍。罗素芸被迫与皇甫英朋保持了三年这种频繁的暧昧关系。直到她与毕剑龙相爱了，她与皇甫英朋才疏远下来。刚巧这时期皇甫英朋也去了市政协当副主席。

皇甫英朋最担心的就是这一天。他知道自己一旦去了政协，手中没有了实权，罗素芸就会弃他而去。皇甫英朋最惧怕这一天的到来。

在离去政协还有约半年的时间里，有一天皇甫英朋就试探着对罗素芸说，小罗，我是有恩于你的人，如果哪一天我到人大或政协去了，不能给你帮上忙了，你还会与我一起吗？罗素芸沉吟了一会，说，我总还有追求个人幸福的权力吧，难道你要占有我一辈子？皇甫英朋的脸就阴沉下来，悻悻地说，我知道你就是这样的女人，我成就你数千万身家，不知担下了多少风险，你却想到时就把我一脚踢开，我太不值了！罗素芸见皇甫英朋发了火，又温婉起来，想了想说，你别想那么远了，我也不会那么不讲情义，只要我不结婚，我不会冷落下你的。罗素芸嘴上虽这么说，内心里对皇甫英朋的霸道做派十分厌恶了。皇甫英朋见罗素芸软了口，口气也就软和下来，对罗素芸说，小罗，只要你今后不忘了我，在我任期内，我还会给你再开发两个好地段的，你可不要忘记了今天说的话哟！罗素芸勉强点了点头。皇甫英朋又一把将她搂进了怀里。

罗素芸起了想结婚的念头就是那次在家里委身于毕剑龙之后。

毕剑龙那天下午参加区里的企业改制工作会，会上杨区长不点名批评了毕剑龙所在的青云支行，说某银行对区里的企业改制不配合，别以为自己是条管单位，头上的帽子区里管不着，但区里也有措施对付你，还举例说前不久不就有一家条管单位被区审计局查出了经济问题吗？条管单位管不着，公检法、审计、物价总属区里管吧！言下之意是要派审计、检察院这些单位来对付不听话的条管单位。把毕剑龙气得够呛。会上又不好争辩，只好窝着一肚子气回到行里。

杨区长指的是天峰钢厂的改制青云支行不愿退出土地抵押权。

天峰钢厂欠青云支行贷款四千多万元，厂里有一千多名职工，改制成本测算要两千多万，天峰钢厂的资产负债率已达百分之两百多，已是严重的资不抵债，目前唯一值钱的只剩下已抵押在青云支行的厂区内的一百多亩土地，评估价值约三千万元。土地既已合法抵押，银行就有权依法处置受偿。即使卖了三千万，银行还要损失一千多万本金。可区政府就是不准青云支行去处置，你银行若要处置，区土管局就要征收百分之四十以上的土地出让金；银行不处置，协商处理，区里也就不征收土地出让金，让利于钢厂改制。毕剑龙行长与区里下派的钢厂改制小组多次谈判，改制小组要先安排改制资金，余下的不到一千万再用于还贷款，毕行长坚持至少要五五开，还一千五百万的贷款，就这事双方僵持不下，改制小组汇报到杨区长那里，就有了杨区长会上的发火。

毕剑龙回到行里后，两个高中的同学许成清与周燕东说要请他吃饭，毕剑龙心里窝着气，又想今天是礼拜五，也就想去放松一下，就答应了。许成清就开车过来把毕剑龙接过去吃饭。

许成清与周燕东都开了家五金电器铺，过去得到过毕剑龙的支持，都发了点小财，总想约毕剑龙吃顿饭，聊表谢意。毕剑龙总推有事一直未成行，今天把他请了过来两个人都很高兴。

三个人都是同学，也就少了许多顾忌，都放开了量喝酒。其实毕剑龙是心里有气，有点借酒浇愁的意思，而许成清与周燕东却不知毕剑龙的心事，以为酒逢知己千杯少，结果三个人都喝得酩酊大醉。

毕剑龙去洗手间小解时，突然想起罗素芸，就掏出手机给她打了电话。罗素芸一听毕剑龙讲话就知他喝醉了，忙问他在哪里，毕剑龙告知了他的地址，罗素芸就开车过来把他接了过去。

罗素芸是有意把毕剑龙接到她的住处去的。齐文丽去世以后，毕剑龙单身一人过日子，也未成家。据说为他做介绍的红娘倒是不少，还有的女子主动上门表示愿与他结为伴侣，毕剑龙却是一个也未看上。

罗素芸把毕剑龙扶进了屋，毕剑龙一歪就栽倒在床上。罗素芸去打来了水，为毕剑龙擦了把脸，又擦了脚，接着去泡了一杯浓茶，用矿泉水兑凉后，扶着毕剑龙的头让他喝了下去。毕剑龙喝过茶又一头睡过去了。

罗素芸望着沉睡中的毕剑龙，发现一年多来毕剑龙苍老了许多，过去那头乌黑的头发竟有许多白发掺杂其间了，一对炯炯有神的虎眼，眼角也挂上了鱼尾纹，身上穿的衬衣西裤也皱巴巴的，显然没时间拿去熨烫。罗素芸看着看着心里就浮起了一丝怜悯，她感觉毕剑龙太需要一位知心善良的女人与他为伴了。

罗素芸的心里蓦然升腾起一个要回报这位真正有恩于自己的校友的心愿。

罗素芸洗完了澡，连胸罩、裤衩也未穿，只罩了一件薄如蝉翼的真丝睡衣，就睡在了毕剑龙的身边。

罗素芸只在大学与那位助教初恋时有过做爱的冲动与快感。与皇甫英朋交往的几年里从未有过做爱的快意。这回与毕剑龙做爱，两个人都酣畅淋漓，身子骨软耷得像一团白面。罗素芸就想，做爱其实来不得半点虚伪，它需要两个人的真情萌动才能达到极致。这种感觉在与毕剑龙的交媾时终于又找了回来。

罗素芸昨晚把毕剑龙扶进了门，就把两个人的手机都关了，早上起床后也都没开机，他们不想让任何人打搅，想完完全全地把个人的身心放松两天。

罗素芸做好了早餐与毕剑龙一起吃过，就拎起袋子去了一趟菜市场，拎回了足够两个人两天享用的蔬菜。

两个人足不出户，就关在罗素芸的房里，看电视、看影碟、玩双人电子游戏、聊天，两个人都兴奋了，就拥抱在一起，不管白天还是晚上，然后就尽情地做爱。

两天飞快地就过去了，星期一必须上班了，两个人竟有点乐不思蜀。

此后，毕剑龙与罗素芸通起了热线电话，毕剑龙开始三天两头与罗素芸住在一起。

约莫过了三个月，毕剑龙与罗素芸都感觉两个人已彼此心心相爱，割舍不开了。毕剑龙对罗素芸说，素芸，我们结婚吧！罗素芸说，我那僵死的心房总算让你复苏了，我同意与你结婚。两个人便商量，婚礼定在十月一号，只请双方至亲与最要好的朋友，不扩大影响。

罗素芸找到了幸福真挚的爱情，当然就有了与皇甫英朋分离的理由。这时皇甫英朋担任市政协副主席也已两个多月了，期间打过多次电话给罗素芸，约罗素芸继续幽会，罗素芸只去了一次，并告诉了皇甫英朋，她准备与毕剑龙结婚了。皇甫英朋说，你结婚我不反对，但必须与我继续幽会，你不能看我去了政协，就过河拆桥，你这属于忘恩负义。罗素芸说，我与毕剑龙结了婚，就不可能再跟你往来，让他去戴绿帽子，我有追求个人幸福的权力，岂能受制于你一辈子。两个人你一句我一嘴，结果闹得不欢而散。

转眼毕剑龙与罗素芸的婚期就临近了，两个人布置好了新房，亲戚朋友的请帖也发了出去。

皇甫英朋几乎每天都给罗素芸打电话，罗素芸有时只嗯一句就关了，有时看清楚是皇甫英朋的来电就干脆不接。罗素芸真烦透了。

又隔了两天，皇甫英朋从公用电话亭给罗素芸打来了电话，罗素芸见是个新号码就接了。皇甫英朋温和地说，小罗，是我，我想通了，我求你与我最后再见一次面，从此，我再不纠缠你了，好吗？等会儿我开车去接你。罗素芸见皇甫英朋把话说到这个份上，又急于想摆脱这件事，就答应了他。

　　罗素芸给毕剑龙打了一个电话，她对毕剑龙撒了个谎，她说合作开发阳光城的两位浙江老板过来了，他们住在漉澄湖，她要到漉澄湖去与他们商量一下合作开发事宜，晚上就不回来了。毕剑龙说，你放心去吧，但明天要早点回来，我俩一起去挑礼服。罗素芸说，好，我明天一定早点回来。

　　罗素芸第二天上午都没回来，毕剑龙手机都快打破了，还是关机。毕剑龙便开了车赶去了漉澄湖，几乎找遍了所有的宾馆酒店，既没有浙江来的老板，也没有罗素芸的住宿登记。一直到晚上，依然联系不上。毕剑龙便感觉不妙，报了警。

　　罗素芸突然失踪了，公安抽调了精干的警力进行分析排查，忙乎了一个多月，却没有任何进展。罗素芸的失踪案成了一个悬案，也成了一个谜。

　　毕剑龙怎么也想不通罗素芸为什么要对自己撒谎，心里既揣着一个疑问号，又担心罗素芸已遭不测。毕剑龙心力交瘁，几天时间，头发几乎白了一半。

　　罗素芸失踪不知不觉就过去了一年多，人们对这起失踪案也开始慢慢淡忘。

　　随着旅游开发热的兴起，景海市委、市政府决定把绿色旅游打造为全市经济发展的一大重要支柱。漉澄湖成了市里旅游招商开发的一个重点，漉澄湖湖心岛的开发很快得到审批，并组织实施。

湖水花了一个多星期排干了，罗素芸的尸体在秘宅下面被挖泥的民工发现了。她被人用尼龙绳紧紧捆绑着，用毛毯包裹着并挂上两个哑铃沉入湖底。民工立即报了案。

通过 DNA 鉴定，那尸骨确属罗素芸，失踪了的罗素芸原来被人杀害了，警方迅速展开了侦破。

捆绑罗素芸尸体的那条毛毯质量相当好，罗素芸的尸骨与毛发十分完整，除了罗素芸的毛发之外，细心的警方人员竟从罗素芸右手的骨趾之间意外发现了一绺头发，警方判断这显然是罗素芸与罪犯搏斗时留下的证据，这绺头发成了警方迅速破获罗素芸遇害案的重大线索。

秘宅的房主成了重大犯罪嫌疑人，现在的房主是一位福建的老板，经审问，原房主皇甫英朋浮出了水面。通过对皇甫英朋的毛发与从罗素芸尸骨处取获的头发进行 DNA 鉴定，那头发确属皇甫英朋。皇甫英朋随即被警方逮捕。一进审讯室，胆怯心虚的皇甫英朋在提审警官威严的目光逼视下，全身筛糠般地抖个不停，很快就供出了他杀害罗素芸的犯罪经过。

那晚皇甫英朋驾车把罗素芸接去了他的秘宅，皇甫英朋气咻咻地斥责罗素芸变了心，连他的电话也不接了，并向罗素芸提出了两条：一条是继续与他保持这种暧昧关系；一条是罗素芸拿出五百万元给皇甫英朋，作为他对国辉房地产开发公司支持的回报。并还下流无耻地要与罗素芸再发生一次关系。罗素芸断然回绝了皇甫英朋提出的要求，柳眉倒竖怒斥皇甫英朋是地痞、流氓、无赖，断言与他一刀两断，并拉开房门就走，要回市里。恼羞成怒的皇甫英朋把她拉了回来，狠劲地扇了罗素芸两耳光，并强行将她按倒在床上欲行不轨。罗素芸奋力反抗并大声喊叫，并揪下了一绺皇甫英朋的头发，皇甫英朋用手去捂她的嘴，被罗素芸趁机咬了一口，皇甫英朋痛得牙一龇，霎时凶相毕露，双手紧紧地掐着罗素芸的脖子，口里恶狠狠地反复喊着我叫你背叛，我叫你去结婚。直至罗素芸完全咽了气方才罢手。罗素芸一死，皇甫英朋又慌乱了起来，他拿来一条毛毯，将罗素芸从头至脚包裹起来，又找来一根尼龙绳，将毛毯绑紧，并系上他用来锻炼身体的一对哑铃，待到夜深人静时，用一根绳将罗素芸的尸体从卧室的窗口上缓缓地吊了下去，沉进了湖底。不久，皇甫英朋就将那幢秘宅卖给了福建来的一位投资商。罗素芸的案子成了悬案，皇甫英朋一直悬着的心也就开始慢慢平静下来。

谁知天网恢恢，疏而不漏。瀺澄湖的景点开发把沉睡湖底的罗素芸露了出来。更令皇甫英朋想不到的是，由于自己的疏忽，罗素芸从他头上揪下的一绺头发还握在她的手中，给警方留下了破案的关键证据。

……

大约十个月后，一声正义的枪声结束了皇甫英朋罪恶的人生。

如今的瀺澄湖绿树成荫，波光粼粼，在夜色灯光的映射下，更加妩媚动人……

分 行 行 长

不 速 之 客

天色越来越暗，乌云在低垂的天空中狼奔豕突，眼看一场大雨即将来临。栗博飞行长无心关注窗外的气候变化，他正专心致志地审阅着内网上的文件。早几年前，银行就实行了无纸化办公，各种文件的传阅、审批、业务经营信息、业务数据、通知、部门以及同事之间需告知的事项都在内网上进行阅览与操作。一言以蔽之，内网是各家银行从安全角度而开发的网络办公系统，内部人员才能使用，外人是切入不进来的。要查阅了解国际国内的其他信息，就要通过网络隔离卡从内网进行转换到外网，然后才能浏览。无纸化办公的实施，虽然节省了成本，但传递速度的快捷方便，也造成了内网上各种文件、信息的倍增，如果出差几天回来一打开电脑，堆砌在内网中的邮件处理起来就够你忙活大半天，领导阅读的工作量比纸质传递增大了若干倍。有时一个邮件，一打开就是几十页，看得你眼花脑涨，上了一点年纪的人都切身感觉，自从有了网络办公系统，眼睛比过去老花提前了好几年，就拿栗行长来说，还不到四十五岁，早两年就配了一副一百度的老花镜了。月初来鲲鹏市分行担任党委书记、行长的时候，栗行长刚过四十八周岁，又配了两副一百五十度的老花镜，一副放在公文包里，外出时可随用，一副放在办公室桌上。

还差两三个文件没批阅完，栗行长办公室的门"砰"的一声就被人推开了，一个酒喝得满脸通红的汉子往门里闯了进来。门外有两个人在拉这位汉子，一个是市分行办公室主任揭新怀，另一个是人力资源部经理肖秉峰。但这位汉子酒后劲大，一下甩开他们的手，并返身把门扣上了。门外的人被堵在了走廊上。

栗行长心头不禁一惊！

按理说作为一个市分行的行长，级别也是正处级了，行长在办公，外面来客也好，行内员工也罢，要见行长最起码的礼节要懂。鲲鹏市分行的行领导都在七楼，分走廊南北两边五间办公室，来客一进七楼门，正对的是市分行办公室，只要一听见脚步声，办公室里的人都会留意是哪位来客，一般来见行领导的人都会先问一下办公室里的人，某某行长办公室是否有客？如有客都会在办公室沙发椅上等候，岂有既不通报也不敲门就硬闯一把手办公室之理？

栗行长内心十分恼怒，暗忖鲲鹏市分行怎么有这等不懂礼节之人！这与社会上的下三滥有何区别？但栗行长还是强压下了心中的怒火。他自知敢如此鲁莽冲进行长办公室的人，一定是来者不善，善者不来。

来鲲鹏市上任之前，栗行长就耳闻了鲲鹏市行风之乱。市分行

69

机关曾出现过几起员工斗殴事故。省分行领导不无戏谑地说，鲲鹏市虽小，但那地方是"庙小妖风大，水浅王八多"。去那里工作，没有几把"刷子"，要打开那里的局面很难。

果不其然！

那满脸酒气的汉子关上门后就嗵嗵嗵地几步一屁股坐在栗行长办公桌对面的椅子上，满脸酒气中透着一股怒气。见这架势，栗行长知道如果自己言语上稍有不慎，很有可能就要引爆那张红涨得已像充满气球的脸，轻轻一戳就会爆炸。

古话说：好汉不吃眼前亏。栗行长深明其理。

栗行长是一个有着丰富银行从业经验的管理者。他行伍出身，曾当过两年兵。一九八一年退伍后进入银行工作，他从银行的最基层营业所干起，一步一个脚印，从出纳、信贷员、营业所副主任、主任，县支行保卫股长、办公室主任、副行长、行长一路干上来，并在永江、青瑞两个大的县支行干过行长。二〇〇二年省分行开展全省辖内副处级干部竞聘，栗行长脱颖而出，直接被省分行聘任为农业信贷处副处长，由县支行一下跃升进位到省分行机关工作。后来他又辗转省分行机关几个处室任副处长，其间还被总行交流到沿海发达兄弟行的市级分行去挂职一年多。多年的打磨与锤炼，使栗行长精通业务，办事沉稳，干练老到。

看来者有一米八左右个头，面对这位不速之客，而且又是一位酗酒者，栗行长在瞬间的惊讶之后立马有了应对之策：切不可硬碰硬，应顺势而变。

栗行长掏出一支烟递过去，那汉子却挡了回来："我不抽！"栗行长碰了一个钉子。

"请问你贵姓？是哪个部门的？"栗行长初来乍到，市分行机关有十几个职能部门，近百号员工，当然弄不清来者是哪方"神圣"。

"我姓秦，叫秦明刚。在保卫部搞监控。"汉子答。

"请问你有什么事？"栗行长问。

"你为什么不给我们内退返聘的员工做'行服'？"秦明刚突然用手指着栗行长，"你今天必须回答。做，我有做的办法；不做，我有不做的办法。"秦明刚神态蛮横起来。

"哦，原来是做'行服'的事！"栗行长心中嘀咕了一声，这才弄明白秦明刚是为何事而来，心里也就有了谱。

几天前省分行来通知，各行可为在职员工做"行服"。何为"行服"？顾名思义，就是银行员工的工作服。因为省分行有通知，市分行行长办公会经过研究，决定为全行在职的员工每人做夏服两套，西服两套。而且规定，市分行机关员工每周一至周四必须穿行服上班，周五可穿一天便装。营业网点员工因为每天与顾客打交道，必须穿行服上岗。当时上会研究时，栗行长就专程问过工会办的主任："两年前行里是哪些范围的人做了行服？内退的员工有吗？"主任回答："是在职的员工才做了行服。内退的员工因为没上班了，就没有做。"既然过去就是这样执行的，栗行长也就没再问什么。

内退员工是四大国有商业银行的一大特色。二〇〇二年那一年，银行开始大量撤并网点与裁减人员，很多县级以下乡镇的营业所、分理处、储蓄所被撤并。凡工龄满了三十年的一刀切办理内退手续，男女员工工龄满了二十年的，如个人主动申请也可办理内退。

愿意协议解除劳动合同的，按每年工龄补一定数额的钱并一次性领取，同时签订协议解除劳动合同。当年政策一出，震动巨大。那年头银行人员工资待遇也不高，就有一批人员做出了选择，有的办了内退，拿一份内退工资提前回家去了；有的人干脆签订了协议解除劳动合同，彻底与单位脱了钩，投身社会，谋取生路。哗啦啦一阵子，当时银行臃肿的网点、冗余的人员一下子瘦身了不少。

秦明刚就是二〇〇二年那一阵子内退的。两年前，市分行保卫部建立了安全保卫监控系统，需二十四小时有人值守，因值班人手不够，保卫部就从内退的人员中返聘了两位，一位是退居二线的副科级干部卢威海，另一位就是秦明刚。

栗行长当时尚不清楚保卫部还有两位返聘的内退员工。

尽管秦明刚态度蛮横，栗行长还是耐着性子友善地对秦明刚解释道："老秦，不是我不跟你们做行服，一是上级行的通知只限于在职员工，行服毕竟是一种工作服，内退人员不上班了也就不好再安排；二是前两年做行服，内退人员也没安排。我虽然不知道行里返聘了你们两位员工，但可以设想，如果跟你们两位做了行服，那其他几十位内退的员工也会来闹事。你虽内退了，毕竟还是行里的员工，你也要理解行里的难处！"秦明刚却大声叫嚷："其他内退的员工你做不做关我屁事，既然行里返聘了老卢和我两个人，你就必须给我们做！"秦明刚一边叫嚷着一边攥着拳头站了起来，声色俱厉地威胁着栗行长道："你就只给我回答一句话，做还是不做？"

栗行长双眉紧皱了一皱，冷冷地又不无威严地迸出了一句："老秦，看你这架势，难道还要打人不成？我告诉你，你若动手，我让你打，保证不还手。"秦明刚原以为他这架势会激怒栗行长，不料栗行长不仅不中计，反而说我让你打，保证不还手。秦明刚攥紧的拳头只好捶在桌面上，而且捶桌子的力度显然一下子没了底气。

栗行长察言观色，察觉到了秦明刚落拳力度这一变化，秦明刚狐假虎威，毕竟心虚。栗行长趁机正色道："老秦，我告诉你，有理走遍天下，无理寸步难行。拳打理不过。现在是法制社会，绝不是打得赢为上。员工有困难有意见，按正当途径找组织上反映，你去打听一下，我是一个不讲理之人吗？我作为一行之长，你冲进办公室就要打人，你考虑过后果吗？难道班房里就不能关你？——我奉劝你坐下来，有话好好说，我洗耳恭听。"

秦明刚没想到新来的行长言辞如此柔中带刚，句句在理，而且直戳其软肋，心里更加发虚。但碍于面子，又不好坐下，依然硬撑着鼓着一双金鱼眼瞪着栗行长。

正在这时，栗行长办公桌上的电话响了起来。栗行长一接，话筒里传来党委副书记、副行长高欣文的声音："栗行长，市委来电话，请您过去开一个紧急会。"

"好的！我立马过去！"栗行长猜测可能是高行长回来了，一定是听人报告了秦明刚已冲进行长办公室的情况而设计让栗行长脱身。放下电话，栗行长对秦明刚说："市委要我去开紧急会，下次我们再谈。"秦明刚不好再说什么。栗行长拎起公文包，走出了办公室。走廊里已有一群人在焦急地等候，果然高行长也在其中，见栗行长化险为夷地走了出来，大家才长长地舒出了一口气。

冰 冻 三 尺

鲲鹏市分行遗留下来很多历史问题，尤其是住房问题乱象丛生，有一人占两套住房的，有抢房的，还有擅自换房的，可谓乌七八糟，全国罕见，员工意见很大，怨气甚多。前几任一把手都想解决此事，多次半途而废。加之以后又进行了房改，更加积重难返，要想把这个刺蓬拆开，等于是往泥潭里跳。在鲲鹏，还不仅仅是住房问题。市分行机关曾出现过两起中层干部之间、中层干部与员工之间的打架斗殴事件。更有甚者，有一位机关办公室的员工，患了一种红斑狼疮的病，病休一年多没上班。后来本人强烈要求复岗上班，办公室主任安排他协管后勤，上班不到一个月，有一天早上他妻子叫他吃饭，发现他已死在床上。这本来不关单位上的事，而他的亲属却来行里大闹天宫，说他管后勤连续加班加点，是累死的，要判因公死亡，并提出了好几条无理要求。市分行领导没法答应，结果一大帮亲戚就把花圈摆到了市分行大楼的一层营业部大门口、市分行机关电梯口、行长办公室门口三个地方，不明真相的过往行人纷纷驻足围观，打听银行出了什么大事，闹得市分行乌烟瘴气。110 的巡警虽然也来了，因是银行员工内部纠纷，也不好采取强制措施。最后还是省分行派了人事、保卫部门人员下来，与他亲属谈判了半天做出了一些让步才将此事收场。

冰冻三尺非一日之寒。几年来一系列的恶性事件，对鲲鹏市分行的行风伤害极大。员工士气低落，纪律涣散，大多数员工都过起了做一天和尚撞一天钟的懒惰日子。

发生在鲲鹏市分行几年来的一系列恶性事件，栗行长是通过他上任以来找人谈话才逐渐了解到的。如此行风，怪不得秦明刚敢冲进行长办公室去闹事，去恐吓威胁新来的行长。

秦明刚事件后栗行长了解到，秦明刚并不是市分行机关的内退员工。他二〇〇二年内退之前，在鲲鹏市分行下辖的通江县支行做信贷员。大家都反映秦明刚其实是个老实人。那年有内退政策，秦明刚不知是搭错了哪根神经，稀里糊涂跟着人家也办了内退。回去后把家里的几万元积蓄悉数取出，又东挪西借凑了十几万元，与他人合伙办了一家贸易公司，折腾了几年，亏得一塌糊涂。元气大伤的秦明刚从此很落魄，龟缩在家里混日子。两年前还托了某领导说了情才返聘到市分行保卫部来搞监控。据说那天去栗行长办公室滋事，是中午与卢威海喝了酒，近几年行里的歪风邪气一浸染，老实人也变成了刁民，卢威海一番怂恿挑唆，喝了酒的秦明刚顿时豪气冲天，才以酒壮胆去行长办公室犯傻。

市分行给秦明刚记大过处分，同时解聘回家。并在全市系统内给予通报，以儆效尤。

与栗行长一同来鲲鹏市分行任职的还有二把手高欣文。高欣文来鲲鹏市分行任职之前在庐陵市分行任党委委员、副行长，栗行长与高欣文同是二〇〇二年聘任的副处级干部，栗行长在省分行任副处长，高欣文在庐陵市分行任党委委员、纪委书记，两个人私交很好。新班子到任后分工时，高行长协助栗行长分管人事、财会、个人金融业务。高欣文也是二十世纪八十年代初进入银行，也是从基层一步一个脚印打拼上来的，他熟悉业务，遇事沉稳，是栗行长的得力助手。

面对鲲鹏市分行的干部与员工队伍现状，摸排了解一段时间后，栗行长在全行提出了"树正气、鼓士气、促稳定、谋发展。"十二字的指导思想。召开了行务会、全行干部大会、离退休老干部代表大会、市分行机关全体员工大会等多个层面的会议来统一思想，并出台了一系列的措施狠抓落实。市分行班子每周一早上开碰头会，对行领导每周要抓的工作和行内开展的活动，下发《每周要事》；市分行机关各个部门每周一也要开会，本周从部门经理、部内员工每个人做什么，一一列出，每个部门向行领导发送《每周工作安排》；市分行工委办制定出台了《老干部生病住院走访慰问办法》《员工重大疾病救助办法》等一系列保障措施。重申了考勤纪律，规范了着装，健全了各业务部门的业绩考核。行领导事事处处以身作则，率先垂范。一套组合拳下来，全行上上下下，行风行纪行貌明显改观，正气逐渐上扬，歪风随之隐退。尤其是栗行长提出"我们鲲鹏市分行每一个员工到底是为谁做事，为谁打工？"的大讨论，更让员工纠偏了思想，激起了波澜。

"……同志们，中国有一句古话叫'铁打的营盘流水的兵。'我觉得在我们鲲鹏市分行，这句话要改为'铁打的营盘流水的官。'我为什么要这样改呢？同志们，你们想一想，鲲鹏市分行成立三十多年来，据说我已是第十五任行长。这么多年来，行长是换了一茬又一茬，但鲲鹏市分行的员工调走了几个？你们在座的有十几年、

76

二十几年甚至三十几年工龄的同志，依然还在鲲鹏市分行工作，你们说是不是'铁打的营盘流水的官'呢？同志们，鲲鹏市分行才是你们的家呀！有些员工做了一点事，就说是在为行长打工。我的兄弟姐妹呀，你到底是在为谁打工啊？是在为我这个行长打工吗？非也，应该是我在为你们打工！我只不过是受组织的委派来鲲鹏市分行带领大家工作，干几年我还是要走的，鲲鹏市分行才是你们大家的！你不是在为行长打工，你是在为你自己做事，为这个大家庭做事，千万不要混淆视听！……"栗行长那次在市分行机关全体员工大会上说的这一番话，激起了全体干部员工的思想共鸣，员工至今仍口口相传，感叹富有哲理。

经　营　困　局

鲲鹏市在赣江省是一个小地级市，管辖二县一区，全市人口一百三十八万，财政总收入不到一百个亿，规模以上工业企业二百六十八家。鲲鹏市分行下辖白溪、通江、云锦山、铜门、市分行营业部五个县级支行。

中国的银行业富有浓郁的国情特色。读者要想了解一些银行内情与银行人的生活，就很有必要陈述一下"工农中建"四大国有商业银行的机构设置。这四大国有商业银行均是银行业中的巨无霸，行政级别都是副部级。"工农中建"四大行总行都设在北京。各个省、直辖市、自治区都设有四大银行的省级分行，银行业内称省级分行为一级分行，对应行政级别为厅级；各地、市、州也设立分行，银行业内称为二级分行，对应行政级别为处级；各县、区、旗设立支行，银行业内称为一级支行，对应行政级别为科级。再往下的机构也有的叫某某支行（银行业内称为二级支行）、或叫某某分理处、储蓄所，对应行政级别为股级。四大银行股改以前，内设职能部门的称谓可谓五花八门，总行一级的职能部门有的叫司、局、室，负责人叫司长、局长、主任；省级分行倒是统一叫处、室，负责人叫处长或主任；市级分行有好长一段时间职能部门也叫处、室，负责人也叫处长或主任，但级别是科级，业内就戏称市分行的处长为"假处长"，因为省分行的处长按级别才是正儿八经的"真处长"。股改以后，四大银行的内设职能部门的称谓就趋于一致了，从总行到县支行都一律称为部、室，比如信贷管理部、人力资源部、办公室等，职能部门负责人的称谓总行与省分行的均叫总经理，市级分行与县级支行的叫经理。省分行总经理级别以下的原来的科长，改叫单元经理、副科长叫高级专员，再往下叫专员、初级专员。

有些作家写的银行作品看完两页就知是一个外行写手，除了知道写某某行长，其他的职能部门负责人该称呼啥都不清楚。作品来源于生活又高于生活。没有银行的工作经历或者深入过银行体验生活，根本不可能写出一部好的反映银行生活的文学作品。有一部写银行行长的小说，作家为了贬损银行行长，就虚构杜撰，说只要给某某银行行长暗中送了多少钱，打通了行长这一个关节，行长批一个条子，几千万贷款就可到手。殊不知银行要发放一笔贷款需要经过调查、审查、审批、发放以及贷后管理等若干环节，贷款审查委员会（简称贷审会）要对每一笔贷款进行审查，贷审会成员要进行无记名投票表决，超过三分之二以上投票同意，这笔贷款才算通过，最后交由行长审批。对贷审会同意发放的贷款，行长有一票否决权，无一票赞成权，即对贷审会同意发放的贷款，行长可以不同意发放；但对贷审会不同意发放的贷款，行长决不能同意发放，只能建议复议一次，若复议再被贷审会否决，则这笔贷款就被"枪毙"，一年之内再不能提交上会。贷审会同意并经行长签批同意的贷款再批复下级行去发放与管理，其操作流程贯彻了部门分离、互相制衡、严控风险的全过程。如检查发现贷款逆程序操作，就触发了高压线，从高管到经办人员都要受到纪律处理甚至法律追究。任何一家银行如果贷款都由一个行长说了算，大笔一挥就放几千万或上亿，那银行早就关门倒闭了。

当然也不能否定一行之长的贷款话语权，有些贷款出现的风险往往就伴随着银行行长的腐败。如某行长的道德出了问题，他会通过授意分管领导去引导贷款审查人员与贷审会人员投票的导向，使贷款符合各个环节的要求。这种贷款一旦出现风险，引发出来的案件一般都会是窝案，一大串人员都将受到处理。

栗行长接手鲲鹏分行时的各项存款总量只有三十多个亿，贷款总量二十来个亿。由于存款、贷款规模总量小，银行主要靠的是吃利差，盈利能力也就小，经营效益在系统内排名一直靠后。而股改后各家银行的工资费用都是按业绩来考核的，业绩做不上去，员工的工资福利也就差了许多。员工图实惠，工资少了，费用紧了，干起活来也就疲软拖沓。加上近几年行风又不好，人心涣散，经营陷入恶性循环。

二〇〇八年以前鲲鹏分行有过一段很风光的日子，业务经营指标在全省系统内十一家二级分行考核排过前三甲。原因是国内排名第二的赣江铜冶炼集团有限公司就落户在白溪县。鲲鹏分行为支持赣铜集团的发展，专门设立了铜门支行为其办理各项银行业务。鲲鹏市各家银行都视赣铜集团为黄金大客户，纷纷争夺市场份额。鲲鹏市分行那年头刚好时任行长钟理群与赣铜集团的财务老总是穿开裆裤一起玩大的老乡，赣铜集团高峰时仅在鲲鹏分行一家的存款就高达十几个亿，贷款更是一边倒达到二十多个亿，有这么一个庞大的黄金客户做支撑，鲲鹏分行真是躺着都赚钱，系统内业绩考核进入前三名，工资费用充足，从行长到员工扎扎实实过了两年悠闲自在的日子。

但好景不长，两年后钟行长调去了省分行任处长。刚好赣铜集团通过其上市公司在资本市场上发行了近六十个亿的分离交易可转债，募集资金一到位，赣铜集团就把各家银行所有的贷款一次性全部还清了。鲲鹏分行一下子失去了一个这么体量大的黄金客户，贷款仅剩下不到五个亿，存款也一下掉了十多个亿，经营一下子就从高峰跌入了低谷。全行上至行长下至员工顿感经营前景一片黑暗。

鲲鹏市分行的经营状况飞流直下三千尺，至栗行长接手时，业绩考核依然排在了全省系统内十一家二级分行倒数第一。虽然近两年来存贷款总量恢复到了五十亿左右，但鲲鹏市商业银行机构已有七八家之多，银行的业务竞争早已呈白热化，都在挖空心思抢饭吃，各家银行的业务规模都在发展。鲲鹏市分行比照同业各项业务的市场份额还是落在后面。若再不把人心拢齐，去力拓市场，奋勇直追，鲲鹏市分行在当地银行业的地位就会越来越弱，甚至被完全边缘化。

面对如此经营困局与接手时的行风之乱，栗行长感到肩上的这副担子沉甸甸的。时不我待，只要在鲲鹏，栗行长办公室里的灯光常常要亮到深夜……

首 单 落 槌

相对于二十世纪九十年代，如今的银行产品丰富得令人眼花缭乱。过去银行的考核指标主要是三大项：存款计划完成率、到期贷款收回率、盈利能力（利润指标）。如今的业绩考核指标有对公存款、个人存款、中间业务收入、EVA（经济增加值）、拔备后利润、内控评价等等，达到几十项之多。随着业务的不断发展，职能部门也不断扩大，过去一个省分行职能处室也就十几个，现在都有二十几个了。这些职能部门银行内部还划分为了前台、中台、后台三种类型。所谓前台部门就是要参与客户营销并打交道的部门，比如公司业务部、机构业务部、房地产信贷部、国际业务部等等，这些部门既属于前台又属于"对公"部门，主要与企业法人、事业法人、部队、机关团体等单位打交道；属于前台部门的还有个人金融部、电子银行部、信用卡部等部门，主要与个人业务打交道，内称"零售"部门或叫"零售"渠道；中台部门主要是为前台业务服务的部门，比如计划财务部、信贷管理部、运营管理部、内控合规部等等；后台部门主要就是保障部门，比如办公室、保卫部、总务部、监察部、信息技术部、工会等等。前、中、后台三类部门按业绩类与管理类指标进行考核。

每年一开局，省分行都会根据总行下达的业绩考核指标并适度调整后下达给各市级分行（二级分行），市分行再下达给各县级支行，年复一年，层层分解抓落实，每季抓考核。

栗行长是六月初到鲲鹏市分行上任的，省行下达的二十几项业绩考核指标中有三项大指标占权重分最大，其中：存款净增额七点二亿元，中间业务收入四千三百九十万元；拨备后利润七千三百万元。按市分行计划财务部的测算，存、贷利差收入、系统内资金往来轧差收入、再加上中间业务收入，减去各项成本，拨备后利润最多只能实现四千九百万元，还有二千四百万元的利润没有着落。栗行长从事业务出身，算盘也打得精，如何把鲲鹏市分行的绩效做上去？栗行长专门召开了一次行务会与一次业务经营分析会，让大家群策群力，出主意献点子，最后达成了共识：一是要进一步加大贷款的营销与投放；二是要向票据买入返售业务要利润。若不在这两块业务上做出文章，今年员工的工资收入与行里的费用支出还要大幅递减。工资福利不增长，员工就看不到希望，队伍就越发难带。

银行股改后员工的工资构成与股改前发生了翻天覆地的变化，股改后员工的工资构成由三大块组成，一是基本工资；二是岗位工资；三是效益工资；平时每月给员工发放工资只是基本工资加岗位工资，并不很高，效益工资才是大头。但效益工资是靠业绩来考核的，业绩好效益工资就多，业绩不好员工就只能发基本工资与岗位工资，靠效益赚工资，这种考核的"撒手锏"令各级银行高管、员工工作压力倍增，各家银行为争市场、抢份额、增效益拼得你死我活。

为创收增效鲲鹏市分行开展了一系列的业务竞赛活动，既捡芝麻更要抱西瓜。零售渠道部门加大了一手楼贷款按揭、代销基金、代理保险、代发工资等业务的深化与拓展；对公部门加大优良客户的贷款营销、货款回笼、企业注册资金落户等扩户提质。鉴于票据买入返售业务当年尚未破题，市分行专程出台了对票据中心员工的奖励方案，对票据业务有功人员按实现利润的千分之二给予绩效工资奖励。为防范风险，栗行长还专门给予票据中心人员绿色通道，员工出差做业务必须两个人以上，可乘坐飞机、动车一等座、住四星以上酒店，带票据返程行李派专车到机场或车站接送，确保票据携带安全。奖励政策与绿色通道一出，票据中心的员工摩拳擦掌，一个多月以后，与恒丰银行二十多亿元为期五个月的买入返售业务第一单顺利落槌。按票据买入返售利率与总行资金成本利率轧差，实现利润两千多万元。栗行长的眉头终于舒展开来。再加一把劲，超额完成省分行下达的利润计划已成定局。

米 婷 市 长

米婷市长是鲲鹏市分管金融工作的副市长。在市政府里她也是唯一的女市长。米市长四十来岁的年龄，中等身高，微微卷烫的头发将一个发髻拢在脑后，她谈不上漂亮，但皮肤还白皙，脸上的几粒雀斑分布得也很匀称，衣着得体，周身透着一个端庄典雅女人的气质。

米市长毕业于赣江财经大学经贸系，最初分配在鲲鹏市经贸委工作，从科员干起，一步步走上市经贸委主任的位置。米市长是民主党派，二年前被市人代会选举为鲲鹏市副市长，分管经贸、招商、工业园区、金融等条线工作。

米市长仕途走得很顺，但家庭很不幸。老公战康原在市国税局任副局长，女儿战雯丽在市一中重点班念高一，但偏偏不抽烟不喝酒的战康三年前却患了肝癌，撒手而去。悲痛万分的米市长一年多才慢慢从丧夫的阴影中走出来。好友多次为她牵线做红娘，但米市长始终摇头，至今孑然一身。

米市长特别爱好文学，读过许多的中外名著，尤其是对作家张贤亮的作品《灵与肉》《绿化树》《男人的一半是女人》十分崇拜。米市长高中时就在省报发表过小说，文化底蕴深厚的她因此具有良好的口才与思维表达能力，在她分管的领域其工作能力口碑甚佳。

栗行长与米市长已见过两次面。

第一次是栗行长来鲲鹏市分行上任后的第五天，米市长作为分管金融的政府副市长，栗行长专程去拜访了一次米市长。

因为是初次去拜访领导，栗行长精心挑选了两件见面礼，一件礼品是自己精心培育的君子兰；另一件礼品就是栗行长自己创作的中短篇小说集《一行之长》。栗行长早年就是省作家协会会员，二十世纪八十年代起就在全国各类报纸杂志发表文学作品。听闻米市长爱好文学，栗行长觉得送米市长一本自己创作的小说集更有意义，并且在小说集的扉页上端端正正地写上了：敬请米市长斧正。盖上了篆刻的印章。

果然米市长十分高兴，一接过书就说要认真拜读，并夸赞栗行长懂银行还搞创作，是真正的复合型人才。

有了共同的话题，两个人就聊得很投机，本来短暂的拜访竟聊了一个多小时才结束。

第二次与米市长见面是在七月初的下午，在市人民银行召开的第二季度全市金融形势分析会上，市人民银行桂行长通报了全市的金融运行情况，各家银行行长与其他金融机构的负责人都发了言，栗行长的发言建议再一次将米市长打动。

栗行长在发言中，一是针对工业园区中多家铜加工企业遇到的贷款抵押难问题，提出了由达到银行信用等级 A 级以上铜加工企业实行组团担保与循环担保，创新担保方式，解决铜加工企业的贷款难问题，这种方式经过省分行的调研，已同意采纳这种担保方式；二是建议市政府在工业园区内单独成立一家担保公司，由政府财政和园区内企业共同出资，银行按担保金额一比五的比例对园区内企业进行贷款。

米市长认真细心地听完大家的发言，在最后总结时，她专程对栗行长这种创新担保方式的思路与建议进行了肯定，并要求各家银行为支持鲲鹏市经济的发展要出实招，尽可能降低信贷担保门槛，并透露市政府金融办正在制定信贷资金支持地方经济发展挂钩奖励办法：一是市财政资金存款今后尽可能向信贷投放多的银行倾斜；二是每年对信贷投放最多的前三名银行领导班子给予重奖；三是对市政府招商引资的重点客户优先向前三名推荐。……米市长最后说："这个办法的出台，大家可以看出市政府的一片诚意，最终目标是达到政银企三方互惠共赢。"一石激起千层浪，米市长的讲话确实搅动了各家银行行长的心扉，会后纷纷表示要去上级行多争取政策与规模，加大信贷的投放，为鲲鹏市的经济发展做出应有贡献。

市人民银行安排了晚宴，一番觥筹交错，个个酒意渐浓，饭后桂行长有请大家上楼跳舞。

舞厅就是下午的会议室，桌椅搬走以后，就变成偌大的舞池，五颜六色的彩灯一旋转起来，卡拉 OK 一放，把大家带进了一个霏霏的世界。

各家银行行长召来了各自行里几位爱好唱歌跳舞的女孩子，一时舞厅里人头攒动，桂行长带头献唱了一首歌《把根留住》，并要求各位行长踊跃献歌。

栗行长念高中时曾在文艺班待过两年，有一副好嗓子，也就积极响应。他上台演唱了一首刘欢的《火辣辣的娘儿们》，引来满堂喝彩，歌毕下场他邀米市长跳舞，米市长笑吟吟地一边迈开舞步，一边不无钦佩地小声道："真没想到啊，你还是一位歌唱家？如此多才多艺，一生难遇啊！"

"市长过奖了！"栗行长谦虚地应承道。

"我可不轻易夸奖人啊！"米市长温情地投来一瞥。

舞池里的人很多，男女的衣着都很薄。灯光迷离下，米市长的眼神更加凄婉迷离，从米市长含情脉脉的眼神中，栗行长似乎读懂了一个单身女人渴求的情感密码……

瞿勇其人

在鲲鹏市分行管辖的五个县级支行中，白溪县支行的行长瞿勇，是一个颇具争议的人物。

白溪县有十七个乡镇，六十多万人口。白溪县支行存贷款规模总量有十七个多亿，其中存款九个多亿，贷款七个多亿，支行下辖八个营业网点，全行有一百零二名在职员工，离退休人员有五十多人，在鲲鹏市分行白溪县支行是最大的支行。行长瞿勇在栗行长来鲲鹏市分行上任的时候，已在白溪支行任职三年出头。

瞿勇出身于干部家庭，其父瞿信鸿曾任过鲲鹏市委常委、政法委书记。瞿勇中等身材，偏胖，三十六七岁的人，头发已松顶，除了周边的头发，中间已现光溜溜的一块。两条卧蚕眉下，一双眼睛炯炯有神，透着精明睿智之光。瞿勇大学毕业后进入云锦山支行，先在基层网点干了两年信贷员，后来又当了两年网点主任，二十六岁那年，就被提拔为云锦山支行的副行长，三十岁就走上了通江县支行行长岗位。三年前又调任白溪县支行任行长。

瞿勇的仕途走得很顺，也颇具人格个性。在科级这一层面的干部中他很强势，市分行一般职能部门的经理他甚至不屑一顾，他的傲气就让人产生看法，每年度市分行对支行领导班子进行民意测评，他的优秀率也就不高。但他的工作能力始终令人刮目相看。

如今的县支行行长十分难当，压力大，竞争激烈，从存款到贷款以及零售渠道的产品都要营销，任务完不成，弄不好就要到上级行进行问责。季末为了任务冲刺，几乎天天都要喝酒求人，很多行长都活生生把肝把胃喝坏了，行长有三高（血压高、血脂高、血糖高）属正常，没三高反而不正常。在一个县里，一个一百多人的支行，要把一个行管好，任务完成好，业绩提上去，还要摆得平各位头头脑脑、林林总总的部门，真不知要花费多少精力与心血。看似表面风光薪水不薄的各级行行长，个中的酸甜苦辣与超负荷的工作压力常常不为人知。

栗行长与高欣文副行长都有过多年的县支行行长经历，深知要当好一个称职的支行行长之艰辛。支行行长既要是指挥员更要是战斗员，要能带兵打仗冲锋陷阵，否则在现今的市场竞争中就将败北。鲲鹏市分行行领导班子成员有五人，为加大对县支行的工作指导力度，行领导成员每人挂钩了一个县支行，栗行长就挂钩了白溪支行。

半年多下来通过与瞿勇的接触，栗行长对瞿勇有了一个比较中肯的评价。

说瞿勇身上有点霸气也好傲气也罢，关键是要看这个行长能否带好队伍干出业绩。

瞿勇家在市区，白溪离市里也就二十几公里路程，除了来市分行开会办事，周一到周五从不回家，一心都扑在行里的工作上。瞿勇对工作要求严厉，奖罚分明，对市分行下达的目标任务能千方百计完成。白溪支行的业绩在他任行长以后一直不错，员工的工资年年有提升，费用也充足，他虽然经常会骂人，但挨骂者都心甘情愿挨骂，因为瞿勇骂在点子上，骂在理上，挨骂者不冤，理当服气。该细心的地方，瞿行长又能和风细雨，耐心做好工作，所以全行上下对瞿勇的能力十分信服。

栗行长听行里员工说过瞿勇刚调白溪支行那一年收回一笔一百多万元逾期九年的陈欠贷款的故事，虽然瞿勇采取的收贷手法有一点类似于下三滥，但足可说明瞿勇的足智多谋。

欠款户叫詹丰高，詹丰高是欣通商贸公司的法人代表，欣通商贸公司是一家私营企业，生意做得蛮兴隆，据说资产过了千万。詹丰高在一九九七年注册办了一家叫海宏的商贸公司，做家电生意。开业一年多生意做得蛮红火，一九九八年詹丰高扩大规模，在白溪支行贷款八十万元，向几个乡镇延伸家电门店，可好景不长，有一次詹丰高去深圳进一批特价家电，带了九十万元的银行汇票去进货，结果落入骗局，血本无归。詹丰高的海宏商贸公司一下子就瘫了下来。在白溪支行贷款的八十万元，当时是由县里的龙腾冶金工贸公司做的担保，龙腾冶金工贸公司当时做的是钨砂生意，恰逢一九九八年下半年全球金融危机爆发，钨砂价格一落千丈，囤积了大量钨砂的龙腾冶金工贸公司因资金链断裂被迫关门倒闭。詹丰高货款被骗，自知贷款还不了，他一拍屁股，不知躲哪儿去了，从此杳无音信。担保单位又倒闭了，白溪支行无法追偿，詹丰高的贷款就成了一笔呆账。

二〇〇五年秋天，詹丰高不知从哪里又冒了出来，返回了白溪，还带回了一个外面的老婆，并注册成立了欣通商贸公司，还办了一家叫高望高的超市。詹丰高早年的海宏商贸公司因多年没有年检，工商执照被注销。白溪支行派人找他收贷款，詹丰高以原公司被注销，贷款早已过诉讼时效拒不归还。

瞿勇上任白溪支行行长以后，为了收回这笔陈欠贷款，采取了一招任何人都没用过的招数，果真把这笔贷款全额收回，令白溪支行全行员工拍案叫绝。

瞿勇首先打探到了詹丰高的发迹过程。那年詹丰高欠了一屁股的债在白溪销声匿迹以后，实际上跑去了深圳，去了一家工厂做销售员。詹丰高那年已三十岁，是一个未婚的大龄青年。詹丰高长得一表人才，一米八四的大个，国字脸，八字眉，加之言语巧舌如簧，很讨女人缘，在白溪做商贸生意时，就和多名女性打得火热，虽说未婚已然风月老手。去深圳做销售员以后，他的堂堂仪表博得了顶头上司曾婉丽的倾慕，曾婉丽当时是他那个片区销售部的副经理，曾婉丽比詹丰高还大三岁，虽然事业上小有成就，积攒了一些钱，但在爱情上曾婉丽屡受挫折，东不成西不就，三十三岁尚未对上象，成了嫁不出去的老姑娘。詹丰高的到来，其仪表其口才，一下子点燃了曾婉丽的激情。而詹丰高呢，正在落魄之时，瞌睡找不到枕头，虽然曾婉丽相貌不咋的但有一定的经济实力，又是他的女上司，大三岁也就无所谓了，何况俗话讲"女大三抱金砖"，两个都是三十多岁的大男大女，一个要补锅一个锅要补，一番眉来眼去，双双就坠入了爱河，一年以后也就结婚成家了。结了婚成了家，曾婉丽对詹丰高看得更紧，容不得詹丰高与别的女人接触，经济上曾婉丽紧把大权，詹丰高也就很怕老婆。不久后曾婉丽怀了孕，十个月后为詹丰高生下了一个胖小子，詹丰高乐得笑呵呵的，也收下了以往对漂亮女人的花心，两个人算过了几年其乐融融的生活。

到二〇〇四年底，曾婉丽詹丰高俩人工作的那家公司，因老总突然遭遇车祸死亡，公司一下子群龙无首，公司几个高管各怀心思，内耗升级，经营一下子跌入低谷，半年后公司倒闭清算。詹丰高做通了曾婉丽的思想工作，一家人回到了白溪，注册成立了欣通商贸公司，曾婉丽是法人代表董事长，詹丰高任总经理，因小孩才上幼儿园，曾婉丽在家先照应儿子，让詹丰高去打理公司业务，詹丰高商贸业务做得顺风顺水，但财务审批权曾婉丽始终拿在手上。曾婉丽深知男人有钱就变坏，詹丰高这种爱拈花惹草的坏子她必须防着。

瞿勇打听到了詹丰高怕老婆这一弱点，便心生一计。一天他把客户部经理宋庆发和客户经理邵雯雯叫来了办公室，他把从朋友处弄来的詹丰高的手机号、家里的住宅电话，交给了邵雯雯，他叫宋庆发去暗中盯梢詹丰高，只要一发现詹丰高晚上回了家，就叫邵雯雯匿名打电话去他家里，如果是詹丰高接电话就催他还贷款，如果是他老婆接电话，就嗲声嗲气地说找詹总，约他出去跳舞，他老婆必定起疑心，不停地换电话去骚扰他，看他还不还贷款？果然，詹丰高老婆接了两次女人找詹丰高的电话后，又打又闹，尽管詹丰高一再解释是银行催贷款的，曾婉丽就是不信，曾婉丽吼道："明明我接电话那女人说是约你去跳舞，你还骗我是银行催贷款的，你个白眼狼，翻身就忘本。你再敢拈花惹草，我就把公司卖掉，你净身出户，滚出家门。"詹丰高是跳进黄河也说不清了，只好悻悻地对曾婉丽说："如果你不相信，那你拿钱给我去把银行那笔贷款还掉，若还有女的打电话来骚扰，我就认栽滚蛋。"

"还掉，你明天就跟我去还掉！如果那狐狸精再来骚扰，你就别再进家门。我受不了啦！"呜呜呜……曾婉丽哭得昏天黑地、暴跳如雷。

詹丰高虽然气得牙根痒痒，第二天一上班，还是屁滚尿流地去把那笔多年的陈欠贷款还掉了。瞿勇的目的达到了。詹丰高家里自然也就太平下来。

瞿行长智收詹丰高历年陈欠贷款的故事在全行一时传为佳话。

栗行长挂钩了一年白溪支行，对白溪的经营业绩与行长瞿勇的工作才能给予了充分的赞许。"瞿勇是一位能带兵打仗的角儿。"栗行长几次在党委会上这样评价瞿勇，内心里已把瞿勇列为日后市分行后备干部的培养苗子。

米 兰 山 庄

周五上午大约十点钟的时候，米市长给栗行长来了一个电话，约他晚上去米兰山庄吃饭并在那里休闲下榻，说有一个重要客户引荐给栗行长。栗行长问："要不要我来安排吃住？"米市长说："都已安排好了，你过去就行了。"

米兰山庄在鲲鹏市区的北面，离市区有三十多公里。从市区出发，先走约二十公里的高速，就到了秀岭景区，秀岭景区属鲲鹏市管辖的景区，秀岭山脉是鲲鹏市与东饶市的接壤山脉，山脉东边属东饶市管辖，西边属鲲鹏市管辖。秀岭山脉的走势生得十分奇特，东饶市那边自山顶以下山势绵延平缓，鲲鹏市这边却是一个峡谷断裂带，悬崖峭壁，山势险峻，怪石嶙峋，苍逎蓊郁的参天古木，与谷底玉带似的溪流，使逶迤数公里的峡谷常常漾满雾岚，太阳爽朗的夏天，峡谷里的习习凉风，让人倍觉清爽与惬意。米兰山庄就掩映在峡谷半山腰的一片葱郁的树林里。

米兰山庄是浙江女商人季美兰五年前投资建设的。季美兰与人合伙在秀岭景区投资建设了一个漂流项目。米兰山庄却是她独资兴建的。据说季美兰大学学的是体育专业，而且是一个足球迷，崇尚意大利 AC 米兰队的球风。美兰与米兰又谐音，所以建设山庄时就取名为米兰山庄。

中国人喜爱崇洋媚外，现在许多的楼盘与山庄名称都洋溢着异国风情，什么荷兰小镇、巴顿山庄、富兰克林小区、西班牙风尚别墅，似乎沾上个洋名才显得高雅大气。连陶瓷企业生产的瓷板砖与地面砖也是洋名泛滥，什么蒙娜丽莎、马可波罗、欧神诺、克林顿等等都成了陶瓷品牌。米兰山庄既是季美兰的名字谐音，也与时下的崇洋媚外的时尚合拍。

栗行长已是半年多未见到米市长了。原因是米市长去北京参加党外中青年干部培训班学习了半年，前不久刚回来。栗行长本打算请米市长吃顿饭，为她深造回来接下风。这下米市长倒约他去米兰山庄见面，还要为他推荐客户，栗行长既感动又激动。尽管半个多月未回省城，老婆佟湘打了两次电话来问他何时回去，上周末市分行开网点转型推进会，他确实抽不开身，毕竟工作为重。这周本打算回去，现米市长邀请，只好再三与佟湘解释，并告知老婆下周三省分行开季度业务分析会，可以回家住，佟湘虽不情愿也只好作罢。

栗行长与佟湘是同一个地方人，两个人一九八六年秋天结的婚，一九八七年冬天生了一个女儿。女儿在北师大毕业后，就留在了北京工作。栗行长在县里当支行行长时，佟湘在县里的妇幼保健院做医师，后来栗行长调进了省城，托了很多的关系，把佟湘也调进了省妇女儿童医院工作，在药剂中心做司药。

季美兰对米兰山庄是投了重金打造的。整个山庄的设计格调高雅，装饰考究，客房、包厢、洗浴中心都用廊桥连接，花圃、盆景、树木、竹林镶嵌其间，远看就是一幅动静相宜的水墨山水画，是一个高端的休闲养生之地。

栗行长赶到米兰山庄时天已落黑，米市长早他几分钟到达，走进包厢东旭厅时，米市长、市招商局局长石倩与另一位男士聊得正欢，见栗行长进门，米市长打趣道："还是你这位大行长忙啊！我们都在恭候你了！"栗行长忙赔礼道："多有得罪，多有得罪，路上堵了一下车，让你们久等了！"米市长见栗行长态度诚恳，扑哧一笑："我也是前脚刚进门，石局长，跟栗行长介绍下潜总。"

"不用介绍了，一回生二回熟，我叫潜文东。"那位男士爽朗大度地走上前来与栗行长握手，并递上了他的名片。栗行长也忙递上名片："欢迎潜总，我叫栗博飞。"

"我看你俩都是性情中人，见面就熟，那好，就请入席吧！"米市长邀请大家入席。谁坐主宾席又是一番谦让，潜总无论如何不从，米市长只好坐中间主宾席，潜总坐米市长右边，栗行长坐米市长左边，石局长靠着潜总落座。

栗行长从名片上已知道了潜总是恒星房地产开发集团的副总兼赣江省分公司的老总。米市长对栗行长说："栗行长，这次恒星集团在我们鲲鹏市城区拿了四百亩地，准备开发，恒星集团的实力在全国房地产界的座次你清楚，这次潜总来，就是安排筹建工作，这么大的优良客户引荐给你，你拿什么谢我与石局长呀？"米市长一边调侃一边开心地笑了起来。

恒星集团是中国地产界的龙头老大之一，这样的企业来鲲鹏搞房地产开发，符合总行的信贷客户准入政策，贷款项目的审批也就容易通过，而且流程也会走得快。对这样的龙头企业，各家银行都是竞相支持的。栗行长没想到米市长今天为他送来一份这样的大礼，连忙笑着说："米市长，你对我如此厚爱，今后我就唯你马首是瞻了，只要我身上有的，你要，尽管拿去就是了。"栗行长的幽默引得几人哈哈大笑。

菜肴陆陆续续地上来了。米市长说："来，我们大家先敬潜总一杯，为恒星集团来鲲鹏发展与今后的良好合作，干杯！"众人一饮而尽。"吃菜吃菜，大家边吃边聊。喝酒嘛，就看栗行长你今天的表现了！"米市长用公筷夹起一块鱼，递给潜总。

栗行长满满地斟上一盅："潜总，明天我就会组建一个专门的团队为你们的开发提供全方位的服务。我先敬你兄弟一杯！""你要多敬米市长与石局长的酒哟！"潜总一边举盅一边说，"她们推荐哪家银行，我就到哪家银行开户。"觥筹交错，几杯酒下肚，大家的脸都开始泛红，话也多了起来，喝到快十点，晚宴才结束，四个人又转移去了卡拉OK包厢。

包厢里的音响已打开，两男两女都有了醉态。唱了一会儿歌又跳了一会儿舞，闹腾了一个多小时，才各自回房歇息。

回到房间里，栗行长的心还在扑通扑通地跳，与米市长跳最后一支舞曲时，他听见米市长在他耳边轻轻地嘀咕了一句："回房间等我信息。"

四人安排的都是套房，米市长是一个大套房，栗行长的是一个小套房，与米市长的大套房紧挨着。潜总也是一个大套房，石局长是一个小套房，但潜总与石局长的套房在走廊的另一头。

栗行长回房后去浴缸里泡了一个澡，出来后他又换好衣服坐下来看了一会儿电视。过了十二点，正疑惑是不是自己的耳朵听错了，手机信息灯突然亮了一下，他拿起一看，是米市长的信息：喝多了，胃不舒服。栗行长回了一条过去：那我过来看看您？米市长又回了一条：好的，谢谢！栗行长的心不禁一阵狂跳，他略微平复了一下心态，才拉开门，按了一下米市长的门铃。米市长拉开了房门，栗行长刚闪身进去，米市长的身子一软，就倒在了栗行长的胸前，栗行长连忙一下把她抱住，右脚把房门轻轻一蹬扣上了。

套房里的灯光很柔和，米市长显然也冲好了澡，她穿着一件真丝的睡裙，周身散发着淡淡的法国花露水的清香。栗行长抱着把她放在床上，只见米市长双目微闭，双唇微张，栗行长附在她耳边轻轻问了一句："米市长，是胃不舒服吗？"米市长羞涩地把头往左边一扭，左脚抬了起来，真丝睡裙往下一滑，栗行长再也按捺不住，迅速地摁灭了灯光……

栗行长与米市长在米兰山庄有了一夜肌肤之亲，此后的十几天里栗行长似乎还未回过神来，几天之后，米市长就被省里宣布调任省妇联常务副主席。米兰山庄的美丽之夜，成了留存在栗行长心中的永恒回忆。

大 堂 经 理

"经理"一词，在过去读者的理解它一般是一个"官衔"。譬如喊某经理，一般是指该人是某公司的经理，是头头。而时下"经理"一词有可能是职务，还有一种可能纯粹就是职业称谓。

譬如就拿银行来讲，从事与客户直接打交道的职员就叫客户经理；从事产品开发的职员就叫产品经理；从事风险管理的职员就叫风险经理；而各家银行网点大厅里那个顾客一进门就满面春风地迎上去打招呼"您好！请问您办什么业务？"的职员，就叫大堂经理。大堂经理在银行专司客户迎接、咨询与业务导流的职责。艾燕芳，就是鲲鹏市分行营业部营业大厅里面的大堂经理。

每年元月份鲲鹏市召开的"两代"会，栗行长都会作为列席代表参加。今年的"两代"会对栗行长来讲是"忧喜参半"。所谓"忧"，今年的"两代"会上，银行因其利润太多，利润增幅超过两位数成为一个暴利行业饱受诟病，成为众矢之的。起因主要是某股份制商业银行总行那位"憨巴"行长讲他们银行今年的利润多得都不好意思说，有点为富不仁的感觉。如今的网络传播速度比瘟疫传染还快，就这一番话把各家银行全推到了风口浪尖上，银行一时间成了全国人民口诛笔伐的对象。报道说全国十六家上市银行一年盈利一万多亿，而央企制造企业一年才盈利几千亿，利润都被银行盘剥了。鲲鹏市"两代"会上代表们讨论发言时，一些企业代表也对银行行长们口诛笔伐。栗行长听着心里实在憋得慌，忍不住抢着发了言："各位代表对银行盈利太多产生看法我是理解的，俗话说：隔行如隔山，这里面存在一些误读，我想做一简单的解释：一是银行的盈利并不是进了员工的口袋，而是进了国家财政的荷包，一万多个亿的盈利仅所得税按百分之三十三的税率就交了五千多亿给财政，股东分红工农中建交五大银行主要股东都是财政部与汇金公司，也是进了财政大口袋里。全国各家银行据统计，就银行上交的各种税收近两万亿了，全国的财政收入一年才十万多亿，如果没有银行这近两万亿，各种转移支付、公共支出怎么办？难道银行要亏损一万多亿全国人民才高兴？我真不理解，如果拿国家比作父母，怎么一个赚钱的儿子比亏钱的儿子还遭父母嫌？还遭兄妹姐妹骂呢？二是银行的盈利多，是由于银行的存贷款规模总量大，一百多万亿的银行总资产，资产利润率其实只有百分之一多一点，并不高。同时，在座的各位也体会得到，现在银行的服务已是多么不易，银行员工巴不得叫每一位顾客一声爹一声妈，银行多过米店，竞争白热化，员工个个压力山大，赚来的钱也是心血与汗水换来的，不是捡来的，也不是天上掉下来的。我希望各位代表也要理解。当然，如果我们在收费上不按规定乱收费，乱作为，服务不到位，欢迎大家监督与批评，我们会诚恳地接受并加以改进。"栗行长的一席话，引起了参与讨论的代表的一番共鸣：是啊，银行也不易，赚的钱是给了国家，我们也用了，确实是一种误读与误解。代表们的讨论风向终于转向了其他方面。所谓"喜"，是鲲鹏市分行营业部营业大厅的大堂经理艾燕芳在"两会"期间，因勇救一位即将被汽车冲撞的小学生而身负重伤的事迹一时传为佳话。

那天早上艾燕芳赶来行里上班，在经过一个十字路口时，一位小学生可能怕迟到亮红灯时横穿马路，一辆轿车刹车不及，千钧一发之际，艾燕芳一个箭步冲上去一把将小学生推开，而自己被小车撞飞，多根肋骨撞断，双腿骨折，身负重伤。艾燕芳英勇救人的事迹被媒体迅速报道，在"两会"上一时传为佳话。市委、市政府迅速授予艾燕芳"见义勇为市民"，分管副市长与市妇联代表市委、市政府前往医院看望与慰问，并号召全市人民学习艾燕芳这种舍己救人的勇敢精神。栗行长也迅速召开了党委会与行务会，亲自前往医院去看望和慰问了艾燕芳，并及时向省分行报告了艾燕芳英勇救人的事迹。省分行也专程派人到医院进行探望与慰问。艾燕芳的事迹也引发了全市民众对鲲鹏市分行能教育出这么好的银行员工而好评如潮。

更让栗行长料想不到的是，经媒体记者深入到艾燕芳工作的营业大厅采访与对她家庭的采访，艾燕芳这位大堂经理不仅勤勉敬业，而且是一位难能可贵的好儿媳。艾燕芳的老公十多年前因患肝癌去世，艾燕芳拉扯着女儿一直未改嫁，还无怨无悔地照顾着瘫痪在床多年的婆婆。几年前，艾燕芳还从她并不宽裕的家庭中，悄悄资助了一位父母双残的中学生上了大学，是这位大学生从媒体上看到艾燕芳英勇救人身负重伤后，特地请假赶回鲲鹏去医院看望她，人们才知晓艾燕芳还默默无闻地资助了一位贫困学生。媒体的后续报道一出来，栗行长再一次深深地被艾燕芳的一系列事迹所打动，多么可亲可爱的员工，多么值得颂扬的可贵品质。栗行长再次召开党委会并做出决定，号召全市分行员工再一次学习艾燕芳的高贵品质精神，并另奖励艾燕芳一万元。同时，市分行专门组织材料，把艾燕芳一系列的感人事迹上报上级行。不久,总行也专程派人来看望慰问了艾燕芳。五月份,艾燕芳光荣地荣获了总行授予的"五一劳动模范"荣誉称号。

奇 闻 轶 事

市分行年终收官工作会在完成了各支行行长汇报这最后一项议题后已是下午四点,主持会议的高欣文副行长宣布休息十分钟,最后的议题由市分行党委书记、行长栗博飞做总结讲话。就在会议休息的时候,接了一个电话的白溪支行行长瞿勇脸色铁青地来到栗行长跟前,说:"栗行长,我要立马赶回行里去了,我那里有一个内退员工昨天因去钓鱼发生了交通事故,刚才他家属把花圈摆到行里大门口来了。"栗行长说:"发生交通事故应由交警队去处理,怎么把花圈摆到行里来了?岂不天下奇闻?"

"具体情况我也还不清楚,我先赶回去了解情况以后再向您汇报!"瞿勇焦急地说。"好吧,你赶快赶回去!"瞿勇急匆匆地走出了会场。

到晚上约十点钟的时候,瞿勇来了电话,说事情已经初步处理好了。并向栗行长汇报了事情的来龙去脉。"昨天下午,行里的内退员工吴成海骑着私家摩托车去钓鱼,在一个拐弯处与一辆农用车相撞,吴成海因未戴头盔,造成脑处伤,送去医院抢救,行里听说后,及时派了一位副行长去医院探望并向交警了解事故的情况,吴成海因伤势严重,至今一直昏迷不醒……"瞿勇话未说完,栗行长就打断了他的话："瞿行长，你是说吴成海还没死？还在昏迷中是吧？那他家属怎么就把花圈摆到行里大门口去呢？真是天下奇闻，那这些家属不是咒他死吗？他家属不去找肇事司机，找行里干吗？"瞿勇说："领导，您别急，你听我慢慢汇报。"瞿勇接着说，"我回去以后，听说吴成海没有死，我一边请派出所出面，一边也骂他的儿子吴贡与亲属，人都没死，你们就干出这样的龌龊事，那不是咒他死吗？还有点良心没有？你们凭什么把花圈摆到行里大门口来？他的亲属面面相觑，还是吴成海的儿子吴贡道出了实情：'我爸爸的房子至今都被人占据，如果行里不把房子清出来，我不可能把花圈搬走！'我这才知道了他们闹事的原因。吴成海的房子被占是十多年以前的事。二〇〇〇年行里最后一次房改，按行里当时的打分，吴成海挑选了金平分理处宿舍楼上的四〇一室，金平分理处当时有两幢宿舍楼，吴成海当时住在另一幢宿舍的二〇二室，那套房子更小，只有两居室，挑选的四〇一室更大，有三居室，房子分好以后，行里统一为员工办理了产权证。当时四〇一室是行里的另一位女员工詹凤菊居住，而詹凤菊因她老公在其他银行分了更好的房子参与房改，写了承诺把四〇一室退出来，所以吴成海就挑选了四〇一室，房产权也都办好了。吴成海的二〇二室也分给了其他员工。后来因詹凤菊对四〇一室进行了装修，在装修款的补偿上有三万多元的差额达不成协议，詹凤菊就不愿退房，至今由她的母亲与八十多岁的外婆在里面住。行里协调过这个事，达不成意见，叫吴成海去起诉，吴成海又畏惧詹凤菊老公家族势力大，有亲戚在公安、法院工作，又不敢去打官司，就这样拖了十来年。我请派出所的干警与当事人坐下来一起商量，詹凤菊同意退房，补偿款同意降到两万元，并答应月底就可搬走。可吴贡哼哼哈哈就是没一个正面回答，派出所的干警火了，一拍桌子对吴贡说，'人家已经让了步，你还拖什么？你赶紧去把花圈撤走，再不答应我就要采取司法措施了。'吴贡与其亲属自知理亏，也就只好先把花圈搬走了。目前的处理结果就是这样。"栗行长问瞿勇道，"吴贡现在做什么工作？"瞿勇说："一个无业游民。"栗行长说："瞿行长啊，我告诉你，鲲鹏这个地方，什么稀奇古怪的事都可能遇到，这件事凭我的判断，只是一个暂时的了结，你们还要去做做工作。"

"好的。我们会再做一下工作。刚才又派人去医院看了吴成海。"

"好吧，先这样了。"栗行长挂了电话。

果然不出栗行长所料，第二天上午大约十点钟，栗行长接到瞿勇的电话："栗行长，不得了，吴贡拿了一壶汽油，爬上了金平分理处宿舍顶楼，说今天不把房子腾出来，他就要自焚跳楼。"瞿勇的声音都变了调。栗行长说："你别急，你先报110，我派高行长马上赶过来。你们找政法委书记汇报下这个事。千万别闹出一个人命案来。"栗行长马上叫过高行长，把吴贡要跳楼的情况简要跟高行长说了，并叮嘱高行长：你代表市分行去表个态，两万块钱的补偿款就市分行出了，碰到这一种无赖，只能花钱买个平安。高行长飞快就往白溪赶去了。

金平分理处地处白溪县城繁华的交通要道口，吴贡要跳楼，引得上千人在下面围观，交通也一时堵塞了。公安、消防都赶过来了，政法委李书记听了情况汇报后，立马召集了与当事人有关的单位负责人开会，商讨解决办法。高行长代表市分行表了态，同意立马拿出两万元补偿给詹凤菊，詹凤菊的丈夫所在行行长也表态要他们把房子腾出，并由高行长、瞿行长、詹凤菊直接与吴贡对话，劝他下来。詹凤菊把行里的补偿款拿在手上给吴贡看，并答应今晚把房子腾出。正在这时，医院里也传来吴成海已脑死亡的消息，闹腾了几个小时的吴贡才同意由他两个亲戚上去把他接了下来。一出离奇的跳楼闹剧才算收了场。

吴贡跳楼的事刚刚才平息几天，犹如一个晴天霹雳，又一件奇闻在栗行长的头顶炸响，市分行办公室主任揭新怀因五年前雇凶杀人被公安局破案而锒铛入狱。

办公室是市分行一个重要职能部门与对外窗口，办公室既要负责政务，上传下达，文件收发，对外联络；又要负责事务管理、来人接待、食堂管理、车辆安排。主任揭新怀刚过天命之年，再过两年就要退居二线了，而且揭新怀多年来工作兢兢业业，人缘口碑俱佳，怎么会是一个雇凶杀人犯呢？不仅栗行长感觉愕然，分行机关员工也感觉不可思议。

铁证如山，揭新怀的犯罪事实后来公安部门进行了详细披露。

五年前深秋的一个晚上，鲲鹏市发生了一起抢劫杀人案，一位名叫丁志鑫的市民，在途经洪海路那片茂密的绿化树林时，被人抢劫并连捅数刀，丁志鑫经送医院抢救无效死亡。丁志鑫当时包中有现金五千多元，被抢时因激烈反抗导致抢劫犯杀人。刑警当时从丁志鑫打斗时的衣物上提取到了歹徒的 DNA 血样，但随着排查线索的一条条中断，案件一直未侦破 。直到前不久，侦查人员从 DNA 血库的比对中，发现一名叫龚自雄的罪犯与五年前抢劫丁志鑫的歹徒血样完全吻合，经提审龚自雄，他才供出了他是受人之托以制造抢劫假象杀害丁志鑫的经过。刑警很快拘捕了受托人罗球仁，经过突审，罗球仁又供出他只是中间人，幕后指使人竟是揭新怀的犯罪事实。

据揭新怀交代，丁志鑫的老婆任秀红与揭新怀是同一个职工宿舍院子里长大的，任秀红比揭新怀小五岁，小时候任秀红叫揭新怀哥哥，而且是一个跟屁虫，经常跟在揭新怀的屁股后面玩，两个人从小青梅竹马。后来长大后揭新怀去当兵，任秀红读完大专后也参加了工作，揭新怀在部队读了军校提了干。任秀红家中是两姐妹，她的妹妹叫任秀娟。任秀红的爸爸四十来岁就得了半身不遂，母亲也是下岗工人，家庭的重担大都落在任秀红肩上。任秀红与揭新怀通过几年信，有一年揭新怀回家探亲，两个人约会过几次，还偷吃了禁果。但两个人一直没挑明恋爱关系。后同单位的丁志鑫追求任秀红，把任秀红家中的脏活累活全包了，还同意倒插门做上门女婿。任秀红的爸爸很封建，几乎逼迫着任秀红答应了这门亲事。揭新怀后来也结了婚，几年后以正连职转业到了地方，进了鲲鹏市分行机关工作。

任秀红与丁志鑫婚后生了一个女儿，两个人所在的单位后来改了制，夫妻俩都下了岗。丁志鑫个头小，但脑袋瓜子还是很活络，后来与人合伙做商贸生意，还发了财。发了财的丁志鑫一反常态，对任秀红动不动非打即骂，还在外养了一个小三，丁志鑫的家庭暴力道德品行让任秀红苦不堪言，痛不欲生，几次找到揭新怀去哭诉，终于与揭新怀旧情萌发，任秀红每挨一次打，揭新怀就心痛一次，对丁志鑫也就多增添一次仇恨。终于有一天揭新怀找罗球仁追还欠款，罗球仁听了揭新怀酒后想教训丁志鑫这一杂种后，罗球仁灵机一动说："揭主任，这事我兄弟就替你办了，不过这报酬？"揭新怀说："如你替我解了气，欠我的三万不仅免了，外加七万。前提是只能致残，不能致命。"罗球仁经揭新怀指认认识了丁志鑫，罗球仁又找到了龚自雄，龚自雄其实原来并没有前科，因染上赌博输了钱，找罗球仁想借钱，罗球仁说："借什么钱？给你找桩活干，事成之后给你五万。干不干？"急红了眼的龚自雄说："干！"罗球仁就把如何策划制造丁志鑫抢劫案的计划告知了龚自雄，并让龚自雄去踩了点，只等罗球仁的电话就实施行动。几天后，丁志鑫被人抢劫遇害的案件就发生了。事后，揭新怀也胆战心惊了很久，责怪罗球仁不应该要丁志鑫的命，罗球仁说是龚自雄失了手，木已成舟，揭新怀也只能听天由命了。他给了罗球仁七万元，罗球仁给了龚自雄五万元。龚自雄外出去打工半年，见案件未破，又回了鲲鹏市。直到不久前因实施盗窃被抓，公安采集龚自雄的 DNA 样本，经比对，五年前丁志鑫的抢劫遇害案真相才得以大白于天下。

案情公布后栗行长不无感叹地说："唉——！真是知人知面不知心啊！"

行 内 行 外

星移斗转，日月如梭。不知不觉间栗行长来到鲲鹏分行任职已过了两年多。在二十世纪的八九十年代，一个二级分行的行长，除了管管规模与人事，当得还是蛮舒爽惬意的。但进入二十一世纪之后，银行越开越多，分食蛋糕的行动就变为了抢蛋糕，竞争已完全白热化。二级分行就变为了一个承上启下的重要层级，当行长的不仅要抓行内的经营与管理，还要抓行外的拓展与协调，二级分行行长的压力是越来越大，日子一天比一天难过。

别克君越轿车在从省城返回鲲鹏的高速公路上飞快地奔驰，省分行召开的"员工行为排查专项动员大会"一结束，栗行长就往回赶，晚上他还要出席鲲鹏市"快乐协会"的一个宴会，通知说市委书记贾林涛会出席，贾书记原在省里建设厅任厅长，前年下派到鲲鹏。

省分行领导在这次会议上专程表扬了鲲鹏市分行在员工行为排查中工作做得扎实，目前没有发现员工出现参与民间融资现象，一个五六百人的分行，能做到这样很不容易。栗行长坐在车上，一想到当初如果不是自己果断地把嘉世担保公司清出市分行院子，其所带来的严重后果真难以设想。而当初自己所面临的种种威逼利诱回想起来至今还心酸不已。

栗行长刚调到鲲鹏市分行工作时就发现，市分行院子后面的那幢三层小楼租赁给了一家叫嘉世的担保公司办公，嘉世的总经理叫徐俊峰，拥有保时捷、奔驰、宝马多辆名车，行里从中层干部到普通员工都说嘉世实力强，徐总会经营，近水楼台先得月，面对嘉世担保公司开出的每月月息一分五、二分，甚至二分五的高额利率，行里许多的干部、员工明里暗里都把钱借给了担保公司，拿着每月担保公司派出的比工资高出许多的利息收入，参与投资的员工其乐陶陶，连上班都没有了心思。栗行长凭借着多年的银行经验，感觉到嘉世担保公司的危机正在一步步袭来，而被利益冲昏了头脑的员工却还浑然不知。栗行长召开了一次市分行党委会，决定在全市分行迅速开展一次员工行为排查，警示员工参与民间融资的风险，并开展合规风险教育，凡参与民间融资的员工限令时间退出担保公司，否则给予严厉的纪律处分。中止嘉世担保公司在市分行的租赁办公，限时迁出市分行大院。徐俊峰老总急了，多次约请栗行长吃饭，栗行长一概拒绝；托人给栗行长送去好酒好烟，栗行长当场退回；情急之下的徐俊峰又请了市纪委的一位中层干部上门找栗行长，请栗行长不要把事做绝，让担保公司继续在市分行院内办公，栗行长是"吃了秤砣铁了心"。就是不肯。纪委的那位中层干部最后放狠话，既然不给面子，哪一天也就别怪他不客气。栗行长义正词严地说："如果你今天是代表单位来找我，请你出示工作证；如果你是私下来找我办事，请你出去！"纪委的那位干部只好悻悻地走了。气急败坏的徐俊峰无计可施放出狠话：栗博飞，你当心脖子上的那颗人头。栗行长听后脖子一挺：有种你就放马过来。

栗行长软硬不吃。几次员工会开下来，参与融资的员工虽然心中不悦，但慑于行里的纪律，还是把借款都退回来了。嘉世担保公司也只好另觅他处，租了另外一家商业银行的办公场所，搬出了市分行大院。

嘉世担保公司搬走后不到两个月，就因资金链断裂，轰然倒塌，徐俊峰因非法集资锒铛入狱。那些当初借了钱给嘉世公司的市分行干部员工才如梦初醒，无比钦佩栗行长的前瞻性与处事的果断，员

107

工私下里纷纷议论：当初真是昏了头，还以为栗行长断了他们的财路，抵触情绪那么大，现在回过头来看，不是栗行长行事果断，挽救了他们，不晓得要毁了多少人与多少个家庭，栗行长真是为他们造了福啊！事后据传说，仅市分行机关干部借给嘉世担保公司的钱就超过了五千万元，许多员工不仅自己的积蓄全部借去贪高息，还动员了很多亲戚也把钱投了进去，是栗行长让他们成功逃离了灭顶之灾。

栗行长铁腕整治行里员工民间融资这一战役打下来，让许多的员工幡然醒悟，员工都自觉地退出了民间融资，所以省分行组织的员工行为排查没有发现鲲鹏分行的员工参与，与两年前栗行长打下的基础密不可分。

每年一跨过新年，各家银行的"春天行动"就会全面启动。何谓"春天行动"？就是各家银行会紧紧抓住春节前后外出务工人员返乡回家的大好时机，开展"零售渠道"业务的一系列营销：抓存款、代售保险、代售基金、卖黄金、发银行卡、开办网上银行、手机银行、电话银行、POS机商户的布放等等。错过了这一时段，一年的工作就会无比被动。

市分行经过精心部署，扎扎实实地开展了一系列的"春天行动"活动。栗行长身先士卒，市分行从行领导到职能部门都分别蹲点挂钩，从上到下，都全身心地投入到"春天行动"这一战役中去。

艰难地拼搏了一个季度，到四月份一统计，整个"春天行动"的战果还是蛮喜人，全市存款净增了五个多亿，完成了全年任务的百分之七十；"零售渠道"下达的各项子项目任务，大多数指标都完成了省分行下达的目标。望着疲惫不堪的各级干部与员工，栗行长在心痛的同时总算长长地舒了一口气。

在下面当行长，行内行外，公事私事，一大摊子你都得管。闹心的事情总是隔三岔五就会有那么一宗两宗，一个星期难得有两天舒心的日子。

"春天行动"结束刚喘口气，铜门支行行长肖秉峰的老婆邱丽芬就哭上了栗行长的门，一把鼻涕一把眼泪，要栗行长挽救下她的家。

"什么事你慢慢说。"栗行长让邱丽芬坐下。邱丽芬说："肖秉峰去通江前半年还好，星期天一般都回家。最近半年，十天半月都不回家了。我一打听，说与一位新入行的大学生打得火热，起初我还不相信，有一次回家他去洗澡，我翻看他的手机，果真有与那女的暧昧肉麻的短信，我都把它打印下来了，栗行长你看看。"栗行长看了看，确实肉麻，肖秉峰看来确有出轨的嫌疑了，只好表态说："小邱，你回去，我会采取组织措施的！"

栗行长来鲲鹏市分行工作一年多以后，铜门支行的原任行长因到龄退居二线，市分行下派了肖秉峰去铜门支行任行长。市分行的职能部门经理虽然级别上与支行行长是平级，都是正科，但支行行长是要独当一面，能带兵打仗的角儿，去下面当行长在使用上属于重用。肖秉峰下去以后工作上反映很卖力，可家庭上却又闹出了问题。有了铁证，又怕他再闹出什么绯闻，栗行长只好把他调回市分行保卫部任经理。并狠狠地将肖秉峰叫来办公室臭骂了一顿："肖秉峰啊肖秉峰，你是自毁前程。因你的臭事逼着我换'将'，造成多么被动的局面！你若日后再敢惹出这样的事，我就要撤你的职了!"理亏的肖秉峰吓得大气也不敢吭一声,灰溜溜地退出了栗行长的办公室。

回 眸 一 望

九月初的一个晚上,栗行长接到省分行人力资源部总经理章项林的电话,要他第二天上午十点钟以前赶到省分行,说一把手要找他谈话。栗行长问:"章总,是要动我了吧?"章总说:"有可能,找你谈了你就知道了。"搞人事的老总嘴巴一向都很稳。栗行长也就不好再多问,挂断了电话。

一把手果然是要动栗行长,栗行长调回省分行任部门总经理,而且两天后新行长将到鲲鹏分行任职。

栗行长在鲲鹏分行工作了将近两年半,两年多来,栗行长始终按当初确定的"树正气、鼓士气、促稳定、谋发展"的十二字工作思路来开展工作,他的率先垂范、勤勉敬业、处事果断,让鲲鹏分行行风行貌焕然一新。难能可贵的是员工的气顺了,队伍稳定了,业务也稳健地向前推进。行内行外、上上下下,栗行长赢得了良好的口碑。

谈完话后回到鲲鹏分行的当晚,栗行长写了一份"鲲鹏情怀"的感谢信,向全市员工告别,第二天一早,感谢信就在市分行网站上刊出。

"鲲鹏情怀"的感谢信情真意切,让不少读信的领导和员工都流下了难过的泪水。

110

闻知栗行长要调走，鲲鹏市分行的员工更深切地理解了栗行长两年前在员工大会上说的那句话：铁打的营盘流水的官。

送别栗行长的那一天，市分行机关的全体员工自发地站立在市分行办公大楼门口，来与即将离别的栗行长告别。而这一幕，据说是十多年来鲲鹏分行离任行长最为深情的一次。

栗行长走出办公大楼，恋恋不舍地向送别的员工深深地鞠上一躬。

车子启动了，鞭炮响彻云霄。栗行长回眸一望这块让他结下了深厚情谊的办公大楼，两行热泪情不自禁地夺眶而出……

当个行长不轻松

一

办公室秘书小黄拿着文件夹走进了行长童国锋的办公室，童行长刚接完电话。小黄说："童行长，刚接到县政府办公室电话通知，明天上午八点半钟在县政府三楼会议室召开银企协作座谈会，请一把手参加会议。"童行长苦笑一下说："现在什么会都总是点名要一把手参加，看来一把手今后没有分身法恐怕连会都开不过来了。"小黄说："听说新来的邹县长会风抓得很紧，上次县国税局派了一位副局长去顶会当场就挨了批。"童行长说："是啊，那次我刚好去市分行开行长会，幸好我先同邹县长打了招呼，不然陈青毅副行长去顶会也会挨批的。"说完童行长开始翻阅文件夹，小黄就赶紧退出去了。

第一份收文是县人大转来的一份提案，提案的标题是"县农行大量撤并基层乡镇营业所，金融应强化为人民服务观念"。提案是由何明光等七位县人大代表提出来的，县人大要求农行在一个月之内将提案答复报县人大提案委员会并同时寄送七位人大代表。

童行长对人大代表的提案向来就十分重视，对这份冠有七位人大代表的提案更不敢怠慢，他认真地浏览起来。提案案由写道：修江县是国家级贫困县，有近八十万人口，三十六个乡镇，过去农行有基层乡镇营业所一十九个，近几年来，农行大量撤并乡镇营业所，目前只撤剩七个了，据说今后还可能要撤。金融是现代经济的核心，一个乡镇"核心"都没有了，谈何发展经济？银行还要不要坚持全心全意为人民服务的宗旨？……提案中提出的问题言辞十分尖锐。看罢这份提案，童行长的神色凝重起来，心里也涌上了一番感慨。是啊，人大代表提出的这一个问题，充分说明了当下民众对银行改革的高度关切，同时也反映了民众时下的忧思。站在一个乡镇的立场上，有农行的营业所在，既多了一条融资的渠道，也多了一个存钱的场所，尤其是农行的电子化网络建设飞速发展，电子汇兑为外出务工的民众汇款回乡与乡镇里做生意的商人汇出现金进货提供了快捷的服务。而撤了营业所，只剩下一个农村信用社，金融的竞争就消失了。糟糕的是目前信用社的电子化建设还不能跟上市场经济发展的形势，没有全国统一的电子化网络，势必给生活在乡镇的群众带来现金流通服务上的不便。这样，人大代表责怪银行淡忘了为人民服务的宗旨不能说没有道理。毕竟人大代表与农行所站的角度不同，对农行撤并乡镇营业机构在服务宗旨的理解上自然也就存在分歧。其实呢，银行也有自己的苦衷，撤并乡镇营业所也是迫不得已。童行长记得前不久有一位总行的高层领导就精辟地阐述了为人民服务和为客户服务这个观点。那位领导说："为人民服务和为客户服务，前一个观念银行长期以来不敢触动，如果说为人民服务的话，银行哪一个网点都不能撤，同时在没有网点的地方还要建网点去为人民服务。这是一种典型的计划经济体制。按照党政的要求来配置资源，我认为在过去的那一个时期是对的。过去组建银行的主导思想也是这样的，所以我们才有那么多的网点。在市场经济体制下，要求把专业银行转变为商业银行，一个重要的理念就是将过去不计成本的为人民服务转变到为客户服务，为能够给银行带来利润的客户服务。客户是我们的上帝。这是公认的经营理念和共同的经营思想。按照这个认识，我们就会走出计划体制下经营的思想误区。如果我们走出了这个误区，在业务经营中以市场为导向，我们的优良客户就多，经营效益就好，经营效益好本身就是金融反作用于经济，就是对社会的贡献，整个社会发展了，财政收入提高了，人民的生活水平就提高了，我们为人民服务的目的就达到了。我们过去为什么越搞越穷呢？主要是平均主义大锅饭，包括资源配置。虽然提出了为人民服务的口号，人民并没有真正富起来。在市场经济体制下，人民才开始真正富起来。银行也一样，如果我们还按照计划经济的思想、观念去经营，去配置资源，就走进了死胡同，没有前途。"总行领导这一番话语洞若观火，多么高远而深刻生动啊！恰好为县人大这一份提案做了贴切的解答。当然，不能把这段话照搬进去，但对提案的回复要贯穿这个意思。童行长想到这里，打电话把小黄叫来了办公室。把如何回复县人大这一份提案的意思给小黄做了交代。小黄点着头说明白了。童行长办事从不喜欢拖拉，想好了的事立马就交代下属去办。经验告诉他，在一个县支行当行长，不处事果断，今天压一件，明天压一件，堆积下来就没有一个出头，说不准哪一天还会误了大事。

小黄一走，童行长正想接着看下面的文件，桌上的电话铃响了起来，一接，是深圳芳菲商贸公司的总经理谷芳菲。谷芳菲在县工业园内投资创办了紫云实业有限公司，出任董事长兼总经理。谷芳菲在电话里说，骆副县长来公司里检查工作，约童行长晚上一起去吃顿饭。童行长撒了个谎说晚上要开行务会，想推辞。可谷芳菲在电话那头说她已是第三次请行长大人了，如果今天你行长大人再不赏光，她的面子都要丢进汶水河里去了。并在电话里将童行长的军："是不是要骆副县长亲自请？"童行长只好笑着说："我过来、我过来，地点定在哪里？"谷芳菲说："定在相思林酒店贵妃厅。"童行长说："我六点半钟赶到行不行？"谷芳菲传过来一串银铃般的笑，说："总算把你请动了，OK。"

二

谷芳菲今年三十三岁，比童行长要小四岁。谷芳菲与童行长其实是在一块儿长大的。谷芳菲与童行长的家都在本县的白溪镇，童行长的父亲过去曾是白溪镇的党委副书记，谷芳菲的父亲是白溪镇镇政府的秘书。两家都住在镇政府的院子里。谷芳菲小时候就十分机灵，天真活泼，笑起来像一只动听的山雀，脆生生地传得很远。童行长考取西南财经大学的那年，谷芳菲还在读初三，童行长毕业后到银行参加了工作，谷芳菲也进了大学，后来谷芳菲的一些情况童行长就不太清楚了，对于谷芳菲在深圳是如何发家的，童行长只

115

隐约知道一些，详情不甚了了。正因为有这层关系，童行长与谷芳菲交往时就越加慎重。

谷芳菲是凭着自己的智慧、机缘、才华与能力正正当当发起家来的，当然作为一个女人，她的漂亮容貌也为她的成功奠定了基础。她的发家史并不神秘，当然涉及她个人的隐私部分她一辈子都会深藏于心底。

谷芳菲共有三姐弟，上有一个姐姐，下有一个弟弟。一九九三年谷芳菲大学毕业后去了深圳。谷芳菲在大学里学的是对外经济与贸易专业。谷芳菲去深圳之前给她的学兄闻华平通过一个电话。谷芳菲读大一的时候，学兄闻华平读大四，闻华平临毕业之前曾追过一阵子谷芳菲，谷芳菲在大一的时候还不想谈恋爱，将贞操观看得很重，只让闻华平吻过一次，其他方面闻华平未占过便宜。闻华平毕业后不久就去了深圳。闻华平凭着他的才干，很快就深得老总的器重，并赢得了老总女儿的芳心。谷芳菲毕业时，闻华平已是深圳虎跃进出口贸易公司的常务副总。谷芳菲一直与闻华平保持着联系，谷芳菲说想来深圳找工作，闻华平说他们公司的大门随时对她打开，谷芳菲说谢谢学兄关照。半个月后，谷芳菲就顺利地到闻华平的公司营销部上班了。

谷芳菲在虎跃进出口贸易公司做的第一单业务就让闻华平刮目相看。实际上谷芳菲那单业务是意外促成的。

谷芳菲的高中同学田建明在修江县丝绸总公司做销售经理，有一次田建明来到深圳，给谷芳菲打了个电话，说想与老同学见个面。谷芳菲很高兴，约了田建明在凤尾竹酒店吃了晚饭。两个人吃饭时边吃边聊，原来田建明这次来深圳是要卖白茧丝，总公司要筹集资金准备收中秋茧。无奈白茧丝价格一路下跌，每吨丝快跌破十四万了，而丝价好的时候曾卖到一吨二十三万，田建明正在徘徊要不要抛。谷芳菲忙问他："你手上有多少货？"田建明说："有五十来吨。"谷芳菲近期正在研究茧丝绸价格的国际走势，预期白茧丝价格三个月后会大幅上扬。现听说田建明手上有货，而其他公司价格宰得厉害，忙对田建明说："我们虎跃公司愿意出一个比目前市场略高的价把你手上的白茧丝买下来，你同意不？"田建明说："你给多少价？"谷芳菲说："争取给你每吨十四万二千。"田建明说："那好，我晚上就同总经理挂电话。"谷芳菲约好田建明第二天去她所在的公司，双方谈好了就签合同，两个人才分手。

当晚谷芳菲就给闻华平挂了电话，把这单生意的事与她对目前茧丝价的趋势分析一股脑地对闻华平说了，闻华平听后很兴奋，同意做这笔生意。第二天田建明来到公司，说："总经理已同意了，就按每吨十四万二千签约。"双方很快就签好了合同。果然不出三个月，白茧丝价格飙升到了每吨十九万，公司里及时把五十吨白茧丝抛了出去，净赚了二百多万元。

公司总经理也十分高兴，委托闻华平发给了谷芳菲按净利润百分之五的奖金，谷芳菲的腰兜里一下子揣进了十多万块。

那天晚上是一个美丽的夜晚，学兄闻华平约了谷芳菲在五彩云大酒店吃饭，在酒足饭饱之后，学兄闻华平掏出了那张一十一万元的现金支票，按在了谷芳菲的手中。谷芳菲哪见过这么多钱，激动得面颊绯红，手直颤抖，走路都飘飘悠悠了。学兄闻华平不失时机

117

地把兴奋得头还发蒙的学妹谷芳菲带到了楼上的客房里，进门后两个人就紧紧地搂作一团，一番狂热的亲吻过后，双双宽衣解带，云雨了数番。

谷芳菲读大三上学期的时候，助教雷鸣杰曾一度闯进了她的心扉。雷鸣杰身高一米八二，生一张四方脸，一对卧蚕眉，仪表堂堂，孔武有力，很招女孩子的喜爱。谷芳菲不知不觉也迷恋上了他。谷芳菲与雷鸣杰相恋了一年多，上床无数次。后来雷鸣杰又与一个大二的女孩子鬼混在了一起，还被谷芳菲撞了个正着。谷芳菲气得哭了一夜，断然与雷鸣杰分手。尽管此后还有不少男生追求她，谷芳菲发誓在学校里再也不谈恋爱。

闻华平与谷芳菲有了那一次，两个人再见面时那眼神里就总是闪闪烁烁有点不对劲。而老总的女儿又是一个醋坛子，对闻华平盯得特别紧，她察言观色到这一对学兄学妹眼里有了暧昧的秋波，一看见谷芳菲就翻白眼，还故意指桑骂槐说她家里养的那只母猫好骚好骚。谷芳菲受不了那醋劲，也不想跟她一般见识。一气之下辞了那份工作，在闻华平的暗中相助下单独注册成立了芳菲商贸公司。

谷芳菲成立了商贸公司后回了一趟修江，她发现家乡的产品蕴含的商机十分巨大，除了白茧丝，还有"分宁牌"减肥茶、昌顺陶瓷煲等产品，在深圳市场上都销得不错。谷芳菲有了在虎跃公司的销售经验，加之学兄闻华平的相助，商贸生意做得很顺手，资产雪球越滚越大。七八年打拼下来，身家已是上千万了。修江县去年开春去深圳招商引资，谷芳菲看中了修江县这几年发展起来的白莲产业，加之县里招商引资的政策十分优惠，工业园的土地几乎是白送，谷芳菲回来做了一次实地调查，感觉商机潜力很大，决定留丈夫在深圳继续做些商贸生意，她筹集了一大笔资金回家乡来发展。紫云实业有限公司就这样创办起来了。

......

童行长赶到相思林酒店贵妃厅，只有谷芳菲一个人在包间等候，根本没有什么骆副县长。童行长问："芳菲，怎么回事，骆副县长呢？"谷芳菲诡秘地一笑，说："本来骆副县长已答应吃饭，后来给邹县长电话叫走了。"接着谷芳菲又说，"国锋哥，你一个人在修江，也够辛苦的，难道我做小妹的请你吃顿饭还值得这么顾虑吗？"在没有人的时候，童行长会直呼谷芳菲为芳菲，而谷芳菲也喊童行长为国锋哥。

童行长大学毕业后分在景峰市农行，他的妻子桂小芬在景峰市房管局工作。三年前童行长被市分行党委提拔回家乡修江县支行任行长，修江离市里有一百七十多公里路程，童行长一般半个月回去一次。

童行长对谷芳菲说："芳菲，有些事你可能误会了。如果你不是我的信贷客户，你什么时候叫我吃饭、娱乐都可以，我一个单身汉在这里，有人叫我吃饭还不高兴吗？毕竟银行有银行的制度。在县里，就一块这么大的地盘，行长也是一个很惹眼的人物，人多嘴杂，没有事都可能让人扯出一些是是非非来，我前任栗行长的教训我还能不汲取吗？"

谷芳菲说："国锋哥，你的顾虑我理解。我来修江后你前前后后支持了我一千多万的贷款，却只与你吃过一顿饭，还是你农行埋的单，我心里实在过意不去。"谷芳菲显得很委屈，嘴巴噘起来，顿一顿，接着说，"且不说我们是在一起长大的，就算从密切银企关系的角度来讲，我请你吃顿饭也在情理之中吧。明天县里还要召开银企座谈会呢，不也是密切银企关系的一种形式吗？你过于谨慎了就与时代落伍了，你说对不对？"

"芳菲，你能得到农行的贷款支持，关键是你自己有实力，项目也选得好。一个企业效益上不去，你就是我亲妹子也没办法。"看见谷芳菲的委屈样子，童行长有些不忍心了，笑着说，"你说了这么多，我再不吃你顿饭，不让你破费点钱，你心里怪不好受了。"童行长笑着岔开话题转问谷芳菲："你明天也要去参加会吧？"

谷芳菲说："已接到县政府通知了，还要我发言呢。"说完递过菜谱给童行长，说："想吃点什么，是吃点海鲜还是土菜，随你意思。"

童行长说："还是吃点土菜吧，这里的海鲜不一定新鲜，我点一个水煮河鱼，其他的你点吧。"谷芳菲就点了一个烟笋炒腊肉，一个油焖豆腐，一个素炒丝瓜。童行长说："够了够了，点多了也是浪费，吃不了的。"谷芳菲就笑笑挥了下手，服务小姐就下单去了。

两个人边吃边聊，吃了一个多小时，一瓶长城干红不知不觉就喝完了。童行长与谷芳菲都不太喝酒，两个人的脸都红了起来。谷芳菲说："国锋哥，前几天我买了一套最新的投影式音响，去我那里唱唱歌吧，去大众场合的歌舞厅你又会有顾虑的。"童行长的歌唱得还带点功夫，近期工作一忙，几个月都没去唱过歌了，嗓子也就有点发痒，又借着酒酣耳热，就答应了："那行。"谷芳菲埋了单，两个人就出了酒店。童行长问谷芳菲："能开车吗？"谷芳菲一扬车钥匙说："没有问题，你大行长尽管放心。"两个人坐进了谷芳菲的那辆本田，车子很快就驶进了霓虹灯闪烁的凤凰大街……

三

　　县里的银企协作座谈会，县委、县政府都十分重视，规格也很高，书记、县长莅临会议。县人民银行，工行、农行、中行、建行四家商业银行与县信用联社的一把手都请过来了。县里一些重点企业的厂长、经理都到了会。紫云实业有限公司是最先落户县工业园区内的一个招商引资项目，并已顺利投产，县里作为一个成功的招商引资范例，经常点名要谷芳菲发言。银企座谈会也不例外点了谷芳菲的将。谷芳菲的紫云实业有限公司的发展得到了农行的信贷支持，谷芳菲发言时就把农行如何支持企业的发展，如何上门为她公司提供金融服务大加赞赏了一番。刚才进入会场之前，童行长与谷芳菲的眼神对碰了一下，两个人点了一下头，童行长的脸就慌慌地转向了别处，与其他的领导打起招呼。想起昨夜的事，童行长的脸不由得隐隐发烫。

　　昨夜两个人去了谷芳菲的住宅，先唱了一会歌，后来谷芳菲又要与童行长跳舞，跳着跳着谷芳菲身子一软一下子跌进了童行长的怀里，童行长忙抱住她问："芳菲，怎么了？"谷芳菲说："可能是酒劲上来了，胸口闷得慌。"童行长忙把她抱去了沙发上让她躺下，问："要不要叫医生？"谷芳菲摇着头说："不用不用。"一把抓住童行长手放在胸口，"你帮我抚摸一下就可以了。"说着就将她的连衣裙撩了起来。童行长只觉得脑海一空，呼吸一下子急促起来，右手情不自禁地一下子滑向了谷芳菲的隐秘之处……看着会场上与别人谈笑风生的谷芳菲，童行长不禁暗暗佩服谷芳菲的老到沉稳，叹服谷芳菲已是一位八面玲珑、工于心计的商海女性了。

银企座谈会县里近两年几乎每年都要召开一次。各家银行的行长心里其实都很清楚，县里打着银企座谈会的招牌，其实是要银行加大对县里企业的信贷投入。说白了就是要银行多放贷款支持企业的发展。座谈时各家企业都会吐资金不足的苦衷，而各家银行行长县里都安排了表态发言。这等阵势，你银行行长姿态不放高一点，不谈出一些具体的支持措施，落实一些具体的贷款项目数额，书记、县长脸上就不高兴。实际上这是一种体面的行政干预。轮到各家银行行长发言时，童行长抢先发了言，童行长先把农行上半年的信贷投放情况简要进行了汇报，农行上半年已投放六千万支持了县里最大的招商引资项目——谷皮滩水电站；放了五百万元给紫云实业有限公司；还准备向张澄湖钨矿贷款八百万元帮其技改，目前正在进行调查评估。讲完信贷投放情况，童行长接着便谈到了目前农行存在的困难，主要是供销社的改制大量悬空农行的债务，要求县里制止这种行为，否则今后农行难以支持县里其他企业的发展。童行长讲得有理有节，书记、县长都点头表示赞成。邹县长当场就插话，对分管流通口的副县长吴仁义说："童行长反映的事你下午就去县供销社开班子会，要正确对待企业改制与银行贷款偿还的关系，对故意逃避银行债务的基层供销社与各家公司，在农行债务未妥善协商好解决意见之前，房子、铺面、地皮不准拍卖，否则县房管局、土管局不办理过户手续。"邹县长的话一落,其他行长也跟着诉起苦来。工商银行行长许宽东就谈了一大堆遇到的困难。县工商银行由于在二十世纪九十年代投了一个多亿支持县里办缫丝厂、丝绸公司,后丝绸行业由于不景气亏得一塌糊涂,弄得工行的不良贷款占了它全部贷款的百分之八十,县工行也年年亏损,二〇〇一年由支行降格为了分理处,虽然大楼外面还挂了一块县支行的牌子遮人耳目,实际上已成为一个股级单位。许宽东行长也由原来正儿八经的正科级变成了打括弧的享受正科级待遇,一谈起这事许行长就义愤填膺,唾沫横飞。如今工商银行基本上就是办理存款与结算,主要精力是清收不良贷款。新贷款两年都未见放一分。许行长倒了一肚子苦水,却并没博得书记、县长的同情,邹县长再没像对待农行那样当场插话。许行长心里就十分憋气,暗骂书记、县长是狗眼看人低,工行现在没有了贷款放,过去却是为修江县做出了巨大贡献与牺牲的,毛主席都讲吃水不忘挖井人,你书记、县长就不念工行过去的一点情分了?许行长的脸就拉得比毛驴脸还长。中行、建行两位行长发言时赶紧见风使舵,这两个行其实在经营效益上比农行、工行都要好过,都是盈利行。就说了些要加大信贷投入的话,说他们正在与企业接触,已与几个企业达成了初步信贷意向,"困难"二字的话题就不再提。信用联社主任发言主要是谈了对农民发放小额贷款,上半年已投入了两千多万。信用联社的贷款对象与四家国有商业银行不同,他们针对的是农民与个体工商户,贷款很少投到企业……座谈会总体气氛是融洽的,达到了预期的效果。书记、县长都很高兴,最后都简短地讲了话,会议一直开到十二点才散。

四

上半年的经营数据出来以后，修江支行的差距还是落在了不良贷款的清收上。不良贷款清收只完成市分行下达任务的百分之三十多。童行长召开了一次行务会，通报了上半年的业务经营情况，研究部署了下一步清收不良贷款的措施。有了上次县里银企座谈会上邹县长的插话，供销部门的改制与农行的配合紧密起来。能还现金的还了部分现金，不能还现金的用部分房产、铺面抵偿了一部分贷款，成效十分明显。下一步必须进一步把握好这一契机，若能在这一块收回几百万元旧欠贷款，那今年修江支行的各项任务就能交个好账。童行长反复算过账，心里还是有底的。

童行长很感谢那次银企座谈会的效果。现在当银行行长的有两种心态，第一种心态是既要行政干预，又怕行政干预。在清收不良贷款时，政府领导出面一干预，效果就不一样。邹县长那天插了话，吴仁义副县长去把会一开，供销社的领导就软下来了，主动找农行协商还贷的事。没有政府的干预，光靠打官司解决不了问题，实践已经证明，银行与别人打官司，大多都是"赢了官司输了钱"。银行放贷款的时候，行长又往往怕书记、县长行政干预，过去书记、县长一拍脑袋放下去的贷款几乎都死光了。第二种心态是银行是商业银行了，《商业银行法》白纸黑字载明党政不能行政干预银行发放贷款，行政干预是违法的，银行要自主经营、自负盈亏，没必要那么靠近党政。这种心理看似在理，但不在情。

试想想，地方党政还是配置资源的主要组织者和推动者，包括西部大开发，都是政府来推动的，银行离开政府能行吗？就拿修江支行来说，在岗的员工加上离退休的员工共有二百多号人，连同家属算起来那队伍就更加庞大，近千号人吃、喝、拉、撒、睡都在县里，需要县里解决的事太多了。不处理好银行与党政的关系，许多事办起来就阻力重重。银行与党政关系双方，讲究的是情理交融，"晓之以理，动之以情"。硬邦邦地与党政顶撞，失去的将是最大的一笔资源。童行长深切领悟到了发挥这个资源的重要性，所以座谈会上他抢先第一个发言，果真尝到了甜头。

来修江支行摸爬滚打了三年，童行长已磨炼得越来越成熟了。记得刚来时，恨不得一个月之内就改变好修江的面貌，深更半夜还带着人员下去检查安全保卫工作，三天两头开会学文件、学制度，统一员工思想，加大任务考核力度，短期内是见了一些效果，时间一长员工受不了了，都感到疲惫。越怕出事还越是出了事。白坳营业所一位代办员趁人不备空存了十二万元进了自己的账户，到外县银行网点取了现金溜跑了，至今还未找到人。这两年撤了七个基层营业所，内退、买断、分流了四十多号人，员工一下子精干起来了，素质也明显高了起来。看似管理没过去那么紧了，工作任务却比以前完成得还更好，人员也更听话了。童行长这才明了一个理：过去越管得紧却越糟，问题出在人员素质差、机构臃肿上，是体制造成的结果，干多干少一个样，干好干坏一个样，干与不干一个样，那种平均主义大锅饭思想，让勤快人也变懒了。现在人员比过去少了，工作效率却比以前高了，是减员分流让不少庸才走了路。虽然现在工作节奏越来越快，存款、贷款竞争日趋激烈，当行长的依然十分辛苦，事情却干得比过去顺手多了。

童行长去年被确定为了市分行的后备干部。如果过两年职位能再上一个台阶的话，那苦日子就算熬出头了。

五

市分行召开了两天县支行行长会议，总结了上半年的工作，研究部署了下半年的工作。市分行要求修江支行今年再撤掉一个农村网点，凡工龄年满三十周年的继续办理内退。童行长把县人大转来的那份提案的事汇报了，说再撤乡镇营业网点会有阻力。市分行领导说，全国近几年几家银行一共撤了三万多家机构，这是商业银行改革的大局需要，总行领导的讲话你也学了，回去找县政府领导汇报好，做好解释工作。

童行长回到修江，去找了分管财税金融的骆副县长，把市分行这次行长会议精神与他做了汇报。骆副县长说："撤机构的事人大代表是有一些反映，但你银行是条管单位，县里会理解的，人大那边你去做好解释，我有机会的时候会帮你农行说话的。"童行长说："谢谢骆县长的理解与关心。"骆副县长接着说，"童行长你就别走了，等会儿我俩一起去紫云实业公司看看。这个项目是我去招商引资过来的，前期你农行支持她不小，后一步还要继续加以支持。"童行长说："好好，我陪县长一起去。"

谷芳菲已在公司的会议室里等候骆副县长过去。看见童行长一块儿过去了，谷芳菲的脸笑得愈加灿烂，与童行长双目对视一下后，故意话中含话地对童行长说："不知童大行长驾到，有失远迎了。"骆副县长便在一旁笑着说："谷总，请童行长比请我还难是吧？"谷芳菲说，"是哟是哟，还是上次开银企座谈会时与大行长见了一次面，他真是难请哦。"童行长说："你别讥讽我了，我这不是主动来了吗？"谷芳菲说，"恐怕是县长拖你过来的吧？你要能主动找一次我，我会幸福得晕过去的。"童行长的脸不禁红了起来，他听出了谷芳菲的一语双关。

骆副县长与童行长坐下后，谷芳菲开始汇报公司的销售情况和下一步的打算。谷芳菲说："上半年公司已实现销售收入八百六十万元，实现利润一百一十二万元。目前尚在开工建设的项目主要是为下一步白莲食品的深加工做准备。项目明年完工以后，可达到年产冻干莲子两千吨、莲子保鲜一千吨、精制藕粉四千吨、莲子糊一千五百吨、莲子奶六千吨，可消化以修江为中心的种莲区莲子总产的百分之四十二，使老区修江等周边四个县的"莲农"户均增收三百六十元以上。"

谷芳菲汇报得头头是道，骆副县长听得十分高兴，童行长也不由暗暗佩服谷芳菲的思维敏捷。谷芳菲也是近两年才开始涉足白莲产业，短短的一年多时间竟然取得了这么好的效益，而且下一步的思路又这么清晰，真不愧为一位历经商海磨炼的女强人。

晚饭就在公司食堂吃的，吃完晚饭，骆副县长因要开常委会就先走了。谷芳菲说由她负责送童行长回行里。一上谷芳菲的车，谷芳菲那漾着一泓春波的杏眼就向童行长投来了含情的一瞥。童行长的心里顿时忐忑起来，不知是兴奋还是胆怯，抑或是期待，他自己也说不清楚……

六

过了大雪，离新年元旦就只剩下二十来天。修江支行的存款、收息、财务计划都能超额完成市分行下达的计划任务。硬性指标中只有清收不良贷款还差九十多万元合不了口。童行长召开了一次行务会，让大家献计献策。行务会成员一致认为要坚决完成清收不良贷款这项任务，向上级行交一份圆满的答卷。突破口大家认为只有选择清收逾期农户小额贷款。行务会最后研究决定，支行四位行领导除一位留家外，其他三位行领导各带一个工作组下去，协助农户贷款余额最多的几个营业所打突击，人手不够的可请乡镇政府再派一些人帮助清收。童行长亲自带了一个组去了他的家乡白溪镇。白溪镇党委、政府领导听了童行长的来意，表示全力支持农行的工作，抽调了十多个乡干部协助童行长清收逾期贷款，工作组的人员都吃住在村，走村串户，翻山越岭，半个月下来，成绩斐然。童行长这个组已清收不良贷款三十多万元，再突击几天，拿下四十万完全有把握。其他两个组也传来消息进展顺利，童行长的脸上露出了满意的笑容。

在白溪镇打突击到第十六天的那天晚上，童行长吃完晚饭接到办公室秘书小黄打来的电话，说市分行吕行长明天上午从邻县赶来修江吃早饭，支行已派了车赶来白溪接他。童行长简单收拾了一下行李，回家去与父母打了个招呼，就上车返回县城。白溪镇离县城有七十多公里，帕杰罗越野车飞快地行驶在回县城的柏油路面上，车行至七里坡，遇一个下坡拐弯道，一辆无灯光的中四轮突然从一条机耕道上斜刺里冲了上来，司机一个急刹，因距离太近，还是拦腰撞在中四轮上，尚在车上思考问题的童行长猝不及防，只听"轰"的一声巨响，就眼前一黑失去了知觉。

支行司机小彭送进县医院不久就停止了呼吸。童行长脑外伤处于昏迷之中。

童行长经医院全力抢救脱离了生命危险，三天后他悠悠地苏醒过来了，亲人同事朋友都舒了一口气，心中的一块石头落了地。可几天后人们却发现童行长失去了记忆，认不出任何人。无论父母、兄妹、妻子、儿子、同事、朋友一声一声地轻轻呼唤着他，他双眼只是空洞地望着，像望着一片无边的沙漠。

行 长 之 死

一

第三次拨打行长高天宏的电话，语音里传来的依然是关机。宁泽明的心里不禁有点焦急起来。

宁泽明是县支行的客户部经理，昨天下午行务会结束的时候，高行长对他说："宁经理，明天上午九点半我们去一下香炉峰钨矿，拜访一下汪矿长。"

隔天一大早，宁泽明就来到行里办公室，他把香炉峰钨矿最近一个月来的固定资产贷款提款情况、贷款余额以及货款回笼情况等等准备了一份详细的资料，等下他要交给高行长。行长去拜访矿长，一定要做到心中有数。宁泽明摸透了高行长的脾性，每次高行长带他去企业，他总能第一时间把一份企业的近期客户资料送到高行长的手中。高行长对宁泽明的工作能力也是刮目相看。

九点半到了，而高行长还是不见踪影。往日高行长是从来不迟到的，支行的司机小顾也已经把车子停在了楼下等候。宁泽明拿起公文包下了楼，他想高行长是不是昨晚喝了酒呢？他准备与司机小顾去他的住宅区把高行长接上车后再直接去香炉峰。

高行长是交流干部，三年前从邻县新宁支行交流来义宁支行当行长。在新宁支行他当了六年的行长，按行里的人事制度，行长任期一届为三年，凡在一地当了两届的行长一定要异地交流任职。高行长就被市分行聘任到义宁支行来当行长了。

义宁县是全市最大的一个县，人口有九十多万，面积有四千多平方公里。高行长来义宁县支行以后，每年行里的存款净增两个多亿，贷款也能增八千多万，各项业务指标都排在全市系统的前三甲。市分行领导对他的工作业绩也是充分首肯的。

高行长因是交流干部，而义宁支行是一幢老办公楼，没有住宿的地方，支行就在县城的一个叫金色湖畔的住宅区里租了一套两房两厅的居室给他住。金色湖畔小区离支行办公大楼约有二十分钟的车程。二〇〇九年，银行系统内实行了车改，高行长买了一辆帕萨特小车，平时上下班与周六周日往返新宁都是自己驾车。

小顾把车子开进金色湖畔小区停在了高行长的住宅楼下。宁泽明下车后径直坐电梯到了九楼高行长的 902 房门口，一边按门铃一边喊高行长，几分钟了还是没人应声。宁泽明只好返回楼下，对小顾说："高行长不在家里，我们把车开到地下停车场去，看看高行长的车在不在下面？"

进了地下停车场，宁泽明与小顾停下车，查看了高行长楼下的一溜停车位，发现高行长的帕萨特停在地下停车场里。这说明高行长应该在家里。而他手机关机，上去按门铃又没人应，宁泽明的心里突然升起一种不祥之感。他迅速掏出手机，拨打了支行二把手陶秉通副行长的电话，陶行长听后也紧张起来，答应带办公室主任马上过来。

开锁的师傅花了十多分钟才把高行长住房的防盗门打开，小区物业的保安也来了，一进高行长的卧室，就发现高行长满头鲜血蜷卧在床上，被窝凌乱，被子上床单上墙头上满是迸溅的血迹，高行长显然是遭受了钝器的猛烈击打，而高行长脸上、床上与地上的血迹已变成乌黑，看来已气绝多时。进门的一行人见此惨状个个吓得魂飞魄散，陶行长定定神后，迅速颤抖着双手拨打了报警电话。

警笛呼叫着驶入了小区，县公安局的刑侦人员迅速封锁了现场，刑侦大队长石勇宽带领的刑侦人员紧张而细心地开始了现场勘查……

二

高行长遇害的消息，很快在义宁县城的大街小巷、茶楼酒肆传得沸沸扬扬。

按银行系统内的规章制度，不管发生经济案件还是刑事案件，按权限二十四小时之内必须逐级上报。

高行长遇害的信息很快就一路上报到了市分行、省分行、总行。

银行监管系统也在二十四小时之内将高行长遇害的信息一路上报到了市银监分局、省银监局、银监会。

市分行党委第一时间迅速做出了两项决议：一是宣布义宁县支

行暂由二把手陶秉通副行长主持全面工作；二是迅速抽调内控合规人员对高行长在义宁县工作期间的信贷、财务等方面组织全面核查。

义宁县公安局当天即成立了命案专案组，抽调精干警力侦破案件。市公安局也派出了刑侦专家来义宁县指导案情分析与侦破。

是入室盗窃杀人？还是情杀？仇杀？……警方一一进行排查，认真分析与推理判断每一个可疑之处。

是入室盗窃杀人吗？经现场勘查虽然不见高行长的钱包、手机，但屋内并未见翻动橱柜的现象，也未发现爬墙翻窗痕迹，门窗完好无损，入室盗窃杀人的推断显然难以立脚。

警方去物业公司调取监控录像，不巧物业公司的监控系统因遭遇雷击正在维修，已经停运了一周。这给破案工作增添了一道难题。

那歹徒又是如何进入高行长房间的呢？难道是高行长忘记关门睡觉？警方走访了高行长楼下的邻居老李，老李说那天晚上大约十点钟他将一袋垃圾开门放在门口的时候刚好看见高行长上楼而且听见"砰"的一声关门声，那说明高行长是关了门的。

石勇宽大队长在案情分析会上提出，他们勘查现场时，除了发现高行长钥匙串上有一把房门钥匙外，在他的床头柜抽屉里还发现有四把房门钥匙。按道理防盗门应有六把钥匙，还有一把钥匙哪去了呢？难道歹徒配有高行长房间的钥匙？

警方在县支行走访时，客户部经理宁泽明提供过一个线索，他说高行长调来义宁工作时，他当时是支行办公室主任，是他帮高行长租的房子，而且防盗门是换了新锁的，一共有六把钥匙，高行长别了一把在锁串上，另有五把也一起交给了高行长，由此说明高行长房间确实还有一把钥匙不知了去向。难道问题出在了这一把钥匙上？那这把钥匙又到哪去了呢？

是否是情杀？警方摸排走访了很多的人，都反映高行长生活作风很正派，并未发现高行长在义宁养有情人的情况。派了一组人马去高行长的老家新宁走访，也没有获得高行长在新宁与什么女人有过从甚密的信息。

是仇杀吗？通过对行内行外一系列的排查，并未发现高行长与人结仇，虽然行里有极少数人挨过高行长工作上的批评，但还不至招来杀身之祸。

案子进展到这里一时陷入了僵局。

银行系统内对高行长任职期间的信贷、财务等方面的排查也持续了将近二十天，也并未发现高行长有违规违纪的地方，市分行只好把检查组撤走了。银行内部对高行长的核查情况在检查组撤走之前，也向义宁警方做了通报。但案件未破，行内的员工上上下下心里都一直沉甸甸的，都为高行长的遇害而摇头惋惜。

案件迟迟未破，给警方造成的压力也很大。时间在一天一天地流逝过去……

三

刑侦大队长石勇宽已是五十挨边的年龄，是一位老刑侦了，破获过不少的疑案重案。他从不放过任何蛛丝马迹。高行长的遇害案说明歹徒具有一定的反侦查能力，以致始终难以理出很有价值的案件线索。

高行长的妻子李秀云在高行长还在新宁县支行工作时就因肝癌去世。那年高行长的儿子高小彬刚好大学毕业，高小彬在北京某外资企业工作。警方询问了高小彬及高行长的父母等其他亲属，都没有高行长在义宁的房间钥匙。那把钥匙到底哪去了呢？难道自己长了翅膀飞走了？

专案组召开了多次的案情分析会议，对高行长遇害的种种可能性，条分缕析，抽丝剥茧，寻找破案线索与方向。最后，石大队长当初提出那一把不知去向的钥匙可能就是高行长遇害的重要线索的判断，渐渐成了大家一致认可的破案方向与关注焦点。

时间眨眼又过去了几个月，案件却突然有了转机，出现了曙光。

义宁县公安局有一天接到了深圳警方打来的电话，说有一位叫秦丽芬的女人，因有人追杀她，寻求警方保护，警方询问是何人追杀她时，她当时也是一脸迷茫，后来她突然想起说追杀她的人可能与义宁县高行长遇害案有关。

接到深圳警方的通报，义宁警方石大队长一行三人星夜出发赶赴深圳,在深圳与警方办完交接手续后又连忙将秦丽芬带回了义宁。

通过几天的讯问，石大队长从秦丽芬的口供里果然追查到了高行长房间里那把少了的钥匙的重要线索，再顺藤摸瓜，嫌疑人逐渐浮出了水面。

四

原来秦丽芬与高行长曾很隐秘地有过三次肌肤之亲。

秦丽芬是新宁县人。秦丽芬在高行长担任新宁支行行长时，曾在新宁县宏远石材厂担任会计。秦丽芬长得十分漂亮，瓜子脸，柳叶眉，樱桃嘴，皮肤白皙，身段窈窕。她在市职业技术学院会计专业毕业后，曾在县工业园区的方昆铜材厂做了一年会计。适逢二○○八年全球金融危机，方昆铜材厂因资金链断裂，老板跑了路，秦丽芬一下子失了业。正在这时，宏远石材厂的厂长彭修清找上门来请她过去做会计，那年秦丽芬才刚满二十三岁，正是水灵灵一个大姑娘的时候。秦丽芬在市职业技术学院读书时，有好几个男孩追求过她，其中有一个叫钟柯的男孩在最后一个学期终于把秦丽芬追到了手。钟柯在学院外面租了一间房，到了周六周日，两个人就在那出租房内翻云覆雨。大专学历是三年制，不久两个人都毕业了，钟柯是福建南安人，毕业后回了福建；而秦丽芬是江西新宁人，一个福建，一个江西，秦丽芬父母坚决反对女儿出去打工，两个人也就只好分道扬镳了。

彭修清把秦丽芬请过来做会计，是花了一番心计的。而秦丽芬当时正愁失业没事做，她在方昆做会计时月薪三千五百元，而彭厂长找上门来并许诺月薪五千元，秦丽芬自然是感激涕零，暗中发誓要知恩图报。

老谋深算的彭修清请秦丽芬来做会计是使了一招美人计，不谙世事的秦丽芬当然是蒙在鼓里。

彭修清的石材厂当时正在高行长那里申请一笔八百万元的流动资金贷款。当时的石材厂办得还是蛮红火的。贷款申请材料新宁支行也受理了。不巧的是高行长的妻子李秀云刚刚去世不久，高行长还一时未从丧妻的痛苦中走出来，贷款申请材料撂在高行长的办公桌上也就耽搁了好长一段时间。

秦丽芬来石材厂上班约一个星期后，有一天早上刚上班，彭修清就带上秦丽芬去了高行长的办公室，彭修清将新来的会计秦丽芬介绍给了高行长，并约高行长来厂里吃顿晚饭，散散心。高行长被秦丽芬的美丽和落落大方的端庄举止一下子吸引住了，眼球不停地在秦丽芬的身段上巡来睃去。彭修清看在眼里喜在心里，盛情相邀高行长去吃晚饭，高行长立马痛快地答应了。临出门时彭修清问："高行长，晚上还要不要请其他人作陪？"高行长说："不需要不需要，人越少越好，就咱们仨吧！"彭修清说："明白明白，那晚上下班我叫车子来接您。"

那顿晚饭高行长吃得十分高兴，喝了很多酒，走路都已经飘飘然了。在高行长上洗手间时，彭修清塞了两个信封放到了秦丽芬的包里，并嘱咐秦丽芬说："那个大信封里是一万块钱，等会你送高行长回住处，趁机把钱给高行长；那个小点的信封里是三千块钱，奖励给你的，今晚你务必把高行长陪好陪高兴。""遵命！"秦丽芬俏皮地对着彭修清莞尔一笑。

高行长从洗手间出来时确已醉意朦胧，秦丽芬将高行长扶上车。石材厂在城郊，车子就一溜烟往县城奔去，高行长住在金凤凰小区八幢九楼，车子到达后，秦丽芬叫司机先走，等会儿她打车回去。司机走后，她就搀扶着高行长上了楼，进了门，她去厨房泡好茶，把茶放在茶几上，请高行长喝茶，并趁机将装有一万元钱的信封递给高行长，不料高行长却把信封挡了回来，一把抓住了她的手，声音颤抖地说："小秦小秦，信封就归你了……"说着，一把就将秦丽芬搂进了怀里。

秦丽芬就这样与高行长有了一夜肌肤之亲。宏远石材厂的八百万元流动资金贷款，通过办理采矿权抵押，很快就批复下来了。彭修清厂长喜笑颜开，暗中又奖励了秦丽芬一万元。

高行长这个人为人处事还是十分谨慎的。秦丽芬虽然年轻漂亮，但毕竟比自己儿子还小一岁，自己身为一行之长，言行举止都是员工的表率，八十多位员工的眼睛时刻都在盯着，千万不能在女人身上栽了跟头。

而秦丽芬呢，事后也想了许久，虽然那晚被高行长吃了一回嫩草，但自己毕竟不是处女之身，与高行长有了一夜肌肤之亲，既融洽了与高行长的关系，还暗中落下了一万块钱，又何乐而不为呢！特别是后来彭厂长又奖励了她一万块钱，她觉得那一晚真是人生中的一个"幸福之夜"！

当然，作为一个年轻姑娘，男方不约，自己是不好意思去主动约高行长的，人家高行长毕竟是有身份之人。一个姑娘家，主动去约人家显得太过轻浮，毕竟自己不是专门从事那种职业的小姐，还是要注重名誉和尊严的。

宏远石材厂有了高行长的那笔八百万元流动资金贷款支持，产量扩大，品质提升，经营效益也显著增加。但好景不长，半年之后，一位中央的大首长来江西考察工作，特地来新宁县考察了该县的林权改革。前几年，新宁县以"山定权、树定根、人定心"率先在全省搞林权改革试点，取得了巨大的成功。大首长来实地考察后也充分肯定了新宁县林权改革成果，并挥毫题词"山水新宁"四个遒劲大字以资鼓励。大首长一走，县委立马召开常委会，做出了三条决定：一是将中央首长的"山水新宁"的题词在全县各个主要的交通要道口做成大型广告牌作为主打宣传，县电视台循环播放"山水新宁"专题片；二是调整产业结构，突出"山水新宁"特色，把绿色旅游作为全县的主攻方向；三是凡是对山林植被有破坏作用和造成环境污染的矿山开采、石材开采等项目一律强行关闭，整顿期为一个月。县委常委会的三条决定一出，从事石材开采与加工的宏远石材厂等于遭遇了灭顶之灾。虽然政府会有一部分关停补助，但那只是杯水车薪。彭修清脑袋转得快，一见企业大势已去，果断地采取了一系列的行动：一是去外地秘密开立了一个私人账户，将已入新宁支行账户上的钱全部转走；二是已销售还未结回来的货款全部改汇私人账户；三是加紧销售库存商品，清理各项财产，做好处置准备；四是除了几个主要的留守人员，其余人员把当月工资结清以后全部辞退。彭修清对政策反应快，而国有银行的反应显然就慢了半拍。宏远石材厂的流动资金贷款期限是一年，尚未到期，贷款形态为正常，银行也就未派人去催收。等到宏远石材厂关停了，银行才意识到应该提前去收回贷款，但这时的彭修清却是两手一摊，他以企业关停是政府的政策所致，关停已造成企业重大损失和亏损为由，宣布已无力还贷，还故意放风准备去和政府打官司，噎得银行工作人员直翻白眼，只好打道回府去向高行长汇报。

其实，彭修清在采取一系列行动的同时，还暗中去约见了一次高行长，他有一个深思熟虑的惊天计划需要高行长的支持与配合，他也暗忖着高行长在巨额的诱惑面前一定会心动。因此那次私下会晤，彭修清与高行长一见面，就单刀直入地说："高行长，我们做一笔双赢生意，怎么样？"彭修清顿了顿，接着说，"政府这次要强行关闭石材厂，对我来讲虽然蒙受了一定损失，但又给我们带来了一次千载难逢的机会。"彭修清故意把"我们"两个字说得很重，高行长看着彭修清那一张一合的两片嘴唇，身子略往前倾了倾，装出一副洗耳恭听的样子。彭修清递过一支烟，给高行长点燃后，狡黠地接着说，"政府要强行关闭石材厂，这完全是政策所为，不是银行的责任，只要高行长睁只眼闭只眼，不催收这笔贷款，让它合理变成坏账，日后再进行核销，我私下里给高行长这个数的回报。"彭修清伸出他的左手掌给高行长过目，他的数字就写在手心里，"今晚高行长点了头，我明天就先付您一半，若贷款核销以后再给您付另一半。"彭修清和盘托出了他深思熟虑的惊天计划。高行长听后首先是心中一惊，他惊叹彭修清钻政策的空子达到了何种精明的程度，一般人是根本想不出这种妙招的，企业因政府政策而关停倒闭，贷款还不了，这种客观因素造成的贷款损失，银行是不会追究信贷人员任何责任的，贷款形成坏账，可以纳入正常的核销程序。因此，宏远石材厂这笔贷款若以政府强行关停造成企业重大亏损导致无力偿还，是完全符合贷款形成坏账条件的，银行正常核销也就不存在任何障碍。但风险也还有，因为高行长清楚，彭修清这笔贷款是流动资金贷款，一直都正常周转，而且还增值了不少，是有偿还能力的，但如果配合他以政府突然关停企业为由，造成企业亏损致使贷款无法偿还，也完全说得过去。唯一的风险是一旦这个秘密败露，那自己将犯受贿罪，触犯法律、身败名裂。因此，对这样的交易高行长自然不敢贸然点头，他一边吸烟一边喝茶，矛盾的内心却在翻江倒海……回想自己已担任新宁支行行长五年多，工作兢兢业业，勤勤恳恳，把一个亏损支行改变为盈利支行，不知耗费了多少心血，虽然组织上也给予了他十几万元的年薪，但与他所做的贡献相比还是相距甚远的……更令高行长心中难平的是因自己工作上的敬业而对家庭上的那一份愧疚。参加银行工作的前十多年，高行长与妻子李秀云都住在云溪镇，高行长曾在云溪分理处当过会计、信贷员，后来又当了几年主任，妻子李秀云则在镇中心小学教书，后来高行长提拔到支行担任了行长助理，妻子带着儿子小彬却还在乡下待了好多年，儿子小彬从小就一直病恹恹的，全靠妻子一把屎一把尿拉扯大，妻子上要服侍老下要抚养小，一个人撑持着这个家，而自己却因工作对家几乎撒手不管。直到高行长当了支行一把手，妻子才调进县城实验小学，儿子小彬也进了县一中高三重点班，可怜妻子没享几年福，又患肝癌撒手而去。作为一个丈夫，高行长深感亏欠已逝的妻子太多。对儿子小彬也缺少太多的父爱，以致儿子似乎没有他这个父亲。而儿子小彬与母亲李秀云情感笃深，在李秀云咽气的前一刻，小彬才从北京赶回来，在医院病床上，李秀云左手抓着丈夫的手，右手抓着儿子的手，久久不愿松开，最后将三双手叠在一起才咽气。儿子小彬那撕心裂肺的哭声令所有在场人无不动容，因丧母小彬还曾一度精神抑郁……每想到这些高行长内心就隐隐作痛。而眼下儿子在北京就业，在外租房已一年多，前不久去看了一套一百二十平方米的房，售价要四百多万，而自己工作二十多年，积蓄还不足一百万，为儿子买房的事他也正在为钱发愁。彭修清托出的这个计划确实让他心中为之一震，尽管内心的斗争已似翻滚的油锅，但高行长表面还是佯装冷静，要不要越这雷池，他必须慎之又慎。彭修清已看出了高行长的矛盾心态，赶紧又补充道："高行长，我也知道这事您要承担很大风险，我相信您，只要您点下这个头，我也不分两次了，明天就一次性把钱汇到您指定的账户里。这件事天知地知你知我知。我可以对天发誓，万无一失。"彭修清信誓旦旦。见高行长还未点头，彭修清再添一把火，"高行长，我听说你们行里有规定，在一地当了六年行长的一定要交流，您在新宁当行长都五年多了，说不定明年就调走了，错过了这村可就再没有这店哟！"彭修清这最后的几句话，彻底把高行长打动了。为了弥补对妻子、儿子的亏欠，为了不让儿子买房增加经济上的负担，高行长决定冒险一搏。打定了主意的高行长心一横，倏地站起来，将烟头狠狠地往烟灰缸里一摁，双眼盯着彭修清，甩下一句话："彭厂长，我这边会配合好，厂里的账目你可要做好哦！"

有了彭修清与高行长暗中约好的铺垫，当新宁支行的客户经理把去宏远石材厂催收贷款的事与高行长汇报后，高行长就故意说："县政府这次强行关停这些企业的行动，确实让企业亏损很大，银行一些贷款收不回来，是政策造成的，不是我们的主观责任，你们去催收了也就尽力了。下一步你们就是收集好资料上报，把宏远这笔贷款调到损失形态里面去，为下一步核销做好准备。"高行长在新宁支行威信很高，一言九鼎，他的为人之道全行上下一致交口称赞。

宏远石材厂的那笔流动资金贷款因政府行为的关停而造成了损失，抵押物因是采矿权抵押，而采矿权也被政府主管部门吊销，抵押亦失去效力。于是，在年终决算前，新宁支行依照上级行的批复，名正言顺地给予了核销。

秦丽芬作为宏远石材厂的会计，那一段时间也是忙得不亦乐乎，既要催收货款、清产核资、跑关停补偿，还要按照彭修清的授意，调整账务，支付相关工资、费用，并配合银行上报核销贷款资料等等。这期间，有一天下午，秦丽芬突然接到高行长的一个电话，约她晚上去米兰山庄聚一下，并约好了上车地点，高行长亲自开车把她接上车。米兰山庄在城郊的棋盘山麓，那是一个幽静的去处，高行长陪秦丽芬吃完饭，就去了开好的套房，秦丽芬刚冲完澡擦干身子，就被高行长一把抱上了床，久违的惬意，让两个人忘却了世界的存在，游走在销魂的迷离之中……

那天晚上，秦丽芬向高行长吐露了一个心中的疑问："高行长，彭修清的那笔贷款怎么报了核销？"高行长却含混地回答了八个字："符合政策，高度保密。"

"哦——！"秦丽芬点了点头，心中已明白了一个八九。临走时，高行长将一个装有两万元现金的信封放进了秦丽芬的挎包。

宏远石材厂关停了以后，待所有的账务都处理完毕，彭修清才将秦丽芬正式辞退。那天下午彭修清将秦丽芬叫到办公室，将一张内存二十万元的银行卡交到了秦丽芬的手上，彭修清说："小秦啊，厂里所有账务上的事，你是会计瞒不过你的，这卡里有二十万元，我拿这么一大笔钱给你，意思你应该清楚，厂里财务上的这些秘密，你必须烂在肚子里，如果吐露出去了，可别怪我翻脸不认人啰！"彭修清的眼里露出了一丝凶光。秦丽芬知道这是一笔封口费，但感恩于彭厂长过去的关爱，还是故意推辞了一下。彭修清坚定地说："小秦，钱你一定要收下，有了这笔钱，今后做笔小生意，你也有了本。"秦丽芬也就笑纳了，并举右手俏皮地向彭修清做了保守会计秘密的保证。

过完农历年，市分行就将高行长调任义宁县支行去担任党委书记、行长。

秦丽芬在家失业了半年多，那段时间新宁的企业都不太景气，过完年秦丽芬又大了一岁，家里张罗着给她找对象，见了几个，秦丽芬一个也没看中。这时同学钟柯又联系上了秦丽芬，钟柯去了深圳，在他舅舅的一个厂里做会计主管，并约秦丽芬也过去做会计。秦丽芬最后动了心，毅然辞别了父母，南下去了深圳。

高行长调去义宁县支行担任党委书记、行长以后，考虑到影响，再也未同秦丽芬联系。

秦丽芬去深圳之前，却主动地去义宁看望了一次高行长。高行长那天晚上很高兴，并把秦丽芬带到了他的住处，俩人都喝了很多酒，又做了爱。睡到半夜，高行长突然拉起了肚子，腹泻不止，秦丽芬只好穿起衣服，拿了高行长给的一把钥匙，出门去了小区外面的药房，敲开铺门买了止泻药回来给高行长吃。第二天一早，秦丽芬就坐班车回了新宁，那把钥匙当时忘记留下，就一直串在了自己的钥匙串上。那一次是秦丽芬与高行长的第三次肌肤之亲。

五

为协助警方破案，秦丽芬详细地向警方讲述了她所知道的一切……

秦丽芬南下去了深圳以后，去了钟柯的舅舅厂里做了会计，俩人旧情萌发，又租了住房厮混在了一起。一年以后，俩人结了婚，在钟柯舅舅的资助下，付了首付款，买了一套两居室的住房，过起了正式的夫妻生活。

高行长被害身亡的消息，秦丽芬是在高行长死后的几个月才获知的。

秦丽芬的父亲秦贵江被摩托车撞伤双腿骨折住院，秦丽芬回新宁看望父亲，在县人民医院大门口碰到了新宁支行的客户经理吴晓清，过去办贷款与核销贷款时秦丽芬与吴晓清打过多次交道，吴晓清的岳父因肝病也在县人民医院住院，吴晓清对秦丽芬说："你好久没回新宁了吧？"秦丽芬说："结婚后去男方家过了一个春节，算来一年多没回来了。"吴晓清又说："你知道高行长的情况吗？"秦丽芬说："我也一年多没同他联系了，他会经常回来吗？"吴晓清声音突然低沉下来："惨啦，多好的一个人，被人杀害都几个月了，至今还未破案呢！"

"什么什么？高行长遇害了？"秦丽芬怕自己的耳朵听错，惊愕地瞪大着眼睛追问吴晓清。吴晓清便把高行长在义宁遇害的情况详细地告诉了秦丽芬。

高行长与秦丽芬那层隐秘的关系，吴晓清确实不知。秦丽芬听后却是五雷轰顶，一个趔趄差点跌倒，幸亏吴晓清伸手扶了她一把。秦丽芬自知有些失态，稳了稳神，对吴晓清说："不好意思，高行长这么熟的人，乍听他遇害真一下子接受不了！"吴晓清说："当初一听说，我们心里也难过了好几天，人之常情嘛。"两个人又说了一阵子话后才分手。

俗话说：一日夫妻百日恩。与高行长有过三次肌肤之亲的秦丽芬，心中翻涌出来一阵对高行长离世的无限眷恋。自从与钟柯结婚以后，秦丽芬也就心无旁骛地一心工作与生活，断绝了与高行长的联系。除了与钟柯做爱时，脑海中偶尔会对比与高行长做爱的场景，高行长在她的脑海中几近消失。

当吴晓清讲到警方始终没有找到犯罪嫌疑人是如何进入高行长房间作案的线索时，秦丽芬倒吸了一口冷气，心中霎时浮起了一个疑团：难道是自己手上那把高行长的钥匙出了问题？难道是彭修清做的案？

秦丽芬一下子联想到了她那串钥匙的神秘丢失。

也就在大约半年前的一天，秦丽芬突然接到彭修清的一个电话，说他来了深圳，想跟她见一面。秦丽芬感到很突然，回想快三年未与彭厂长见过面了，怎么突然彭厂长想起她来了？按理说，宏远石材厂关停后，回笼的货款、处置的资产、加上政府的补偿款等各种资金刨去各项支出，最后彭修清揣进腰包里的钱还有一千一百多万元，这个数字秦丽芬是记得十分清楚的，假如彭修清能守住这笔钱，此后的日子也会过得十分舒坦。但后来听说彭修清拿着这笔巨资与他人合伙去炒期货，还加了资金杠杆，结果亏得血本无归，四处躲债。但到底彭修清败落到了何种程度，秦丽芬是不知其底细的。对于彭修清突然的电话联系见面，秦丽芬第一反应是不是要向自己借钱？如果不是借钱，就猜不透其葫芦里到底卖的是什么药了。

出于礼貌和过去的感恩，秦丽芬在凤尾竹酒店订了座，约彭修清晚上一起吃顿饭。为避免尴尬，秦丽芬特意没让老公钟柯作陪，并事先取了一万块钱的现金用信封装好放在包里，万一彭修清要是开口借钱，就用这一万块钱打发了事。

彭修清按约定的时间准点到了凤尾竹酒店，近三年时间不见，秦丽芬差一点没认出彭修清来，过去印象中的彭厂长是国字形脸庞，头发只有几丝银发，而如今的彭修清却是形销骨立、满头白发，一身西服穿在身上也见空空荡荡。秦丽芬当时一见彭修清那副落魄状，鼻子感觉有点发酸。秦丽芬早已点好菜，并要了一小瓶彭修清爱喝的泸州老窖，待彭修清落座后，秦丽芬就叫侍应生上菜了。

秦丽芬不太好问彭修清的现状，倒是彭修清主动说与一个朋友在做一点生意，昨天来到深圳，几年没见小秦了，突然记起小秦在深圳，就想见上一面。秦丽芬忙说谢谢彭厂长还记得我。

席间，彭修清先上了一次洗手间，他的手提包与秦丽芬的手提包都放在靠落地窗边的桌面上，俩人是相对而坐的，彭修清起身上洗手间没有带手提包，后来秦丽芬也上了一次洗手间，秦丽芬也就不好意思把手提包拎上。俩人边吃边聊，一起花了一个多小时，直到告辞，彭修清也未提半句借钱的话。既然彭修清未开口借钱，秦丽芬也就落得省下这一万块。在深圳这个地方，光每个月买房的按揭款就压得人有点喘不过气来，谁都活得累晕晕的。

钟柯下班后先回了家，秦丽芬回到小区，在大门口又刚好碰上钟柯去买包烟回来，秦丽芬也就随着老公一起回了家。

第二天去了公司办公室，秦丽芬去包里拿钥匙开抽屉，才发现钥匙不在包里，去问钟柯有没有拿她的钥匙，钟柯说没有，而秦丽芬记得昨天钥匙串是放进了手提包里的，办公室四处找了，晚上回到家又翻箱倒柜四处找了，钥匙始终还是没有找到。渐渐地，秦丽芬也就把这事忘了。

吴晓清讲高行长遇害警方始终没有找到犯罪嫌疑人是如何进入高行长房间作案的线索，而高行长那把钥匙秦丽芬一直是串在钥匙串上的。秦丽芬想，她过去与高行长的那层关系，肯定瞒不过彭修清的眼睛，难道是彭修清猜到了自己手上有高行长住房的钥匙？抑或是抱着一种侥幸心态试一试？所以那天吃饭她上洗手间时，彭修清趁机从她包里窃走了那串钥匙？这种可能性不能排除。秦丽芬回想到这一幕幕，心里不禁打了一个寒战。

听闻了高行长被杀害的消息后，秦丽芬心中有一连串的疑问始终在脑际里萦回：到底是不是彭修清做的案呢？想到过去高行长对彭修清从贷款的发放到贷款的核销等一系列的支持，彭修清应该对高行长感恩戴德才对，不至于去加害高行长吧？但那笔贷款的核销彭修清肯定给过一大笔好处给高行长，虽然具体数目秦丽芬不知，但作为会计的秦丽芬对这笔交易的存在性是心知肚明的，要不然那晚在米兰山庄对高行长提出疑问时，高行长绝不可能回答"符合政策，保守秘密"这八个字。那又是不是有这种可能：彭修清家道败落以后去向高行长讨要那笔好处而高行长不同意退回，犹如丧家之犬的彭修清起了杀机呢？秦丽芬心中虽然始终不敢断定高行长的死就是彭修清所为，但俗话说：狗急了也跳墙。走上了穷途末路的彭修清杀害高行长的可能性真不能排除，尤其是自己那串钥匙的不翼而飞，难道仅仅就是一种巧合？

秦丽芬与高行长毕竟做过三夜的露水夫妻，听了高行长遇害的消息，心里就像塞了一团猪毛一样难受。她想出了一个点子，想试探一下彭修清的口风，看从他的口风里能不能证实一下自己的推断。于是，秦丽芬拨通了彭修清在深圳与她联系时的手机："彭厂长，您好！我是秦丽芬，我回了新宁，请问您在新宁吗？"

"哟，是小秦啦，我在外地，现在做生意东奔西跑的，很少在新宁。有事吗？"彭修清的声音有点沙哑。秦丽芬接着说："彭厂长，我这次回来才听说高行长被人杀害了！"秦丽芬的声音突然有点哽咽。

"小秦啦，高行长遇害的事，我也是两个多月前回新宁才听说的，唉——！多好的一个人啦，当时对我厂里支持那么大，我听说后心里也很难受啊！"彭修清在电话里也在表达他对高行长遇害的惋惜。秦丽芬进一步说："但听说警方一直还未破案，主要是没找到歹徒如何进入高行长房间做案的证据。我跟您来电话就是有点担心……"

"担心什么？"电话那头的彭修清口气突然警觉起来。秦丽芬接着说："不瞒您彭厂长，高行长在义宁的房间我有一把钥匙，警方会不会最终找到我呀？"电话那头的彭修清这下沉吟了半晌，才回道："小秦啦，你这把钥匙的事其他人知道吗？""不知道。"秦丽芬回道。"那好，小秦啦，俗话说：为人不做亏心事，半夜不怕鬼敲门。高行长又不是你杀害的，你担心什么呢？只要你不说，高行长都死了快半年了，警方找不到你头上的，你告诉我没关系，我一定跟你

149

保密。你什么时候回深圳呢？"彭修清倒宽慰起秦丽芬来。"我后天回去，谢谢您彭厂长，您这样说我心里就踏实多了。""放心吧小秦，我会守口如瓶的。"彭修清挂断了电话。

涉世未深的秦丽芬根本没有想到，她自作聪明去试探彭修清的口风，反而打草惊蛇，差一点断送了自己的性命。

六

秦丽芬回深圳后的第三天，钟柯去外地出差还没回来。从公司回到住处，秦丽芬要倒一站公交，下公交后还要步行约十分钟才能到居住的小区。那天从公司一下班，去坐公交的路上，秦丽芬的鞋带松了，秦丽芬蹲下去系鞋带，偶尔回过一下头，她发现有一个戴墨镜的小伙子始终不紧不慢地跟在她的后面，而昨天好像这个戴墨镜的人也在她后面出现过，当时没怎么留意。当公交车过来时，秦丽芬上了车，发现那个人也飞快地几步挤上了公交车，并时不时地转头盯向秦丽芬这边，秦丽芬看那戴墨镜的小伙子，总觉得有点眼熟，因为那个小伙子右边太阳穴有一块蚕豆大的红色胎记，似曾见过，但秦丽芬一时又想不起来。天渐渐开始黑了，秦丽芬也提高了警惕，下完第二站公交后，秦丽芬先下车，回头一看，那墨镜也在快步地跟上来，而且墨镜的右手放在裤兜里，像握着什么，秦丽芬一惊，心扑通扑通地跳，脚下情不自禁地快跑起来，那后面的墨镜也跟着跑起来，秦丽芬不敢再往家跑了，认定遇上了歹徒，于是她快步冲到马路边，招手拦下一辆的士，拉开车门，一头扎进座位上：

"师傅，快，送我去派出所，有人追杀我！"司机一听也有点紧张，连忙启动了车子。秦丽芬从后视镜一看，墨镜已追到了她刚上车的地方，右手果真握着一把匕首，在夜幕的灯光下，匕首闪着一道寒光，墨镜望着远去的的士，气得一阵跺脚。

秦丽芬到了派出所以后，向警方报告了有人追杀她，并请求警方保护。警方认真地记录了她描述被人追杀的过程后，要她先冷静下来，认真地回想一下，到底是谁会追杀她？人家又为什么会追杀她？秦丽芬思索了半天也想不出她与谁有仇，一时间也答不上来。警方就宽慰她别急，有的是时间，只管慢慢想。秦丽芬又想起了墨镜太阳穴那一块红色的胎记：怎么会那么眼熟呢？到底在哪儿见过？秦丽芬一遍又一遍在脑海中过滤，直到快深夜十点，她才终于想起，墨镜就是彭修清的侄子彭坤生。秦丽芬记得，她在石材厂做会计时，有一天彭修清外出了，一位右边太阳穴有一块蚕豆大的红色胎记的小伙子来找彭修清，刚好问到过她："我叔叔到哪去了？"秦丽芬说："你是找彭厂长吗？你是他侄子？"小伙子点了点头："我是他侄子坤生。"秦丽芬告诉他："你叔叔到矿业局去了，要到中午才能回来。你坐下喝杯水吧。"坤生说："那不用了，我晚上去叔叔家吧！"坤生说完转身就离去了，而他右边太阳穴那块蚕豆大的红色胎记，一下子烙进了秦丽芬的眼里。秦丽芬一想到墨镜就是彭修清的侄子坤生，心里顿时惊吓得一阵哆嗦。俗语说：冤有头债有主。秦丽芬与坤生前世无冤今世无仇，如果不是受了彭修清的指使，坤生怎么会跑来深圳追杀她呢？而导致彭修清要对她痛下杀手的原因必定与高行长房间那一把钥匙有关，彭修清肯定是怕杀害高行长的事情从她这里败露，才下定决心对她下手灭口。想到此，如梦初醒的秦丽芬急迫地对警方说："追杀我的人可能与义宁县高行长的遇害案有关……"

七

石勇宽大队长花了两天多的时间仔仔细细地听完了秦丽芬的叙述，生怕错漏过任何一个细节。办案这么多年，对于银行来讲，出现刑事案件，最易发生的部位是金库、运钞车、营业柜台、取款机等处，而一个行长在住处被人杀害还没见过。秦丽芬供述出了警方一直在苦苦寻找的那枚钥匙的去处后，石大队长迅速部署警力，启动侦缉手段，将犯罪嫌疑人彭修清的侄子彭坤生拘捕归案。

彭坤生起初很顽固，经过两天两夜的审讯，最终败下阵来，全盘交代了受叔叔彭修清指使去杀害高行长的经过。

"……我父亲去世早，母亲一手把我拉扯大，全靠叔叔的接济，叔叔没有让我母子受苦，家里的各项开支、我读书的费用全是叔叔给的，所以我视叔叔如同父亲。特别是在我高中毕业以后，在社会上混了两年，也一直没赚到钱，最后还是叔叔一次性给了我二十万办起了这个采砂场，我和母亲才正式过上了稳定的生活，而这一切也都是叔叔给我创造的。因此，我对叔叔的话言听计从，如果社会上有人敢欺负我叔叔，我会为叔叔两肋插刀，哪怕肝脑涂地也在所不惜。叔叔曾有过辉煌的时期，但自从与人合伙炒期货，被爆仓以后，负债累累，东躲西藏，十分落魄。有一天叔叔找到我，说高行

152

长欠了他三百万，他好说歹说，催讨多次，高行长却只还了五十万，就再也不愿还了，而且还说再讨就一起同归于尽。叔叔说这话十分生气，目露凶光，牙齿咬得格格响。我也没去思考高行长为什么欠叔叔那么多钱不还，却还那么牛，还敢威胁与叔叔同归于尽，我一听就气得肺要爆炸，我一撸袖子对叔叔说：'叔叔，我去宰了这畜生，帮您出了这口恶气！'叔叔从裤兜里拿出了一把钥匙，附在我耳边如此这般地交代了一番。我第二天就去了义宁踩点，摸清了高行长的住处，并趁高行长去上班后，用那把钥匙试着打开了他的房门。当天晚上深夜约两点过后，我估摸高行长已睡熟，就用钥匙打开了他的房门，进入他的卧室以后，我掏出铁锤狠狠地砸向他的太阳穴。高行长几乎没有反抗，只吭哧一声就没有了气息。我拿走了他的钱包与手机，关上房门就下了楼。铁锤与那把钥匙我顺手丢进了小区内的一个窨井里，白天我发现那个窨井盖有一个破洞，刚好能把铁锤丢进去。当晚，我就骑着摩托星夜回了新宁。"

警方在坤生的指认下迅速从小区的一个窨井内取出了沉在淤泥内的铁锤与那把钥匙。

彭坤生还交代了叔叔指使他去深圳对秦丽芬灭口的经过。

"……叔叔那天对我说，秦丽芬回了新宁看望她父亲，并与他通了电话，谈到了她有高行长房间的钥匙，虽未明说钥匙丢了，心里肯定猜出了她那串钥匙丢失的去向。高行长的案件义宁警方一直未破，就是找不到那把丢失钥匙的线索，秦丽芬与高行长是有暧昧关系的，一旦哪天把钥匙的事泄露出去，你我就都完了。秦丽芬两天后回深圳，你赶去深圳，一定把她灭口。我去了深圳，按叔叔提供的秦丽芬的上班地址与相片，我跟踪了一趟秦丽芬下班的线路，觉得还是趁秦丽芬下完公交车回住宅小区的路上下手，那段路人员相对较少。不料那天秦丽芬警惕性特别高，一下子就发现了我跟踪她。等我准备提前下手的时候，她却突然跑了起来，等我追上去，她已钻进的士跑了。更让我没想到的是她竟然直接去派出所报了案。唉——！还是我大意了！"

铁证如山，义宁警方又迅速去安徽合肥将彭修清抓捕归案。

八

彭修清的交代让警方更加看清了一个落魄之人扭曲的心态与穷凶极恶，也为高天宏这位有着良好口碑的支行行长背地里因一笔肮脏的金钱交易招致杀身之祸而摇头惋惜。

且听彭修清的供述："……当时的宏远石材厂在高行长八百万元流动资金贷款的支持下，量增价升，效益显著，企业进入了良性循环。但石材厂突然遭到政府的强行关停，我借机串通高行长钻了银行信贷政策的空子，将八百万元贷款全部核销了。这八百万元贷款我许诺给高行长三百万元，直接汇给北京一家房屋中介公司支付了高行长儿子的购房款。石材厂被关停以后，我手上还握有一千多万元的现金，想去投资再办企业一时又没找到合适的项目。在我办宏远石材厂之前，我还办过砖瓦厂、木材加工厂，后来这两个厂都因市场竞争激烈而亏损倒闭了。只有宏远石材厂才办成功而且让我赚到了钱，可惜又突遭政府强行关停。受了宏远石材厂关停的打击和过去两次办企业垮台的教训，我对办实体企业的兴趣大减，总想着能否找到一条更能赚钱的门道。后来，一位在外从事期货生意的高中同学回家过年找上门来，约我与他合伙去炒期货，他说自己这么多年炒期货已炒成千万身价。我过去炒过几年股，有赚也有亏，后来办企业需要钱，就把股市里的钱全部抽出来了。炒过股的人肯定都会学点股市知识，但期货倒未涉猎。股市有风险，投资需谨慎。当时我那同学鼓动我与他合伙去炒期货，开初我还是很怕风险的，只敢拿出不到一半的资金与他去跟单，他炒什么我跟着炒什么，年把工夫我就赚了几百万，看着账户上资金的飞涨，我笑得嘴都合不拢了，我想这钱赚得才叫过瘾，比办实业强一万倍了，心一大了，头脑就发热，贪婪之欲就像一条火蛇猛蹿，风险意识开始抛到九天云外。为了多赚钱赚快钱，我与高中同学也拆了伙，另起炉灶单干了，我感觉自己已找到了炒期货赚钱的那把钥匙，在期货的这片疆土里我能自由驰骋了。我不断加大投入，不仅把所有的资金全押上去了，后来还动用了融资杠杆，谁知天有不测风云，我购买的期货合约风云突变，账户上的亏损与日俱增，期货公司要我追加保证金的电话天天催命般地向我打来，我吓得慌不择路，四处向亲友借钱，但账户上的亏损犹如一个无底深渊，越坠越深，最终导致爆仓，我的所有身家外加几百万的借款灰飞烟灭、血本无归。听说我爆了仓，讨债者闻风而动，深更半夜都来敲门，逼得我四处躲债，有家难回。为规避讨债者，我被迫与老婆办理了离婚。我俨然已成了一只过街老鼠，只能龟缩在洞中过着暗无天日的生活。后来我想到高行长曾一次性得了我三百万元的好处，如果这个三百万能讨回，做生意就有了资本，我也许还有一线扳本的机会。于是，我三番五次打电话给高行长去讨要那三百万元，起初高行长可能出于对我的同情，先给了我二十万，后来我还打电话继续找他要，他就不高兴了，说他儿子买房至今还欠着贷款，他手上也没有什么积蓄，也拿不出钱了。我就威胁他，如果不继续给我钱，我就去举报他，让他也当不成这个行长！迫于我的压力，高行长后来又分两次给了我三十万，后来我再找他要钱，他连电话也不接了。我就亲自去义宁私下找了他，不料这次被高行长骂得狗血淋头：'你老彭还算是人吗？当初你是怎么跟我承诺的？啊，贷款核销都几年了，你得了大头五百万，我才三百万，你炒期货亏了本，是自作自受，现在反过来要讨回那三百万，我都给你五十万了，你还一而再再而三地找我要钱，我那五十万里的二十万还是办的个人贷款，你还有脸皮伸手来要？再说那个钱哪是你的？说穿了那是国家的。我告诉你老彭，钱我不会再给你一分了，要杀要剐你只管来，你敢举报就去举报去，我犯受贿罪，你也犯了行贿罪，大不了我们一起坐牢！一起同归于尽！'高行长气得脸涨成了猪肝色，两手发抖，愤愤然拂袖而去。我知道这样做也委实过分，但自从家道中落以后，我是失魂落魄，人不像人鬼不像鬼。我没有了脸皮，没有了尊严，我完全成了一条遭人唾弃的癞皮狗。尽管我与高行长见面遭到了他的奚落，他给我的五十万早已被债主逼光，我也实在是无计可施，只能厚颜无耻地继续向高行长纠缠，我每天给他发短信，穷尽了各种威逼手段，他除了回复'无耻'二字，再无任何信息。我活不下去了，你也别想活下去，最终，我下定了灭掉他的决心。我琢磨了很多种灭掉他的方式，有一天我突然想到了秦丽芬，秦丽芬与高行长的暧昧关系我是心知肚明的，我估摸秦丽芬可能会有高行长在义宁的房间钥匙，我想去碰碰这个运气。于是我去了一趟深圳，与秦丽芬见了面，还很顺利地拿到了她的钥匙。高行长刚调去义宁不久，我去他的住处看望过他，记得他住的地方。我从深圳回来后直接去了义宁，趁高行长去上班后我拿出秦丽芬的那串钥匙去试过，果真有一把钥匙打开了高行长的房门。回到新宁以后，我叫来了侄子坤生，把高行长欠钱不还还威胁我的话与坤生说了，并把高行长房间的钥匙给了坤生，两天后高行长就被坤生杀死在房间里。警方几个月没破案，我本来以为随着时间的推移，也许就成了悬案，不想秦丽芬回新宁看她的父亲，听说了高行长遇害后，竟打电话来说她有高行长房间的钥匙，来探我的口风。我当时就猜到秦丽芬肯定知道那次我与她见面钥匙丢失的去向，她不明说，但我心惊，为了怕秦丽芬最终泄露出钥匙的消息，我又叫坤生赶去深圳把秦丽芬灭口。我没想到坤生与秦丽芬有过一面之交，更没想到坤生会失手。唉——！多行不义必自毙。我认命——！"

九

慷了国家之慨，误了卿卿性命。

高行长遇害案终于真相大白，水落石出。

义宁县支行的干部员工在听完警方的案情通报后个个目瞪口呆、惊诧不已，似乎警方不是在通报案情而是在讲一个天方夜谭的故事……

最后的农金员

　　山风从狭长的山谷里徐徐吹来，送来一阵阵的凉意，刚刚坐在山坳口飞来石上歇脚的郝成明惬意极了，他解下肩上的军用水壶，咕噜咕噜一口气喝下去半壶，然后一抹嘴，手卷喇叭筒，对着狭长的山谷喊出一声长长的招风谚：紫云谷里好凉风啊——喔——喂！果然，回声萦耳中又一阵清凉的山风徐徐拂过郝成明古铜色的面颊。

　　记不清已是多少次在紫云谷山坳口飞来石上歇脚了。自从部队转业后安置在农行金牛乡营业所担任农金员，郝成明就一直奔波于紫云谷、石垴溪等几个村。营业所那时只有五个人，从事农金外勤的只有所主任桂南朝与郝成明两个人，全乡有八个村，桂主任事多，县里乡里经常要开会，因此只承担三个村的驻片任务。郝成明是专职农金外勤，就承担了五个村的驻片工作。

　　紫云谷是乡里唯一不通公路的村，全是崎岖的山路，二百多户农户八百多口人就像仙女撒下的一把沙粒，星星散散地落在紫云谷的山沟谷壑里。营业所那时的贷款是春放秋收，春天把贷款放出去，秋收时就要挨家挨户去把贷款收回来，农金员的辛苦也就可想而知了。郝成明就这样年复一年地工作着，在金牛乡营业所一待就是二十二年。

二〇〇二年秋天，农行加快了撤并基层营业所的步伐，并实施减员分流，金牛乡营业所即将撤并，工龄满三十年的员工实行内退，时年五十二岁、工龄已满三十三年的郝成明即将办理内退手续。所里的其他几位员工已开始无心工作了，到处打电话探听各自撤所后将调往何处，所主任也睁一只眼闭一只眼，他也不知道撤所后自己将去哪里，心中也是十五只吊桶打水七上八下的。只有郝成明吃了定心丸，他的去处就是——内退。这样反倒只有郝成明心中最踏实，他心中只有一个信念，在这最后的几天里，站好最后一班岗。并决定最后再去一趟紫云谷，收取一次小额农户贷款，履行一个农金员最后的一次职责。

坐在飞来石上，望着紫云谷里起伏的山峦，一条条熟悉的羊肠小道，一股亲切感油然而生。那掩映在丛林中的一栋栋农舍，郝成明能如数家珍地道出那是谁谁谁家，户主叫啥名字，谁外出去打工了，家里有几口人，家境状况如何。金牛乡的乡干部也伸出拇指夸郝成明是紫云谷村的"活地图"。而村委会那栋二层高的青砖瓦房，几乎成了郝成明的第二个家。多少个宁静的夜晚，郝成明与村支书或潜心对弈或共拉家常，不知不觉间竟传来了报晓雄鸡的啼鸣。如今这一切，都即将告别了，紫云谷人那善良、纯朴的情愫，将变成永恒的回忆……想到这一些，郝成明的眼眶不知不觉湿润起来。

郝成明在紫云谷一共住了三天，收回贷款本息一万三千七百二十六元。当村里人听说金牛乡营业所要撤了，老郝也要内退了，这是最后一次来村里收贷款时，不仅不躲避，反而纷纷主动地跑来村委会还贷。村民们说，这么多年来，在他们最困难的时候都是老郝把贷款发放到他们手中解了他们的燃眉之急，如今老郝要退休了，最后一次来收贷款，他们不能忘恩负义。多么敦厚善良的村民，多么质朴无瑕的信用观念啊！老郝的眼泪止不住地一次又一次往外流。

离开紫云谷村是在第四天的午后，郝成明把收回的一万多元贷款与收贷凭证用塑料袋紧紧包好，装进那个跟随他已二十多年洗得发白的军用挎包，军用水壶里也装满了老乡的菊花凉茶，挎包与水壶一左一右斜背肩上，俨然一个即将出征的战士。乡亲们自发地簇拥过来，将老郝送了一程又一程。

乡亲们任谁也没有想到，这一次与老郝的告别竟成了永别。

事件突发在郝成明返回金牛乡的途中……

大约下午四点多钟，天空突然乌云密布，一阵狂风卷过，瓢泼大雨倾盆而下。郝成明那时已离螺蛳嘴不远了，跨过螺蛳嘴河上的那座三十来米长的小木桥，再走上约一华里路，就有公路通往乡里，郝成明的自行车就寄放在公路旁边的一户农户家里。

有道是易涨易退的山溪水，翻江倒海般倾泻而下的大雨，使螺蛳嘴的河水顷刻间咆哮起来，陡涨的河水把小木桥冲得摇摇晃晃，不加紧过河就来不及了。郝成明抹一把脸上的雨水，准备快步冲过桥去。恰在此时，有两个放学的小学生也不顾一切地从对岸冲上了小木桥，"不要过来，危险！"郝成明大喊着想阻止他们，却已来不及了，两个小学生刚冲到小木桥的中央，一股浊浪突然掀起，两个小学生连同小木桥迅速被洪水吞没，郝成明来不及多想，一个鱼跃扑进了滚滚的洪流之中。

　　仅有一位小学生得救了，他在被郝成明抓住后推到了河边的一棵杨树旁，小学生紧紧抱住杨树并奋力往上攀爬，保住了生命。而郝成明去追救另一位小学生时，终因体力不支，被洪魔吞噬。

　　郝成明与另一位小学生的尸体第二天在距螺蛳嘴二十多里远的一片河滩边的树林里被人发现，郝成明的挎包与军用水壶依然还背在身上，挎包里的现金与收贷凭证因紧箍的塑料袋居然没有洇湿，一分不少地被人们交到了金牛营业所。

　　农金员郝成明英勇救人的事迹在省、市、县媒体和银行系统内广为传颂……

　　金牛乡营业所不久撤走了，而郝成明真正成了守护在金牛乡的最后一名农金员。

处　　长

尴　尬　之　名

管处长是兴农银行赣江省分行公司业务处的处长。

管处长名叫管理员，这名字取得有点怪。在《百家姓》里，管姓本来就是一个偏姓，而在人们的印象中，管理员应该是一个岗位，而不是一个人名。偏偏管处长的老爹给他起了一个这么尴尬的名字。小时候不懂事，管处长也不觉得这个名字有什么不好。以后读了书，慢慢长知识了，尤其是上了高中，寄宿在学校，管宿舍的教工就叫管理员，管学校食堂的教工也叫管理员。有一次两个学生打架，打得鼻青脸肿，校长在第二天全校师生大会上，就点名批评那个教工："你作为宿舍管理员，你是怎么管的？学生打架，你是有责任的！作为一个管理员，要经常深入到宿舍去了解学生的情况，要加强对学生的教育，再出现这种情况，你这个管理员就不要当了。"知耻而后勇，后来这个管理员就对学生管得很严，晚上经常反剪双手去学生宿舍楼转悠，一张马脸拉得老长，好像是谁借了他的米还了他的糠，逮到哪个不听话的学生就严厉训斥，并要班主任在全班通报。谁都爱面子，学生见到他就诚惶诚恐，一听说管理员来了，喧闹的寝室一下子就安静下来。有一天管处长自习回来，一个学生喊："管理员来啦！"吵吵闹闹的寝室里刹那间安静下来，大家一见进门的是管处长，就"轰"的一声大笑起来，与管处长同上下铺的同学黄伟略就揶揄说："原来是此'管理员'来了，还以为是彼'管理员'来了呢！"引得同学们一番哈哈大笑。还有一次晚上到了熄灯时间，管处长打着手电筒在被窝里看一篇小说，那篇小说叫《虎皮斑纹贝》，作者叫士敏，发表在《人民文学》杂志上。这本杂志是管处长周末回家从隔壁邻居娟子那儿借来的，管处长家里穷，买不起杂志，娟子起初不愿借，管处长爱好文学，好话说了一大堆，娟子才同意借给他一周时间，周末回家后保证归还。白天上课没时间看，管处长只好晚上躲在被窝里捂着手电看，正看得津津有味，管理员蹑手蹑脚走到他的铺前还浑然不知，结果被管理员掀开被窝，逮个正着，管理员问他："你叫什么名字？"管处长说："我叫管理员！"管理员以为管处长在贬损他，故意顶撞，大声怒道："我问你叫什么名字？"管处长说："我就叫管理员啦！"管理员大骂一声："你妈的，你看不起管理员是不是？你还敢贬老子！明天全校通报你！"管理员一把将管处长揪了起来。睡上铺的黄伟略知道管理员误会了，忙解释道："管理员，我下铺的同学姓管，他的名字是叫管理员，他并没有顶撞你的意思。你可以去查花名册！"其他的同学被吵醒了，见状也纷纷帮腔做证，管理员才气咻咻地罢手。但碍于面子，还是收缴了管处长的手电筒和杂志才悻悻而去。管理员前脚一走，不知哪个同学在黑暗中又嘟囔了一句："嘻嘻，今天'管理员'批评起'管理员'来了！真是大水冲了龙王庙，自家人不认得自家人了！"又引得同学们一番大笑。事后管理员去查了名字，发现这位同学真叫"管理员"，就觉得自己当时态度过分了，并未向班主任与学校通报管处长。闹了这几次笑话，管处长就觉得自己这个名字委实起得尴尬，星期天回了家，就把他的遭遇与家里人说了，并要求老爹去派出所把他户口簿上的名字换一个，说"管理员"这个名字容易让人产生误会，太尴尬了。

管处长的老爹叫管来清，管来清没有文化，簸箕大的字也不识一个。管来清是县商业局下面副食品公司的一名搬运工。管处长是在一九六三年六月份出生的，在家中已是排行老四，上面有三个姐姐了。在那个年代，物资短缺，搬运工卖的是苦力活，也是下等人，一家人日子过得清清苦苦。而在副食品公司，仓库管理员却是一个大肥缺，因为仓库里有升溢，也就是盘盈，做管理员的，大件东西不敢拿回家，但小打小闹的会藏一些食品在衣服里拿回去，比如三四粒糖果或两三块饼干之类。还有一些食品过了有效期，要报废，会计做了账，管理员就可以名正言顺地拿回家了，当然会计是少不了一份的，做管理员的都懂得去巴结会计。在那个年代，物资奇缺，报废的食品，谁也舍不得丢弃，都拿回家去洗干净或煮着吃了。仓库里堆积如山的物资都是管来清那帮搬运工搬上搬下，搬进搬出，而指挥装卸的人就是仓库管理员，管理员在搬运工的眼里就是一个领导，管理员威风八面，对着搬运工咋咋呼呼，吆五喝六，管来清就十分眼馋管理员这个岗位，

164

他心里无数次地想过：要是我有一个儿子，今后能当上公司里的管理员多好啊，那他一辈子就心满意足了！果真两年后老婆生下了一个儿子，管来清本身就姓管，多年来他就无比羡慕管理员这个岗位，所以儿子一出生，就给儿子起了一个"管理员"的名字，管来清心想，即使儿子今后当不上一个管理员，给儿子起个名字叫"管理员"总可以吧！也算满足了他心头的一个愿望。

管来清爱喝酒，且脾气暴躁，一家人都怕他。管处长回家与管来清及家人说想把自己的名字改掉，家里其他人倒没意见，赞成改名，老爹管来清却不同意，一听儿子要改名就发火："改名字？这个名字都叫了十多年了，叫顺了，坚决不能改。你都是高中生了，一点小误会小挫折就受不了啦？叫'管理员'有什么不好？如果你今后能当上我公司里管理员这个位置，我就死都瞑目了！坚决不能改，生气不如争气，你好好念书吧！"老爹态度坚决，把话说到这个份上，儿子也没有办法，改名的事只好作罢。

管处长是在一九九七年进入高中的，从那年起，全国开始恢复高考，学校开始转抓教育，管处长也懂事了，尤其是老爹管来清，对儿子的最大期望就是能做一个仓库管理员，更刺激了管处长发奋学习。一九七九年高考时，管处长顺利考取了赣江财经学院金融系金融专业。在大学的四年里，管处长一直是班干部，前两年当学习委员，后两年当上了班长，一九八三年大学毕业时，兴农银行赣江省分行人事处去学校招人，凡当班干部的学生，学校都会优先推荐，人事处的同志一看管处长的简历，既是班长又学习成绩优秀，当即就拍板要人，管处长就这样顺利地分配去了兴农银行赣江省分行工商信贷处做了一名科员。

踏进了省一级的银行机关门槛，管处长的人生此后完全翻开了新的一页。到二○○五年的秋天，通过竞聘，管处长当上了省分行公司业务处的处长。

自从儿子考上了大学，就乐坏了老爹管来清，特别是儿子毕业后分配进了省里的银行上班，而且后来儿子一路从副科长、科长、副处长擢升上来，并当上了处长，年过古稀的管来清越发精神矍铄，人逢喜事精神爽，管来清虽没文化，但处长与县长是一个级别的"官"，他比谁心里都清楚。每每一想到儿子能有这样的出息，管来清不禁为当初那幼稚的愿望而暗自发笑。每当一家人笑谈起这件事，管来清还是振振有词地坚持着说："就是'管理员'这个名字起得好，儿子才有这样的好运，虽然取这名字受过一些委屈，幸亏当初没有改名，如果改了名，儿子还不一定能当上处长这个官呢。"

晴空里响了一个霹雳

星期一早上一上班，在电梯口等电梯时，管处长碰上了分管公司业务的副行长陶敬明，陶行长说："管处长，你等下到我办公室来，我们把拜访大客户的事商定下来，九点钟的行长碰头会我好提出来，看季行长能不能去走访最大的两户？"

"好的，走访名单我们初步拟好了，我去拿下资料就上来。"管处长应道。

季行长叫季允胜，是省分行的一把手，去年九月初总行把他从浙

166

江省分行党委副书记、副行长的位置上提拔到赣江省分行担任党委书记、行长一职。去年因是刚来赣江，离年底只剩下三个来月时间，新行长上任，要先摸摸情况，各项业务经营指标过得去就行了，没有必要发力去冲数据，上级行也好下级行也罢，大家都心知肚明，都能理解。但进入新的一年就不一样了，都是你新行长的事，任务完成好与孬，同业市场份额上不上得去，经营绩效能否提升，员工收入能否改善，不仅上级行在看，赣江分行的全体员工也在看，就看你新行长如何亮招发力。季行长摸了三个多月的情况，下基层行调研，开座谈会听意见，拜访地方厅、局和大集团客户领导，征询服务意见，广结人缘，然后结合自身在沿海发达地区的银行工作经验，新年一开局就铆足了劲，省分行出台了多项考核方案与管理办法，三个季度运作下来，各项业务指标显著提升，系统内绩效考核排名逐季前移，眼见着再熬两个月一年工作就要"收官"了，就能交出一份好答卷了，不料省分行机关里却出了案件，公司业务处副处长林安冰、信贷管理处的审查一科科长肖黎明因受贿被检察院带走了。银行最怕的就是出案件，一出了案件声誉上就很麻烦，不管是领导还是员工，一旦人被司法部门带走，各家银行二十四小时之内就要向银监部门报告，同时还要向总行纪检、监察部门报告，涉及副处级以上干部触犯法律，年终考核时纪检、监察条线就要被扣分，凡发了案的分行，即使业务经营指标完成得再亮丽，从班子到行领导都将取消评优评先资格，说白了，一个行只要发了案，一年就算白干了。

自从林安冰、肖黎明被检察院一带走，季行长的火气就特别大，动不动就发火骂人，处长们都知道季行长心情不好，汇报工作时都格

167

外小心，如果被他发问你答不上来，解释不透，你就得挨板子。敏感时期，别说处长，就是几个副行长在季行长面前说话都得小心翼翼。

因林安冰是公司业务处的副处长，一个副处长被抓，当处长的自然脸上也不光彩。公司业务处配的是一正二副，下面设有四个科，除了林安冰，还一个女副处长莫丽红。林安冰被检察院一带走，管处长的脸上就一直死灰死灰的。作为一处之长，手下一个副处长出了事，说明你处长在抓廉政建设、思想教育方面出了漏洞，就难辞其咎。管处长已经发觉，自林安冰被检察院带走后，季行长看他的眼神就跟以前完全不一样了，过去管处长去跟他汇报工作，他脸上总是面带微笑的，他欣赏管处长的工作作风与能力，并多次肯定公司业务处在客户营销上有点子、有办法，成绩斐然。现在去跟季行长汇报工作，脸上的表情就特别严肃，一张脸拉得很长，看管处长的眼神就没有了过去的那种赏识与信任，变得游离与飘浮。管处长的心情就越发沉重，作为一个处长，有什么比失去领导信任更大的事呢？检察院那天来办公室把林安冰带走，管处长当时就感觉晴空里响过一个霹雳，瘫坐在椅子上半天都没回不过神来。回想起林安冰带走时死白的面孔，许多个夜晚，管处长辗转反侧，难以入眠，半夜里多次披衣下床，去到露台上，看着深邃的天穹陷入沉思之中……

好在妻子顾依萍是一个体贴细微之人，看到丈夫情绪低落，唉声叹气，就常常劝慰他："理员，想开点，又不是你受了贿。林安冰出事是他个人的思想品质出了问题，他活该，自作自受。至于责任，你顶多是负有思想教育不到位的责任，大不了换一个处去当处长，我看你自从担任公司业务处这个处长以来，几乎就没见你好好休息过一天，还不足两年时间，你自己去镜子里照照看，头上添了多少白发？我看哪，换一个轻松点的处室更好。你再想一想，当初你老爹对你的期望是什么？是能做上一个仓库管理员！如今你都当到处长了，我们是掉进蜜罐子了。老公啊，知足常乐吧！"

妻子顾依萍在省妇幼保健院工作，与管处长是老乡，一九八八年经同乡牵线见面，确立恋爱关系，一九八九年秋天喜结连理。夫妻感情一直很好，育有一个女儿，在师大附中念高中。

妻子的体贴、理解与安慰，让管处长释怀了不少。想想自己进银行这二十多年来，走得顺风顺水，俗话讲：三十年河东三十年河西。人的一生不可能有六十年的好运气。当今时世，尤其是当领导的，工作中出现一些磕磕碰碰、坎坎坷坷、曲曲折折，都是免不了的事。干到退休要工作几十年，不栽大跟斗，能够平稳着陆，就是人生最大的幸事了。

刚才去陶行长办公室汇报走访大客户的名单时，陶行长就说："管处长，林安冰出事后，我看你心事重重，季行长对你这个处长有一些看法，我也觉察到了。季行长不仅对你，对我也有一些不满，毕竟我是分管行长，也有责任。"顿了一顿，陶行长压低了一下声调，接着说，"昨天晚上，我同一个在反贪局工作的老乡通了一个电话，他跟我透露，林安冰受贿的事是在二○○三年的端午节，受贿金额大约是五万，是那家公司的老总因另外的一件事案发，老总把林安冰、肖黎明顺带着也供出来了，肖黎明收了两万。金额都不算大。"陶行长喝了一口茶，点上一支烟，猛吸了一口，接着又说，"从我老乡透露的情况看，林安冰受贿的时间，既不在我分管的任

169

上，也不在你当处长的任上，我是二〇〇四年初才分管公司业务处，你是二〇〇五年竞聘后才从机构业务处副处长聘任为公司业务处处长，无非是发案在今年。这样看，我们两个人都没有什么责任。我会尽快把这个消息告诉季行长，你只管放下思想包袱，季行长知道了实情，会改变对你的看法的。"管处长听完陶行长这番话，不禁长长地舒出了一口气："哦，原来是这样啊！我真担心是在我任上出的事。这下心里的石头总算落地了！谢谢领导及时把这么重要的信息告诉我。"管处长的脸色终于由阴转了晴，与陶行长敲定了走访名单后，走出陶行长办公室的门，一段时间以来灌了铅样的双腿突然变得轻盈起来。

客户经理邵文婧

邵文婧是公司业务处大客户科的客户经理。周五快下班的时候，邵文婧风急火燎地来到了管处长的办公室，兴奋地说："管处，这次我总算把秦总搞定了，他答应今天晚上与我们一起吃饭，并去卡啦 OK 一番，饭已订好了，莫处在包房里等他们，我来接您过去。"

兴农银行自从股改以后，为抢夺客户资源，营销都实行多级联动，从省分行、市分行到支行，所有客户经理都进行了管户。而且客户经理的效益工资按每季的贷款净增额、存款日均余额两项收益减去运营成本实行计价，上不封顶下不保底，各级行的客户经理都是拼了命地去营销大客户。抓住一个大客户，营销几个亿的贷款出去或揽回来一大笔存款，年收入拿个二三十万元不在话下。上半年邵文婧就因业绩突出，各项工资收入就过了十五万多元，笑得她嘴都合不拢了。

邵文婧时年三十二岁，长得十分漂亮，圆圆的瓜子脸，弯弯的柳叶眉，一对小酒窝随着她欢乐的笑声时隐时现。在大学里据说她就是校花，惹得追她的男孩一拨又一拨。在分行机关里人们私下也称她是行花。邵文婧二十九岁才结婚，老公战东东在省里的一所重点高中教体育，据说战东东从大一起就一直苦追她多年，接触的男孩多了，又找不到情投意合的，就像一个人长跑，跑累了终于想歇下来，而战东东一直苦苦追求与等待，最后俩人终成眷属。邵文婧婚后第二年生了一个女儿，已是少妇的邵文婧性格更加落落大方，身段丰腴，一对丰满的乳峰一笑颤悠悠的，惹得男人们的眼球滴溜溜地乱转。机关的处长们总是羡慕管处长手下美女多，每次开玩笑都说他："兄弟啊！艳福不浅啦！"管处长笑着回道："兔子不吃窝边草，只能看看，万万不敢用啊！"

管处长是一个多才多艺、性格开朗之人。他不仅发表了许多的金融研究文章，而且是省作协会员，业余时间创作发表了几十万字的文学作品。唱歌也达到了一定的水准。邵文婧就一直很崇拜自己的这位上司。有一次管处长把机关处长们羡慕他艳福不浅，以及他回答"兔子不吃窝边草，只能看看，万万不敢用啊！"的话玩笑似的说给了邵文婧听，不料邵文婧却回道："古语虽说'兔子不吃窝边草'，但为什么古语又说'近水楼台先得月'呢？"倒把管处长落了一个大红脸。管处长就在内心感叹：如今的女孩子真先锋啊！也许自己真的落伍了。

更令管处长没想到的是，第二天邵文婧发了一个手机短信给他，内容是关于兔子与窝边草的一段对白。兔子问：窝边草，古话讲兔子不吃窝边草，你回答我，你不给我吃，难道愿给远道来的野兔吃？窝边草答：我当然愿给脸熟的你吃，怎么会给远道的野兔吃呢？不过你若不吃，其他野兔来把我吃了责任就不在我了。管处长看完这段短信内心里扑通扑通地跳了好一阵。

管处长星期一从陶行长那儿讨了一颗定心丸后，陶行长及时地把林安冰受贿时间的信息汇报给了季行长。既然不是管处长任上犯的事，那也就不能怪罪管处长，所以周三去走访大客户时，季行长对管处长的态度就发生了微妙的变化，特别是去走访赣铜集团公司时，赣铜的董事长吕新林亲自到大门口迎接季行长，季行长感觉特别有面子。

季行长早就听说吕新林董事长很傲气，作为一个全省国资系统销售收入过千亿的特大型企业，是各家银行最重要的黄金大客户，大大小小的银行都会削尖脑袋去营销。一般行长去都是与赣铜的财务总监见个面，吕董事长很少接见，更别说亲自去大门口迎接了，能在他办公室见上一面就算给了面子。其实季行长有所不知，为了能让吕董事长亲自去大门口迎接季行长，管处长动了很大的脑筋，提前做了大量的工作。他亲自去找了吕董事长的夫人周洁露，周洁露与管处长是大学的同班同学，周洁露现在省信托公司财会处任处长，大学时周洁露曾追求过管处长，但被管处长婉拒，两人之间多少就有一点尴尬，毕业后往来也就比较少。那天管处长说要去拜访周洁露，周洁露在电话里就揶揄地说："怎么还记得来看我这个老同学呀？"管处长说："老

172

同学，过去的事就让它过去吧！你现在都是正厅级干部的夫人了，我才混到一个处长，吃后悔药的是我，就别再揶揄我了。我工作上遇到了难处，只有涎着脸来求你帮忙了！给不给老同学这个面子啊？"周洁露在电话那头咯咯咯地甩过来一阵笑："好吧，我这人就是傻，谁叫我过去喜欢过你呢？过来吧，我在办公室正闲着呢。"管处长松了一口气，放下电话，就匆匆忙忙地赶了过去。就是通过这次见面，才促成了吕董事长亲自到大门口去迎接季行长。

秦总是赣钨集团的财务老总，是省分行的大客户，这几年钨价大涨，赣钨集团现金流充足，在各家银行的存款额几十个亿，各家银行的客户经理三天两头都往秦总的办公室跑，邵文婧更是使出了浑身解数，秦总终于答应出来吃饭与唱歌。

在去餐厅的路上，邵文婧一边开车一边兴致勃勃地对管处长说："秦总初步答应了月底前给五个亿存款过来，秦总酒量大，今天晚上要好好与他喝一顿了。"管处长说："秦总不但酒量大，据说还特别喜欢与女孩子跳舞，你可要有点思想准备哟！"邵文婧听出了管处长的弦外之音，一丝红晕快速飞上邵文婧的脸颊："管处，人在江湖，身不由己啊，但分寸我会把握。"管处长说："小邵，现在营销难啊，为了行里的事，难为你了！年底，行里缺位的科长要竞聘了，你科里那个科长刚好空缺，你努力工作吧！"

"谢谢管处。"邵文婧兴奋得满面通红。

"下周我带你去福建出趟差，鹰莆铁路行际协调会在福州开。你要有点思想准备哟！"邵文婧听出了管处长的弦外之音，飞给管处长一个媚眼，一踩油门，车子嗖的一声跑得飞快。

晚宴吃喝到九点半才结束，喝了多少酒都数不清了，饭桌上起初秦总答应给存款五个亿，最后邵文婧去敬秦总一杯酒，秦总要邵文婧喝杯大的，他喝杯小的，邵文婧发嗲不干，秦总说小邵你喝下这杯大的，再多给你一个亿存款，邵文婧说一言为定，一仰脖就喝下去了，最后敲定了六个亿。在一片欢呼声中，一干人都醉眼蒙眬地离席去了卡拉OK包厢，一边唱歌一边跳舞，管处长唱了一首《草原之夜》和一首《火辣辣的娘儿们》，在昏暗迷离的灯光下，管处长多次瞥见，秦总借着酒劲，在邵文婧的脸蛋上吻了几次，连副处长莫丽红也被他吻了两次。管处长心里不禁酸溜溜的，心里连骂这个老色鬼，但骂归骂，每曲终了，还是只好赔着笑脸端上酒杯去敬酒。唉——！如今银行的营销工作是越来越难做了，管处长心中不禁发出一阵感叹。

串号的烦恼

记不清是从哪天开始，有一阵子，管处长接二连三地接到一些莫明其妙的短信或电话，有三条短信的内容是这样写的：樊镇长，我是镇中心小学的校长程萍萍，欢迎您来中心小学视察工作……樊镇长，镇卫生院的门诊大楼即将竣工，但还差十几万块的工程款没有解决，前任黄镇长已答应尽快落实，农民工已来闹了几次事了，万望您亲临镇卫生院指导工作。镇卫生院院长周信和敬呈……樊镇长，我是镇工业园区辉佳电子公司总经理李复明，今晚想到您府上专门拜访……除了短信，还经常接到电话，打电话的人一开口就叫他樊镇长，管处长说你打错了，我不是樊镇长，对方说对不起，挂了，可过一会儿又打了过来了。管处长说："你打错了。"对方说："不可能啊！镇里的通讯录是这个电话呀。"管处长说："请问樊镇长是哪个镇的镇长呢？"对方说："是桃花镇的呀。那你是？……"管处长不好把自己的单位与姓名告诉对方，只好说："我不是樊镇长，请你去核实一下吧！"三番五次地打错电话与发错短信，真是烦人，管处长猜测串号了。作为一个镇长，有很多公务要处理，耽误不起的。管处长只好去查电信114，问到了桃花镇镇政府办公室的电话，接电话的工作人员听明了来意，忙道歉说："对不起，我查一下通讯录。"一会儿，工作人员说："真对不起啊，确实是我们工作失误，镇长的手机号是139开头的，我们印成了138开头，与您的手机号就差了一个号，我们立马重印，改正过来。给您带来不便，再次致歉。"工作人员很懂礼貌，管处长也就不好多责怪。但事后几个月，还是有偶尔找樊镇长的电话打到管处长电话上来。管处长虽闹心，还是忍气告诉人家打错了，樊镇长的电话是139开头而不是138。一个串号，前前后后闹腾了管处长将近半年。管处长把自己的亲身遭遇告诉处里的所有员工，让他们懂得：一字之差，离题万里。工作上可来不得半点马虎啊！

山顶上的那个月亮

鹰莆铁路的行际协调会议在福州市的云峰山庄召开。总行公司业务部来了一位副总主持会议，负责铁路客户的三处处长金林明介绍了鹰莆铁路第二批贷款额度的安排，并要求赣闽两家分行及时对接鹰莆铁路项目部，及时发放贷款，提供优质金融服务。两家分行的公司业务处处长介绍了第一批贷款的发放情况与贷后管理情况，并相互交流了金融服务经验，会议开了整整一天。

晚上福建分行做东，吃完晚饭又去卡拉OK了一番，十点过后才散场。

云峰山庄坐落在屏山的半山腰，四周树木苍翠，静谧的夜色之下，一弯明月悬挂在屏山的山顶上空。

管处长回到客房冲完澡，拿起手机，就看见邵文婧发过来的短信：领导，现在过来汇报工作吗？

这次的行际协调会议管处长只带了邵文婧过来参会，本来是要带大客户科科长去的，但大客户科科长缺位，而邵文婧是负责这个项目的客户经理，让她去也名正言顺。实质上管处长私下里是有意这样安排的，他想借这个机会吃了邵文婧这颗"水蜜桃"。刚才在卡拉OK厅与邵文婧跳舞时，借着酒劲，管处长就附在邵文婧的耳边轻轻地嘀咕了一句：回房洗完澡后来我房间汇报下工作哟！

邵文婧用眼挑逗性瞥了管处长一眼，心知肚明地点了点头。

邵文婧住在管处长的斜对面，是一个单人间，管处长住的是套间，过来也就几步路。管处长回了一个短信：过来吧！不一会儿，邵文婧手拿着一个笔记本做掩护，按响了管处长的门铃。

邵文婧穿了一件蓝底白色小碎花的连衣裙，瀑布般的乌黑长发用一个发夹拢在脑后，身上散发着淡淡的法国香水味，令人陶醉。

管处长早已控制不住了自己的理智，邵文婧一闪进房间，管处长一把就将她揽进了怀里，她一边扭动着腰肢，两片红唇间发出轻微的哼叫，更惹得管处长心旌荡漾，心急火燎地一把将她抱到了床上……

平静水面下的暗流

兴农银行赣江省分行的办公大楼坐落在省城繁华的中山大道中段，大楼高二十一层，大门口有保安把守，进出大楼要登记。夜幕降临，楼顶与楼边四周布满的霓虹灯闪闪烁烁，透着一股金融阵地特有的神秘。

置身于大楼里的银行职员，整天忙忙碌碌地与各种数据打着交道。看似平静的机关大楼里，其实暗流涌动，波涛翻滚。

许多人都没有看出季行长与陶行长之间那种微妙的暗斗关系，局外人看得最清楚的是管处长，因为季行长与陶行长的矛盾缘于一个女人——公司处副处长莫丽红。

莫丽红也是省分行机关的大美女。在处级以上的女干部中是最有姿色的一个。

莫丽红是三年前竞聘到公司业务处担任副处长的，那一年莫丽红才三十四岁。莫丽红来公司处担任副处长之前在国际业务处任科长，而陶行长被提拔为省分行副行长之前曾任国际业务处处长，莫丽红与当时的陶处长共事了好几年，每次出差陶处长最喜欢带莫丽红出去，莫丽红后来能当上科长也是陶处长鼎力相荐。陶处长与莫丽红的暧昧关系早几年管处长就有耳闻，只是不好戳破而已。后来陶处长变成了陶行长，莫丽红靠上了陶行长这棵大树，陶行长与季行长的前任省分行一把手宛行长关系不错，莫丽红当科长刚满三年，一下子就竞聘到公司处来当副处长，自然又是陶行长的暗中相助。陶行长分管公司业务处，莫丽红又在陶行长手下做事，陶行长又能顺理成章地带莫丽红出差、开会，有几次本应由管处长陪同陶行长去出差的机会，管处长也借故安排莫丽红陪同陶行长去出差。

莫丽红的老公是一位地质工程师，在省地质勘探公司工作，长年在外奔波，一年难得与莫丽红相处几天。她女儿在鲲鹏市爷爷奶奶家读书，莫丽红在省城几乎成了一个女单身。她除了求得职位上的晋升之外，不会破坏男人的家庭，而且又应手应急。陶行长很看重与她多年的交情。

季行长家在浙江，来了赣江之后，变成了单身汉。莫丽红的美貌也让季行长心动。有一次陶行长与管处长去总行开会，季行长就带了莫丽红去地市分行走访大客户，下去了三天才回省分行。就那次之后，季行长带莫丽红去出差的机会就多了起来。管处长从莫丽红说话的口气与一谈起季行长那种兴奋程度，心里就揣摩出了一个三六九。莫丽红攀上了老大，与陶行长的关系就开始疏远起来。陶行长也觉察了季与莫的那种关系。几次陶行长想与她来回事，她都委婉地借故回避了。陶行长心里不禁恨得牙根痒痒，像有一团猪毛堵在喉咙里。他一恨莫丽红妄恩负义，二恨季行长夺人所爱。心底里与季行长产生了重大裂隙，因此与季行长再坐在一起开会、吃饭就没有了过去的那种尊重，而是充满了一种鄙视。有几次酒后喝高了，当着几位处长的面竟骂季行长是个鸟人，算个毬。

俗话说：世上没有不透风的墙。季行长毕竟是行里老大，有些处长为了拍马屁，就把陶行长饭桌上对季行长的不满透露给了季行长。季行长也觉察到了陶行长开始对他的不恭。但季行长城府深，表面上密风不露，私下里决心搬走陶这块绊脚石。不出半年，陶行长就被总行调离了赣江，去了邻省的分行任副行长。

管处长把这一切都看得明明白白。所以在季行长面前，他经常会表扬莫丽红能干，并多次创造机会让莫丽红直接去季行长办公室汇报工作，季行长需要公司处处长陪同出差，他也委婉地借故让莫丽红去。季行长因此对管处长增添了许多的好感。邵文婧竞聘公司处大客户科科长能如期实现，就是管处长在季行长面前力荐成功。任职的红头文件一下，邵文婧乐得主动去宾馆开好了房间，约上管处长畅快淋漓地又去翻云覆雨了一次。

管处长心里还揣上了一个计划，庐陵市分行行长高洪彬即将到龄，地市级二级分行行长的位子他没干过，他想去接高行长的这个位置。有一天他去季行长办公室汇报工作时，谈出了心里的这个想法，并强调莫丽红的工作能力，如果她接公司业务处处长是最合适的人选。季行长听后眼睛一亮，说："你这个要求我可以考虑，你当处长也多年了，但二级分行行长没干过，地市级分行行长，毕竟独当一面，更能锻炼人。容我再斟酌一下。"

从季行长办公室出来，管处长觉得自己的这个计划已成功了一半。自己主动要求挪位子，既成全了自己的设想，又成全了季行长与莫丽红的好事。季行长又何乐而不为呢？

圆形的世界

　　庐陵市分行行长高洪彬是年底十一月份到达退居二线的年龄，考虑到年底各项经营目标任务要冲刺，关键节点上不好换将，季行长就让高行长做完了年终决算才开始换班子。

　　管处长如愿以偿地去了庐陵市分行担任党委书记、行长。莫丽红副处长主持公司业务处全面工作，并从机构业务处配了一个业务熟练的副处长来协助莫丽红的工作。一般来讲，凡是主持了工作的副处长，一年以后，开展竞聘正职时，无论是竞聘演讲打分，还是民主推荐，胜算都很大，除非能力特差，或出了案件，才可能落败。在赣江分行，多年都没见主持工作的副职转正时出过意外。

　　莫丽红在陶行长被季行长排挤调走邻省的好一段时间里，心里也难过了好一阵。人都是有感情的动物，毕竟与陶行长有过多年的肌肤之亲。从被提拔为科长到副处长都是陶行长暗中促成的，陶行长是有恩于她的。但莫丽红也有难言之隐，自从季行长那次出差借着酒意在宾馆里把她搞定之后，季行长就丢下过一句话：你还会有前途的，但只能侍一主哟！听话听音，莫丽红从此只好狠心地断绝了与陶行长的私情，否则，惹毛了老大，说不定连副处长的位置也难保。这不，虽然心里难过了那一阵，现在自己这么快就走上了主持工作之路，人生的判断千万不可出错，否则就将酿成大错。

　　国有银行从总行到网点都是条线管理，党建、人事地方政府都不管。省分行的处长下派去地市分行任行长、地市分行行长调来省分行任处长，是很正常的事，每年都会有调整。管处长去了庐陵市分行当行长，就变成了管行长，级别虽然都是正处，但肩上担子的分量却完全不一样。

庐陵市管辖十一个县、市、区，庐陵市分行下辖十三个县级支行，除了每一个县有支行外，市区还有两个县级支行级别的支行，即市分行营业部、庐州高新区支行。当个处长管理着十几或二十几个人，还算大处室，有的处室只有四五个人，而庐陵市分行全辖员工就有一千六百多人，省分行的各项任务下到市分行，市分行再把各项任务下到县级支行，现在银行业务竞争激烈，管处长过去又没有过基层行的工作经验，感觉肩上的担子特别沉重。因此讲话也好表态也罢都十分谨慎，生怕出现纰漏，造成不良影响。

管处长来到庐陵市分行当了一年多的行长后，对当处长与行长的体会尤为深刻。当行长看似风光，但责任重大，时刻坐在火山口上，管理上稍有差池，弄不好就要整个案件出来，行长是要驾驭全局、能带兵打仗的角儿；而处长就是坐办公室的角儿。而且越怕出事，越会出事。

人非圣贤，能当好一个处长，并非就能当好一个行长。管处长来庐陵刚满一年半，就接连出了两起案件。一起案件是万埠支行的一个客户经理发放小额惠农贷款后收贷不入账五十多万元，被检察院以贪污公款罪提起公诉；另一个是新吉支行的客户部经理搞民间借贷，以月息两分去民间融资，融资款以月息三分给了当地一个搞汽车配件制造的公司，想中间赚起利差。后来该公司资不抵债，造成总额五百多万元融资款无力归还。这个案件，行里既未有其他人参与，也未出任何的存单、保函，纯属客户经理个人所为，不属于行里的案件。但客户经理作为银行的一名员工，还是给行里的声誉造成了影响，行里将他除了名，其民事责任由法院进行追究。这两个案件一出，把管处长弄得心灰意冷，想想若再整出一个大的案件，恐怕连头上的帽子都难保了。因此，凡有省分行领导来庐陵调研工作时，管处长就提出想回机关的意愿。果真不久，该愿望终归实现了。

世界真是一个圆形。你从这个圆的起点开始，转了一大圈，可能又会回到原点。有的人甚至还会掉落到原点之下。有的人从一个工人、教师或者工程师起步，最后官到处级、厅级甚至部级，一旦违纪或犯法了，结果好的削职为民，回到原点；结果差的，落入囹圄，跌落于原点之外。

管处长能回到省分行机关重新担任公司业务处处长，完全是一件意想不到的事件而促成。

季行长带了一个副行长与几个处长去饶东分行与市政府签订战略框架合作协议，已是公司处处长的莫丽红当然也在同行之中，框架合作协议是在上午签完的，季行长留下了办公室主任、公司处处长还要做半天的调研，在饶东留宿一晚，其他人下午就打道回府了。谁知一起意外事件就在当晚发生了。

季行长几个人被安排在饶东最好的四星级宾馆金凤凰国际大酒店，季行长住的是上等套房，深夜十一点半，金凤凰国际大酒店也已是夜深人静。季行长先冲完澡躺在了床上，而莫丽红正在他房间的浴缸里泡澡，莫丽红泡完澡跨出浴缸时脚下一滑，"哎哟"一声，后脑勺重重地摔在了浴缸的边沿上，顿时血流如注，赤身裸体的莫丽红一下摔昏了过去。季行长吓得魂飞魄散，急忙打120，并报告了宾馆前台，前台派了两位女服务员来为莫丽红套上了一身内衣，就送上了救护车。饶东分行的董行长也火速赶过来了。季行长嘱咐了董行长两句，董行长又连忙赶去了医院，莫丽红在医院抢救了五个多小时，终因伤势过重不治身亡。

金凤凰国际大酒店的经理是一位经验丰富的管理者，他听了前台服务员的报告后，知道在酒店里一旦有人受伤或亡故酒店是万万脱不了干系的，连忙通知服务员报了警。公安一介入，加之莫丽红抢救无效身亡，莫丽红的家人第二天也赶到饶东来讨要说法。莫丽红的死因公安通过调取监控、寻问笔录与现场勘查，排除了自杀与他杀，属于意外摔伤因伤势过重导致身亡。但莫丽红不是在自己的房间摔伤，而是在季行长的洗手间内摔倒，季行长即使有一百张嘴也无法自证清白了。莫丽红的老公死活要找季行长拼命，一件桃色新闻就这样不胫而走，传得沸沸扬扬。

总行纪委、监察室也派人下来调查情况了。季行长被宣布停职。大约一个月后，季行长被总行给予了党内严重警告处分，免去了省分行党委书记、行长职务，降级为正处级调研员，并调回了老家。总行同时宣布省分行党委副书记、副行长景林东主持省分行全面工作。

景行长担任党委副书记、副行长也有五年多了，又是本省人，从业快三十年了，业务熟、情况明，上任不久就调整了一次干部。省分行公司业务处因莫丽红的突然离世处长空缺两个多月了，而公司业务处又是一个相当重要的业务部门，处长不可久缺。因此，管处长顺理成章地又回到了省分行公司业务处担任处长。

返 璞 归 真

隔年的中秋前夕，年近八旬的管来清生了一场大病，管处长请了半个月的年假，回了一趟老家去看望老父亲。管来清病情稳定以后，管处长抽空邀了高中的几个同学吃了一顿饭。高中时睡上铺的那个黄伟略、邻居娟子都来了。黄伟略原来在柴油机厂上班，早年就下了岗，做了爷爷，为了生计还在开出租车。娟子也下岗在家多年，做了外婆，在家带小外孙。几个同学谈起往事，都是有说有笑，心态很好，并不见哪个人再羡慕管处长在省城当官。黄伟略说的一段话让管处长大彻大悟："理员，你说我都五十挨边的人了，还在跑出租，辛苦是辛苦，但心里踏实。如今富也好，穷也罢，钱财多了也带不进棺材，健康才是唯一的。除了你，我们这帮同学大多是草根，社会底层人，但说句老实话，我们活得可能比你轻松多了哦！"……

何尝不是呢！回想起林安冰、陶行长、莫丽红、季行长等等等等，活得是何等之累啊！……

从老家回来不久，大彻大悟的管处长下定了决心，他给省分行党委的每个成员递交了一份申请，请求组织上调整他去工委办工作。工委办，那是一个与世无争的地方，他想重新拿起那荒废多年的文笔，去文学的天地里尽情遨游……

毁　　灭

　　方向明跟踪着傅玉欢与栗婉玲走出金伯利歌舞厅并瞥见他俩钻进了外面的桑塔纳轿车里，方向明才阴险地狞笑了一声。然后，得意地迈下台阶，吹着口哨融进了熙熙攘攘的街市人流里。

　　方向明朝前走着的方向有一家叫罗曼蒂咖啡屋，此刻的方向明就是想去那里听听音乐喝喝咖啡，虽然方向明的音乐细胞不很多，但他却喜欢听萨克斯乐曲，而罗曼蒂每晚都会有萨克斯乐手的演奏。从金伯利到罗曼蒂大约有二十分钟的路程，方向明边走边想，再过个把小时后，傅玉欢那小子就会把好消息告诉他，由他精心策划的让龚迪伟那狗日的也戴一顶"绿帽子"并狠敲他一把的复仇计划就算初战告捷。

　　果然，半夜零点还不到，傅玉欢那小子就喜滋滋地打过电话来，对方向明说，方哥，我今天才总算懂得什么叫上床小人下床君子了，你说栗婉玲那娘们，平时看似文文静静，曼声细语，上了床也就是骚娘们一个，我一摸她，她就哼哼唧唧叫起床来，还叫得挺欢呢，把我都撩逗得精疲力尽了，哈哈哈哈哈……傅玉欢在电话那头兴致勃勃地描述个不停。方向明问，你现在在哪里？傅玉欢说，与她散伙了，我在车上，正在开车回家呢，方哥，任务帮你完成了，余下的那钱明天能不能给我，我手头正紧呢。方向明说，可以，明天晚上我俩在凤尾竹咖啡厅见，我请你喝咖啡。

方向明听完了电话，心里还激动得一直在颤抖。他一口将小碗中的咖啡喝干，唤过小姐，买了单，大步流星地走出门去。在门口，他扬手招了一辆的士，拉开门钻进去，向司机报了住宅的地址，车子就徐徐地往前驶去。

刚才傅玉欢带栗婉玲来偷情寻欢的地方就是方向明的住处。方向明在他的卧室里安装了微型探头，傅玉欢与栗婉玲寻欢做爱的画面都被他的摄像头一览无遗地全过程录了下来。这个秘密连傅玉欢也蒙在了鼓里。

方向明一进住宅，关上门，就钻进了另一间卧室，从摄像机里浏览了一遍傅栗两人的做爱过程，清晰的画面令他十分满意，方向明又得意地为他这一杰作暗自一番狞笑。

龚迪伟是虎跃集团的董事长兼总经理，在景海市，虎跃集团是一家大名鼎鼎的民营企业，旗下有房地产、制药、保健茶等多家公司，年销售收入已过亿元。虎跃集团是市里的纳税大户，龚迪伟也是景海市商界里叱咤风云的企业家，龚迪伟的头上罩着多顶荣誉的光环，市人大代表、优秀厂长（经理）、优秀民营企业家、纳税贡献大户等等，他办公室的墙壁上挂满了琳琅满目的各式奖匾，各级领导人视察虎跃集团与龚迪伟合影的照片也挂满了他办公桌身后的墙面，虎跃集团是市里挂牌的重点保护企业，市委、市政府的领导历来对龚迪伟所创办的虎跃集团刮目相看。一俊遮百丑，在荣誉的光环照耀下，龚迪伟的虎跃集团在多年的商界经营中触犯过许多众怒的一些事情也总在他织就的关系网的掩盖下而偃旗息鼓。龚迪伟的手下放言，在景海市，没有龚总摆不平的事情。

方向明曾在龚迪伟集团的保健茶厂当过采购科长，保健茶厂每年都要进购大量的茶叶与药材，有一次方向明收受了湖南一家药材厂的三万元回扣，被人检举到龚迪伟处，结果被龚迪伟的手下人砍断了一根手指，三万元回扣也被吐了出来，并遭受了一顿暴打后赶出了保健茶厂。方向明用自己的钱治好了伤，可他心里对龚迪伟那种仇恨的伤痛永远也不能愈合了。伤好出院后，方向明用自己的积蓄和在亲朋好友处借来的一些资金在凤凰路上盘下了一家食品超市，生意做得也还红火，两年下来不仅还清了外债，自己荷包里也兜进了七八万块。

龚迪伟的厉害与手段的毒辣方向明是领略过了，但如今的方向明学乖了，明里已变得十分老实，碰见过龚迪伟两次，他毕恭毕敬地让在路边，嘴里还喊着龚总好，心里却恨不得一刀宰了那畜生。

龚迪伟的家住在金盘岭别墅小区，那小区就是龚迪伟集团旗下的房地产开发公司开发的，那是市里的一处高级别墅群，丰岚河水从小区边缓缓流过，绿树红花，芳草茵茵，空气清新。小区里住的都是一些富人和一些市里有头有脸的人物。

方向明去那别墅小区旁边散步过很多次，也多次看见龚迪伟的本田轿车从小区里进进出出。他晓得了龚迪伟家住的别墅叫北八幢，他还发现了龚迪伟的老婆栗婉玲只要龚迪伟不在家就爱去舞厅跳舞。

方向明是认识栗婉玲的，但栗婉玲不一定认得方向明，虎跃集团那么多人，栗婉玲也难得认得过来。方向明发现栗婉玲最爱去的舞厅是金伯利，而且栗婉玲的舞跳得特别好，方向明不擅长跳舞，也就不好去接近栗婉玲。但凭经验方向明就意识到栗婉玲的这一爱好最好利用，投其所好才能取得女人的信任。但方向明一直还未想好应采取何种策略才能做到既征服栗婉玲又能往龚迪伟的心口捅上一刀。能做到一箭双雕或一石数鸟，那才是方向明最想得到的效果。

机会终于就来了。

方向明的父母是市动力机械厂的退休工人，住在市里东面机械厂的宿舍区内，与傅玉欢的父母打邻居。方向明盘下来的凤凰路那个食品超市，离他住的那个两室一厅不远，大约也就二百米。超市里请了三四个年轻的姑娘做售货员兼导购，方向明的妹妹负责收银，方向明的主要任务就是外出进货与把质量关。方向明是一九八八年秋天结的婚，一九九七年的冬天又离了婚，他有一个六岁的女儿，离婚后放在他父母处。方向明除了早餐外，一般中晚餐都去父母那里吃，也就经常与傅玉欢照面。傅玉欢买了一辆八成新的 2000 型桑塔纳跑出租，这种出租不是在市内跑那种"的士"的出租，而是应接单位或个人的租车业务，不分长途还是短途，以天计算，给钱就出车。

傅玉欢小方向明两岁，长得一表人才，身高一米七八，面孔棱角分明，读高中时就是女孩子追求的帅哥，考试却是一塌糊涂。傅玉欢高中毕业后，做了几年生意，干的尽是些贩买贩卖的事，如贩金、贩木头、贩蚕茧，做这些生意走正道根本赚不了钱，走歪道钱是能赚些但风险也大，弄不好偷鸡不成还蚀把米。傅玉欢这样折腾了几年，算下来还是个亏账。后来去考了驾照，跑运输，才赚了一点钱。一九九一年跑车去广西，带回来一个壮族姑娘，才成家立业。傅玉欢风流倜傥，好拈花惹草，舞场上也是高手，至今搞了几多女人自己也数不清。傅玉欢除了好色还好麻将，闲下来就邀人打牌，方向明也就时常被他邀请上桌，可傅玉欢的牌运总是不顺，七八个月下来就欠下了方向明一万多块。方向明说，傅老弟，你知道不，情场得意者赌场必定失意，左邻右舍的，我劝你还是少打些牌为好。傅玉欢说，方哥，你放心，我欠你的钱到年底一分不少还你。我勾上的女人十个有九个打倒贴。方向明说，除非你去勾上一个富婆。傅玉欢说，方哥，你留点意，你发现哪里有富婆告诉我，我保证不出一个月把她搞定。

　　说者无心听者有意，就是傅玉欢的那句话，犹如捅开了方向明心中的那扇天窗，久压在方向明心中的那块阴霾刹那间散开了，亮出了一大块高远而湛蓝的天空。

　　接下来的几天，方向明一直都处在一种高度的亢奋之中，他认真地策划着、构思着这幕即将由他精心编排导演的桃色话剧的演出，他要神不知鬼不觉地投出一柄锋利的匕首刺中龚迪伟的心脏。

　　几天后的一个晚上，方向明把傅玉欢约到了他的住处，神秘兮兮地对傅玉欢说，老弟，你偿还我债务的机会与你发财的机会终于到了。傅玉欢说，方哥，只要是不犯法的事，老弟愿赴汤蹈火。方向明沉下脸来，故意生气地说，扯淡，犯法的事我会让你去干吗？见方向明生了气，傅玉欢忙收回话头，方哥，你别当真，我是说着

189

玩的。说完忙从烟盒里抽出两支烟，一支替方向明点上，一支自己点上，美美地吸上了一口。方向明说，我真还瞄上了一个富婆，年纪与你相当，样子也挺漂亮的，你去把她偷了，怎么样？傅玉欢一听来了精神，两个眼睛放出光来，趋前一步伸长脖子问，方哥，可是真的？傅玉欢还有点半信半疑。方向明斜睨了傅玉欢一眼，说，我有骗你这个有必要吗？我又曾几时骗过你？实话跟你说吧，她叫栗婉玲，爱去金伯利跳舞，她老公叫龚迪伟，虎跃集团的老总，你说她是不是富婆？你知道龚迪伟么？傅玉欢嗫嚅道，龚迪伟谁不知道，听说那家伙心很黑，他手下的保安很多就是他的打手，好像还打死过人吧？不知怎么被他摆平了，方哥的手指不也是被他手下砍掉的嘛！傅玉欢有点心有余悸。方向明哈哈一笑说，我就知道你是一只缩头乌龟，对事情不做分析，就胆怯了，你能成得了啥大器？试想想，你是去偷他龚迪伟的老婆，又不是去偷虎跃集团办公室的东西，栗婉玲让你偷着了，也不会傻到去告诉她老公吧，他龚迪伟换女人就像换走马灯，过去的两个女秘书都让他搞大了肚子，各花了几十万才摆平，栗婉玲也知道龚迪伟花，可她没有办法，有气只能往肚里咽，没哪里爆发，这种女人若去勾引她最易上钩，这样，你表个态，这件事如果你愿干，你欠我的一万块钱算还了，还外加你一万块，不愿干就拉倒。傅玉欢忙接话说，方哥言之有理，我干，我干。方向明说，你要干还得听我两条，一条是时机成熟了，你提前点跟我打个招呼，我把住宅的钥匙给你，栗婉玲是个比较讲究的人，我那地方安全隐蔽，不易让人发现；二条是把栗婉玲弄到了手就别再来往，走多了夜路就容易撞上鬼，男人都有只许州官放火、不许百姓点灯的心态，一旦让龚迪伟知道他戴了绿帽子，那你的小命就难保了，千万不可贪恋，你是情场上的老手了，要拿得起放得下，懂不？傅玉欢说，方哥的话我会谨记。方向明接着说，我先给你三千块钱，事成之后再给你七千块，老弟呀，我花两万块钱，买你去寻欢作乐，为的什么？不就是要让他狗日的龚迪伟戴顶绿帽子，以泄我被他砍指的心头之恨吗！傅玉欢接过钱，用手指一弹，谢谢了，方哥，你的仇老弟替你报了，你就听我的好消息吧！

接下来的几个晚上，方向明与傅玉欢夜夜跑金伯利，头三个晚上都扑了空，第四个晚上栗婉玲终于出现了，方向明在暗处把栗婉玲指认给了傅玉欢，然后，起身离开了舞场。

傅玉欢真不愧是一位情场高手，张弛有度，欲擒故纵，他的翩翩风度首先就给了栗婉玲的好感，而他优雅的舞姿与栗婉玲配对更显出了两个人舞技的高超，他俩一上场就常常成为人们目光追随的对象，更使栗婉玲感到甜蜜与陶醉，几场舞下来，栗婉玲就情不自禁地滑进了方向明与傅玉欢精心编导的那张婚外情网。

方向明趁去外地为超市进货的机会，买回了摄像机和几张外省的如意通移动手机卡，凡需要配合该计划实施的一切东西均已办妥当，单等鱼儿上钩了。

傅玉欢一步步将栗婉玲套牢，趁机的抚摸与接吻栗婉玲都已默许接受，并逐渐有了曲意迎合之意，傅玉欢感觉时机成熟了，而栗婉玲的眼神里也已传递出了愿意接受傅玉欢对她身体征服的秋波。

于是，开头的那一幕出现了，方向明如意地得到了他想要的东西。

第二天晚上，在凤尾竹咖啡屋，方向明将一个装有七千元现金的信封交到傅玉欢的手上，并对傅玉欢说，老弟，女人一旦把身子交给了你，就会很痴情，栗婉玲会想死你的，你一定要挺住，设法推脱掉与栗婉玲的再接触，避免惹火上身。傅玉欢说，方哥，你的叮嘱我记住了，你放心吧。

　　隔天，傅玉欢打了一个电话给栗婉玲，撒谎说有一个单位租了他的车去外省参观，可能要十多天才能回来。栗婉玲情意绵绵地说那你一回来就要打电话给我，我请你跳舞，并叮嘱傅玉欢路上多加小心。傅玉欢嘴里吧唧一声做了一个飞吻，心里却在窃笑，女人啊！真是一个傻。

　　方向明把傅玉欢与栗婉玲做爱的镜头精心剪辑后挑选了二十多张输进了他的电脑，五张画面一组，共做了四组，第一组是栗婉玲单人全身裸体的几个画面，后面几组是傅玉欢与栗婉玲做爱时的各种画面。傅玉欢的脸方向明做了特殊技术处理，出卖朋友就把事做绝了。龚迪伟黑心毒肠，一旦认出傅玉欢，那傅玉欢的小命就完了。

　　方向明把第一组画面做进了他即将发给龚迪伟的电子邮件里，一切都准备妥当了，方向明才开始实施他的第二步计划。他拨通了龚迪伟的手机，用普通话对龚迪伟神秘兮兮地说，龚总吗？请你打开你的电子邮箱，有一份你特别需要的急件发给了你，你务必亲自阅看，否则，你会后悔莫及。龚迪伟问，你是谁？喂，喂。方向明关了电话，并迅速关掉了手机。

　　龚迪伟正在北京出差，这神秘的电话扰得他有点心神不停，他不敢怠慢，赶紧回房，打开了他的手提电脑。

电子邮件里有一行文字，这样写着：龚总，请两天内将三十万元存进建行，否则，将以下图片发往各个网站。后面是开户人姓名与账号。龚迪伟忙打开那组图片，是五张他老婆的裸体照。

龚迪伟看后忙回拨刚才接的电话，但已关机。龚迪伟气不打一处来，伸手抓起一个杯子掷在地上，咬牙切齿地大骂：妈的，哪个兔崽子活腻了，竟敢敲诈到了老子的头上，真他妈吃了豹子胆啦！过了一会，龚迪伟冷静了一些，又细看了那组图片，真真切切，不像电脑剪辑的，他意识到了问题的严重性，如果他老婆的裸照让人在网站上捅了出去，他龚迪伟还有何脸面在景海那地盘上做人，操他娘的祖宗，这一招真恶毒啊！龚迪伟又不禁愤愤起来，脸色铁青，反剪着双手在房间里踱来踱去，内心里狠劲地骂起栗婉玲来：真他妈的臭婊子，竟敢背地红杏出墙，还中人家的圈套，让我戴绿帽子，看我回去怎么收拾你!

龚迪伟让秘书小费赶紧去订返程的机票，见龚总一付迫不及待的样子，小费不知道发生了什么事，便小心翼翼地问道：龚总，这么急，集团出什么事了？明天上午还安排了签两份商务合同呢，怎么办？龚迪伟道，是我家里出了点急事，除下午的商务活动取消外，其他的一切商务活动安排照常进行，我已同何总通了电话，他今晚可以赶到北京，你留在这里等何总，把事情办完后再回去。好的，小费应答一声，转身急匆匆地订票去了。

龚迪伟是在天落黑的时候赶回家的。栗婉玲站在阳台上见老公回来了，忙回到客厅笑吟吟地迎候他，不料龚迪伟一进门，甩手就给了她两记耳光，并一把将她按倒在地挥拳就打，栗婉玲连喊救命，保姆蓝姨吓得浑身哆嗦站在一旁不知如何是好。好在儿子龚晖正在家上网，龚晖十七岁，在市一中读高二，身高已过了一米八，是学生篮球队里的中锋。一听他妈喊救命，龚晖一个箭步就从房里冲了出来，右手把龚迪伟脖子一夹，怒喝一声：不许打妈妈，你这是家庭暴力，你再敢打她，我就先掐死你。龚迪伟被儿子夹得动弹不得，在人高马大的儿子面前，他已不是儿子的对手了。龚迪伟被儿子这一夹，冷静了下来，便对儿子说，晖晖，你把手放开，我不打妈妈了，你知道吗，你妈犯下了一个不可饶恕的错误啊！晖晖半信半疑地松开了手，去地上扶起了妈妈。栗婉玲啜泣不停，嘴角已渗出血来，蓝姨赶紧去打来一盆水，用毛巾替栗婉玲擦干净。龚迪伟说，晖晖，你去学习吧，我要让你妈去看样东西，看她今天这顿打是不是该挨。晖晖想问妈犯了啥错事，话到嘴边又咽了回去，毕竟大人之间有些事是不好对子女说的。便一再嘱爸不能再打妈，龚迪伟说我向你保证。说完一只手提起手提电脑箱，一只手攥着栗婉玲的胳膊去了卧室。龚迪伟打开手提电脑，打开电子邮箱，让栗婉玲自己去看。栗婉玲一看，惊呆了，天啦！这伪君子，这该死的流氓，竟玩弄这等下流的手段，真卑鄙呀！栗婉玲"嗵"的一声跪在龚迪伟的面前，老公，我错了，我上了这流氓的当啊！栗婉玲泪流满面，痛悔不已。过了很久，龚迪伟才说，你起来吧，你把详细的情况告诉我。栗婉玲便把与傅玉欢在舞厅里如何相遇并坠入爱河的情况一五一十全部告诉了龚迪伟。龚迪伟一边听一边把腮帮的牙齿咬得咯咯响。栗婉玲说，他这是敲诈，我们要不要报警？龚迪伟两眼一瞪，报警？你好意思去报警？你一报警，你偷汉我戴绿帽子还被人用你的裸照勒索三十万块钱的桃色新闻一夜之间不就要轰动景海吗？你怕你的脸还丢得不够显眼是吧？栗婉玲红着脸说，那怎么办呢？龚迪伟说，你现在就打傅玉欢的电话，约他到青云茶楼去，就说有话找他商量。栗婉玲说，傅玉欢早几天说他的车子被人租去外省参观，可能要十多天才能回来，不知是真是假。龚迪伟说，很可能是幌子，遮人耳目，不管怎样，你先联系吧，看能否联系得上。栗婉玲忙用手机拨打傅玉欢的电话，话筒里传来的是已关机。龚迪伟说，看来这小子一时不会露面了，这样，你明天先准备 30 万块钱，存到建行他指定的户名与账号里去，其他的事你就别管了，我会去处理好。栗婉玲鸡啄米似的连连点头。龚迪伟夹了个包出了门，去了集团公司办公室。

两天前，傅玉欢的舅舅打来电话，说老娘气若游丝，已不行了，要姐姐姐夫赶快过去料理后事。舅舅家在与景海相邻的青瑞县石坪镇回坑村，那是一个山区，手机不通，傅玉欢与父母赶过去时，外婆已过世。栗婉玲自然与他联系不上。料理完外婆的丧事，傅玉欢回到景海已是六七天以后的事了。

龚迪伟的手下人几乎是二十四小时不间断地在拨打傅玉欢的手机。在傅玉欢与父母从舅舅家返回景海的那一天，傅玉欢在路上就接到了一个人打来的租车电话,租车人说他是飞腾公司供销科的，要租他的车子去南京签合同，明天一大早就要动身，约傅玉欢晚上七点半在白莲宾馆门口见面，要用他的车子去公司里装两捆宣传资料，免得耽误明天早上发车时间，并叮嘱他油箱加满油。

外婆去世已耽误傅玉欢几天的生意了，今天人还未到家，就有活儿找上门来，而且是去南京，一去一回少说也得个四五天，傅玉欢心里十分痛快，外婆去世的悲痛早已抛向了九霄云外，他情不自禁地一边驾车一边吹起了口哨，向前，向前，向前，我们的队伍向太阳……

方向明是晚上回家吃饭的时候看到傅玉欢的，见他们一家都回来了，就过去坐了一下，关心地问了一下办丧事的情况。傅玉欢早已化悲痛为力量，一见方向明进门，就笑嘻嘻地递上烟，并喜滋滋地告诉方向明说，他明天要去南京，有家叫飞腾的公司租车去签合同，晚上七点半去公司装点资料，明天一早出发，并问方哥要不要去搓几把，楼下黑皮在挑战呢！方向明说，你不是要去装资料吗？明天还要跑长途，你还是早点休息吧！傅玉欢说，装资料最多来回半个小时，我们八点开战，玩到十点半，绝不误明天的事。方向明说，你是手痒了吧，又接了生意高兴，是不是？既然这样，老哥就陪你玩几把，八点钟我去黑皮家等你。

方向明、黑皮、石头三人摆好麻将单等傅玉欢来开战，可左等右等不见人影，打他手机又关了机，黑皮就骂这鸟人不守信，说不定又同哪个女人鬼混去了。司机的时间有时让人捉摸不定，等到快九点，还不见人影，三人只好散了伙。

第二天天刚蒙蒙亮，睡意蒙眬的方向明就被一阵电话铃声吵醒，一接是他父亲打来的，他父亲说隔壁老傅家的儿子傅玉欢昨夜一夜未归，不知是不是出了事，玉欢的娘与他的老婆还在哭呢，一家人急得像热锅上的蚂蚁团团转，你赶快回来看看吧！方向明一掀被子一翘坐了起来，意识到傅玉欢肯定是出了事，昨夜人家约他出去就是圈套，而且这个下手的人可能就是龚迪伟。方向明跳下床，急速地穿好衣，草草地洗漱了一下，就往家里奔去。

到了傅家，方向明就对老傅叔说，莫再等了，赶快报警。

110巡警很快就赶了过来，问了些情况，并做了立案记录。然后，又劝了他们几句，说也不一定就出了事，还要继续打他的手机联系，就离开了。

方向明吃完早餐，已是将近九点，正准备去超市看看，又有一拨警察向傅玉欢家中走来，早上刚来过的几个巡警也在里面，交通警察也来了几个，果然是傅玉欢出了事。

为头的一个警察通报说，今天一大早，队里就接到报案，在离市里十多公里远的盘龙岭发现一起车祸，车子是一辆2000型黑色桑塔纳，车子掉下去了一百多米深的山谷里，通过查阅司机的驾驶证与身份证，死者叫傅玉欢，刚才110报警中心又接到了你家的报案，我们经核实是吻合的。目前，到底是属交通事故还是其他事故，交警与刑侦人员还在现场勘察，很快就有结论。交警话一完，傅家已是恸哭声一遍，左邻右舍的邻居也都来了，傅玉欢的娘已昏死过去，傅家已乱成一锅糟了。

傅玉欢的死因很快传来了结论，是他杀。傅玉欢是在被人掐昏以后，再让车子滑下山谷的，凶手制造车祸是造成一种假象，以混淆视听。公安部门已做刑事案件立案侦查。

景海市近一段时间的社会治安不好，发生了几起打、砸、抢案，弄得人心惶惶，民怨沸腾。傅玉欢的被杀，引起了市委、市政府主要领导的重视，责成公安局从速破案，以维护景海市的社会稳定。

市公安局迅速成立了精干的侦破专案组，开展走访排查。

当晚的景海电视台播发了公安局对傅玉欢案情的通报，并要求广大市民积极协查，凡向公安部门提供有价值线索者，公安部门将给予一定额度奖励。并公布了报案电话。

第二天上午，很快就有两条比较有价值的线索报告了专案组，一位"的哥"电话报称，昨晚约七点半，他看见过死者的车在白莲宾馆门口上过两个人，其中一个个子很高大，一个身材中等。另一位报案的是一位货车司机，他说昨夜他从外地回景海，在盘龙岭看见过一辆黑色的 2000 型桑塔纳曾停在路边，他是上坡，车速比较慢，看见有两个人站在路边向岩壁撒尿，面孔因朝里看不清，车号也未注意，时间大约是八点十分。侦察员从电信部门调出傅玉欢的手机通话单显示，傅玉欢曾在七点二十八分接到过一个手机电话，分析是假租车人在白莲宾馆门口打的电话，但该电话已停机，购手机号的身份证也是假的。但从报案人提供的时间来看，傅玉欢的被害时间在八点钟左右。

招致傅玉欢引来杀身之祸的真正原因是什么？谋财害命已经排除，现场搜查除了死者的手机不见外，其身上的几百元现金还在。是否死于情杀？通过大量的调查了解又被基本排除。凶手到底是因何原因要灭掉死者？专案组一时陷入了迷茫之中。眨眼半个多月过去了，案件还是没有丝毫进展。

对案情心中最明白的人有三个，一个是方向明，正是由于他的导演才让傅玉欢引来杀身之祸。另两个是龚迪伟与栗婉玲。如果这三个人都守口如瓶，这个案子恐怕永远成为一个悬案。

傅玉欢死后，方向明曾一度想去公安局提供证据，这样做虽然可以毁灭掉龚迪伟，但他自己也将身陷囹圄，等于同时也毁灭了自己。他深谙龚迪伟的心态，他以为灭了傅玉欢，他老婆的丑行也就掩蔽过去了，日子可以平静了，他做梦也不会想到，还有一个幕后之人能搅得他噩梦缠身、心惊肉跳，这个人他看不见，摸不着，打不到，就像一具幽灵紧紧粘贴在他的躯体上。

　　第一封电子邮件的勒索成功，更坚信了方向明的判断，龚迪伟不敢向公安报案，他爱面子，他顾尊严，他不惜三十万元来遮掩住他老婆的艳闻，再施杀手根除制造艳闻的土壤，并自以为神机妙算，尚不知螳螂捕蝉，黄雀在后。抓住了龚迪伟弱处的方向明显然不想就这样轻松地放过他的仇人，他也不想这么快地就终止他精心编导的这台戏的演出,他要间歇一段时间就用刀去龚迪伟的心脏捅一下，让这个畜生求生不得，欲死不能。于是，如法炮制的第二封电子邮件又发向了龚迪伟，与第一次所不同的是，限期三天，将六十万元打入指定户名与账号。

　　灭掉了傅玉欢，公安部门的破案又陷入了僵局，龚迪伟心中的愁云舒展开来，他又开始谈笑风生，应对自如了。

　　第二封电子邮件的袭来，使龚迪伟看后不禁倒吸了一口冷气，整个人犹如掉进了一个冰窟，丝丝寒气直逼进他的骨髓。他本以为傅玉欢就是制造他老婆桃色事件的始作俑者，现在看来傅玉欢也是这起事件中的受害人，他也是被人捏在手中利用的一枚棋子，灭掉傅玉欢，仅仅除掉了一只替罪羊，更可怕的是这位躲在幕后精心编导这台戏的操纵者。这位幽灵般的人物要真正较量搏杀的对手就是他龚迪伟，但这人是谁呢？这么多年来，为了虎跃集团的扩张与发展，他炒了不少人的鱿鱼，也整治了不少人，为了房地产的开发，在征地、拆迁、投标竞争中也树立了不少的对立面，那也是没法子的事啊！龚迪伟过滤着一张张面孔，要说对自己有仇的人，再怎么排除也不下几十人，总不能一个个都将他们灭掉吧！

龚迪伟心力交瘁地回到家中，见到栗婉玲，心里就燃起再狠揍她一顿的欲望，想想却还是忍住了，像栗婉玲这样思维简单的女人，在那么狡猾的敌手面前，不成为啃噬的猎物才怪呢！

栗婉玲赔着小心地跟在龚迪伟的后面走进卧室，龚迪伟让她关上门，然后一仰身倒在床上，两眼凶狠狠地盯着墙壁上的筒子灯，说，又来了一封电子邮件，你去看看吧。栗婉玲一惊，怎么可能呢？傅玉欢不是死了吗？栗婉玲慌慌地打开了手提电脑，当看到那几张傅玉欢与自己交媾的画面和巨大的勒索数额时，她惊愕得半天合不拢嘴来，仿佛眼前的一切还是在梦中。

久思了一段时间的龚迪伟准备孤注一掷了，他把下一步的应对办法告诉了栗婉玲，其意思是要统一夫妻俩对外的一致口径。

龚迪伟准备向公安机关报案。

走这着棋龚迪伟实在是迫于无奈，这个幕后的幽灵用金钱是无法去摆脱他的，上次给了三十万，这次他却开价要六十万，下次可能还会要九十万或一百万，他会永无休止地一直勒索下去。他要折磨的是龚迪伟的精神，同时又不忘捞上一笔金钱。只有通过公安，把电脑网络、移动手机上监测手段，并通过银行紧密配合，才能捕获到这个幕后的幽灵。

龚迪伟把两封电子邮件进行了移花接木。他先将第二封电子邮件的画面全部删除了，又从第一封电子邮件里调出了三张栗婉玲的裸体照存起来，再把第一封电子邮件全部删除，这样在时间上就与傅玉欢之死错开了一段距离。并谎称了栗婉玲的裸照很有可能是在游泳馆或洗浴中心被人窃取。他还给了在市公安局里的一位铁哥们二十万块钱，要他为内线，一旦公安局有了嫌疑人的消息，要以最快速度告诉他，他就抢先派手下人把其干掉。

　　夫妻俩统一了口径，感觉没有了纰漏，龚迪伟便向公安局报了案。

　　傅玉欢的案子还没破，这又出了一个敲诈勒索案，而且敲诈勒索的对象还是景海大名鼎鼎的企业家，公安局迅速成立了专案组，并严密封锁了消息，一把手亲自坐镇指挥专案组的工作，专案组的行踪与案情进展直接向一把手报告。市建行领导表示密切配合公安局的破案。为了不打草惊蛇，根据警方要求，龚迪伟按时将六十万元存入了罪犯指定的户名与账号。

　　然而方向明这次失算了，他料定龚迪伟不敢向警方报案，不料想龚迪伟偏偏铤而走险反其道而行之。

　　方向明是去长沙进货的时候在宾馆里落网的。他头天赶到长沙，用卡在建行一个网点的自动取款机上取出了五千元现金。查询余额，龚迪伟的六十万元一分不少地进了他的账。他欣喜若狂，更加坚信龚迪伟已被他牵在了手中。方向明在自动取款机上一取钱，他的交易记录清单就在景海建行打了出来，专案组的刑侦人员迅速赶赴长沙，从建行那个网点的录像资料里得到了方向明取钱的相片，锁定了嫌疑人，仅仅几个小时后，方向明就在宾馆里被警方擒获。

经过突审，方向明和盘托出了犯罪的全部经过，专案组马不停蹄，漏夜赶回景海，从方向明的住处拿到了他做案的证据。

龚迪伟从内线得知犯罪嫌疑人是方向明时，方向明已被警方羁押狱中。龚迪伟暗叫一声，慢了一拍，完了！完了！

傅玉欢之死谜团顿开。

随之，警方将龚迪伟及其手下的骨干一一抓捕归案。

龚迪伟的犯罪被定为带黑社会性质的组织犯罪，龚迪伟为了立功赎罪，供出了景海市一大串腐败官员的名单。

省城某日报政法周刊的一名记者去监狱采访了方向明，他问方向明，你开了一家超市，生意做得还挺不错，你不去做一个守法的公民，却编导出一幕毁灭自己的悲剧，你能告诉我你内心的动机是什么吗？

方向明却说出了一句颇耐人寻味的话，我虽是蚍蜉却撼动了一棵大树，值！

警官范思母

一

那天以后，林一萍被逮住时那双丹凤眼里流露出来的祈求、哀怨、落寞、无奈的目光就像一根游丝时常牵扯着范思母的心。

那天上午，林一萍打扮得像一个白领丽人，肩挎着一个精巧别致的杏黄色坤包，在繁华的胜利路商业步行街的几大购物广场、超市里逛进逛出。她一会儿试试服装，一会儿看看化妆品。临近中午时，她款款地来到了太平洋购物广场的金银饰品专柜，那里正有一位大腹便便的男士与一位靓丽时髦的小姐在挑首饰，小姐正在往纤细的脖子上试一条南非产的铂金项链，导购小姐则巧舌如簧地在一旁啧啧称羡。为了促销成功，导购小姐还把也在浏览首饰并逐渐靠近过来的林一萍轻轻一碰，对林一萍一笑说："你看这条项链，她戴着多美呀！"林一萍嫣然一笑地抬起头来，端详了一刻，再微笑地额了额首。同性的赞许坚定了小姐的购买决心，小姐一边取下项链一边用肘碰男人去付款，胖男人似乎有些心痛地接过购物小票去了收

203

银台。林一萍又慢慢地继续浏览着柜台里的饰品，并一边听导购小姐的介绍一边询问着她似乎看中了的饰品的产地、成色、价格。胖男人付完款，小姐将那精品的首饰盒装进坤包。然后，笑眯眯地挽起胖男人的手向服装专柜走去。林一萍也找了一个托词撇下导购小姐，不慌不忙地离开了首饰柜台。

范思母跟踪林一萍已有大半天了。就在那小姐挽着胖男人提着大包小包的购物袋随着已开始饥饿的人群拥挤地往外走的时候，林一萍下手了，那绛红色的首饰盒神不知鬼不觉地已躺进了她的挎包里。就在这时，范思母的大手有力地钳住了林一萍的手腕，林一萍咧了咧嘴，却未挣扎反抗。她望着范思母，向他投去了一瞥她那双丹凤眼里流露出来的祈求、哀怨、落寞、无奈的目光。

范思母是市公安局治安大队的一名中队长，是一位有名的反扒能手。他毕业于省公安专科学校，学的是治安管理专业。一九九五年的夏天，范思母分配到景峰市公安局交通分局治安科搞民警，经常去车站、码头执勤。而车站、码头是小偷出没频繁之地，无数的受害者那哭天喊地的情景隔三岔五就要在范思母的眼前重演，尤其是看到那些进城的农民辛辛苦苦赚来的血汗钱被小偷扒窃时，范思母不禁义愤填膺、血涌脑顶。于是，范思母暗下决心苦钻反扒技术，几年下来，练就了一双火眼金睛，小偷一听其名就闻风丧胆，交通治安秩序明显井然。后来，范思母调到市局治安大队担任中队长后，名气更是越来越大。

范思母以前抓获的小偷，大多桀骜不驯，狡辩抵赖，不见棺材不落泪。女小偷则大多撒泼痛哭哀求。像林一萍这一种不哼不哈毫不反抗而只用那种祈求、哀怨、落寞、无奈的眼神来接受惩罚的小偷，范思母还是第一次碰见。

范思母猜想林一萍的目光里肯定隐含着难以名状的痛苦。

范思母决定亲自审讯林一萍。

走进审讯室里的林一萍一眼就认出了上午逮她的范思母，范思母与她两眼一碰，林一萍就痛苦地将脸转向了一边。

审讯持续了两个多小时才结束。范思母从林一萍的口供里，基本上掌握了林一萍的身世与家庭情况。

林一萍今年二十二岁，初中毕业，本省景海市人，家住景海市西湖街办青山湖社区。父亲叫林如青，双眼残疾，丧失劳动能力；母亲叫吴新梅，已过世；有一个哥哥叫林可文，二十四岁，左手残废，在家门口摆一个小香烟摊，尚未成家。全家三口，目前主要靠林一萍养家糊口。林一萍说，她只偷有钱人，从不对贫困人下手。

林一萍已属惯犯，法律无情，林一萍被送进景峰市劳教所进行劳教。

林一萍是范思母亲自押送去劳教所的。从劳教所回来后，范思母的脑海里又浮现出了林一萍被逮住时那双丹凤眼里流露出来的祈求、哀怨、落寞、无奈的目光。

二

范思母总感觉林一萍还有一些真话未讲出来，她的心里肯定还有比她所供述的情况中更深一层的痛苦。他决定抽空去一趟景海，去了解一下林一萍的家庭情况。

那是一排砖木结构的平房，门口摆着一个小烟摊，林可文坐在烟摊边，不时地与过往的熟人搭上一两句话。林如青坐在房里的一张木椅子上，花白的头颅往左歪着，正在打瞌睡。全家就两间房，又暗又潮湿，房后靠阶檐搭了一间几平方米的厨房，没有厕所，只能去社区的公共厕所里方便。

范思母在林可文的小烟摊上花二十五块钱买了一包"金圣"香烟，借机与林可文搭上了话。林可文问他找谁？范思母说我找的就是你呀！并递上了工作证。林可文将信将疑地把范思母让进屋去。

范思母把林一萍已被劳教的情况告诉了林如青与林可文，父子俩听后似乎并不觉惊讶，只是一阵阵长吁短叹。许久，林如青那几近失明的老眼里滚落下两颗泪来。

林如青早年在街道办的搬运站当搬运工，有一次汽车翻了，坐在车上的几个搬运工死的死伤的伤，林如青命是保住了，一双眼却残了。搬运站是小集体，已垮了多年，林如青如今靠每月一百六十元的低保金生活。林一萍的母亲吴新梅是患乳腺癌死的，死的那年林一萍刚好初中毕业。林可文因家境贫困也只读完初中，他的左手是先天性残疾，小烟摊是街道办特地帮他去烟草专卖局特批的，一天只能赚个几块钱。林可文一只手要买菜烧饭，还要照顾父亲的生活起居。

父子俩闭口不谈林一萍的事，范思母更觉疑惑，忙抽出一支烟递给林可文，并要林可文谈一谈林一萍的情况。

林可文抽了一会儿闷烟后才长长地叹了一口气，缓缓地对范思母说："我妹妹是个苦命人，走上这一步实在是迫不得已哦。"

林可文说："妹妹读初三的那一年才十五岁，长得天生丽质，活泼可爱，她的学习成绩在班上一直是前五六名，但妹妹有些偏科，数学成绩一直不太理想。她的班主任就是数学老师，也姓林。有一天，班主任叫妹妹去他那里补课，那畜生竟趁机把妹妹强奸了。妹妹回家后一直哭，在家人的一再逼问下，她才讲出了实情，我母亲一听当场就气得昏了过去。我拖了一把刀，要去宰了那个姓林的畜生，妹妹却死死地抱住我不放。那个姓林的知道闯了祸，怕我家里去报案，带了三万块钱跑到我家，跪在地上求情，要看在都姓林的面子上饶他一把。考虑到妹妹的名声，父亲做主饶了那畜生，也收下了那三万块钱。母亲那时已是癌症晚期，因无钱治病，未进一天医院，父亲用那三万块钱送母亲进了医院，仅仅半个月后，母亲就去世了。遭遇了强奸，接着又失去了母亲，双重的打击，给妹妹的心灵留下了难以愈合的创伤，妹妹毕竟还只有十五岁呀！从此，天真活泼的妹妹一蹶不振，学习成绩急转直下，中考一塌糊涂。妹妹从此失去了上学的机会。妹妹在家待了两年，有一天，她的一个小学时期的叫小亚的女同学来找她，约她出去打工，不想那女同学竟是一个扒窃团伙的成员，为首的头子外号叫疤头，在那伙人的教唆、引诱及威逼下，妹妹滑了进去。不到一年，妹妹就愤然离开了他们，妹妹说，去偷那些穷苦人好不容易赚来的几个血汗钱，她实在不忍心下手。妹妹从此一直都是搞的单干……"

范思母问他们今后的生活怎么办？父子俩都默不作声，显出一脸的茫然。

离开林家时，范思母掏出五百块钱塞在林如青的手里。这时，他才解读了林一萍被逮住那一刻眼中流露出来的内容。范思母只觉得喉咙里有一股热辣辣的东西在涌动。

回到景峰后，范思母买了一些吃食，到劳教所去看望了林一萍。

林一萍在景峰无亲无故，不知是谁会来探望她。一见竟是逮她的警官范思母，林一萍不禁吃了一惊！

范思母说："想不到是我来看你吧？"

林一萍点了点头。

范思母说："我去了一趟你家里，昨天刚从景海回来。"

林一萍又是一惊！沉默了一会后，才轻轻地问："我的事你已经告诉了他们？"

"是的"。范思母说，"你父亲与你哥都好，他们要我带句话给你，好好改造。"

林一萍凄然地一笑，似乎是自言自语地说："他们能好吗？他们能有话带给我吗？"林一萍紧紧地盯着范思母，"谢谢你宽慰我，范警官，但我不希望你也欺骗我！"

范思母的脸一下红到了脖颈根。

"再见了，范警官。"林一萍又凄美地对范思母一笑，主动地结束了范思母对她的探视。

三

劳教所所长苏云龙是范思母的表姐夫，表姐古永芳在市里的柴桑小学教书。表姐是范思母的大母舅古怀志的大闺女。表姐长得十分漂亮，读师范的时候就是公认的校花，追求表姐的人后面都排成了串。苏云龙夹在那支队伍里苦苦追求了几年最终才把表姐追到手。这其中范思母的功劳不可抹杀，至今苏云龙还记着范思母的人情。

苏云龙也是在省公安专科学校毕业，比范思母高两届，因是老乡，在校时就有过来往，但接触时间不多，因为苏云龙很快就毕业了。范思母毕业回来以后，苏云龙正开始追表姐，知道范思母是古永芳的表弟，苏云龙便利用起这层关系，时不时地请范思母喂上一顿，范思母为此乐得饱了不少口福。但苏云龙的饭也不是让你白吃的，经常要范思母为他提供表姐及其家里的一些信息，范思母只得经常往大母舅家里跑。有一次大母舅崴了脚，下不了床，范思母及时把这一重要信息告诉了苏云龙，苏云龙如获至宝，立马请了一个星期的假，把大母舅医院、家里背上背下。大母舅只有两个闺女，没有苏云龙去帮忙还真要费不少麻烦。通过这件事，大母舅对苏云龙这小伙子的人品格外看好，为以后苏云龙能顺利追到表姐奠定了坚实的基础。

范思母看完林一萍后，去苏云龙的办公室坐了一会，把林一萍的情况简略地向表姐夫做了介绍，他要表姐夫交代下管教干部，对林一萍要多给予关心帮助。苏云龙笑了笑说："思母啊，过去你抓了那么多的女小偷没见你来看望过哪一个，今天是怎么啦！是不是被这个林一萍漂亮的外表给迷住了？"范思母说："林一萍漂亮是漂亮，但宁珊珊比她差不到哪去。了解了林一萍的身世，看了她家里的那

209

一种境况，我心里就说不出是一种什么滋味，我那天逮住她时她那双眼里向我流露出来的那一种祈求、哀怨、落寞、无奈的目光，在我心里永远都抹不去了。"苏云龙说："思母啊，你这是一种同情心在做怪，林一萍的家庭与身世虽然值得同情，你可不能把这种同情上升为爱情啦！作为一个警察，同情心要有，但对犯罪分子就要有铁面心肠。"范思母说："我总觉得林一萍与其他的罪犯不同，只要对她正确引导，给予她应有的温暖，就会有一个脱胎换骨的林一萍走向社会，她太缺少一种真诚的爱了。"

苏云龙说："你可不能犯傻呀，思母。你这样想是很危险的。这样，对这个林一萍，我会交代管教干部，尽量对她给予帮助与温暖。不过，我建议你今后最好不要再来看她了，要注意影响。"

范思母沉默了下来。

苏云龙接着说，"思母啊，你今年二十九岁了吧！也该尽快成个家了。你和宁珊珊到底怎么样了？也谈了快三年了吧？昨天你表姐还提到你，说你要么就尽快与宁珊珊结婚，要么就找过一个，她说她们学校里有两个新调来的女孩子也挺不错的。"

范思母说："宁珊珊那个人，我自己也说不准。她心情好的时候巴不得把你含在嘴里，她心不顺时会立马叫你走人。她那种家庭，优越感太强了。我家与她家，真是门不当户不对的，我自己都快没有信心了。"

苏云龙说："这马拉松式恋爱真是太累人了，我是深有体会呀。思母，在这里吃完中饭走吧！"

范思母说："不了，队里还有很多事呢，我告辞了。"

四

　　劳教所离市区还有十多公里路，范思母在路上接到了宁珊珊的电话，要他晚上去参加她同学的生日派对。他犹豫了一下，想推辞，宁珊珊却以不容置疑的口气说了句不行就关掉了手机。

　　范思母是在三年前市公安局召开的一次表彰会上认识宁珊珊的。

　　宁珊珊是《景峰日报》的记者，市局开表彰会，不少新闻媒体都派了记者去采访，范思母作为交通分局的反扒英雄，是这次市局表彰会的表彰对象，自然也要接受新闻媒体的采访，而采访范思母的正是宁珊珊。

　　范思母曾创下过一天逮住十二个小偷的奇迹，几年来他累计抓获的小偷近四百人，真可谓是火眼金睛。宁珊珊被范思母这些传奇般的事迹深深打动，也被范思母孔武有力、仪表堂堂的警容风度所吸引，不知不觉中，宁珊珊爱上了范思母。

　　宁珊珊的父亲宁建斌是景峰市副市长，分管政法口，那天表彰会上，就是宁市长为范思母授的奖。

　　宁珊珊作为一个市长的千金，加之她一幅漂亮的容貌，其身后自然不乏追求者，送花的、谄媚的、请吃的总是不断。宁珊珊也不拒绝，总是如约光顾，钓着人家的胃口围着她团团转。范思母生气了，说宁珊珊不专一。宁珊珊却吊着范思母的脖子狡黠地笑着说："他们爱花钱干吗不让他花去，我就喜欢嘲弄一下那些不自量力的阿痴。"

　　范思母说："那我也是不是其中的一个阿痴呢？"宁珊珊说："你呀，

你是一个阿呆。"说着就把她丰满的胸脯往范思母的胸口上紧贴过去。

有一次，宁珊珊的表哥与表嫂从哈尔滨回来了，范思母请表哥表嫂吃饭，订在裕华花园酒店，订的是晚餐。范思母因去执行一项紧急任务结果迟到了一个小时，宁珊珊怒火中烧，斥责范思母请客无诚意，还当着表哥表嫂的面摔了一个杯子，弄得主与客都一脸尴尬，一顿饭吃得索然寡味。

范思母与宁珊珊就在一种这样若即若离的状态下保持着恋爱关系。

宁珊珊的同学明娜娜的生日派对搞得很隆重，她的老公郝昶是鑫辉房地产开发公司的老总，生日派对就在她家别墅的客厅里举行，那客厅有一百多个平方米，还专门请了小型乐队来伴奏，大家吃完饭后又唱又跳。明娜娜嗲声嗲气，叫老公叫昶，老公也叫老婆叫娜。范思母心里暗骂一对活宝。明娜娜突然像想起什么似的走到宁珊珊与范思母的跟前，尖声喊着要他俩也以一个字相称，大伙顿时明白了什么，都跟着一齐起哄，对，珊珊，叫啊，叫啊，叫母啊！宁珊珊忸怩地笑着，还未识破这是一出带有明显侮辱性的恶作剧。范思母已愤怒了，瞪着明娜娜猛吼一声："我操你家祖宗！"范思母一甩手，撇下宁珊珊，摔门而去。

五

明娜娜的恶作剧，深深地刺伤了范思母的心。也勾起了范思母对从未见过面却又真切地感受了博大母爱的母亲的深情眷恋。

范思母的母亲叫古红英，父亲叫范汉明，父亲是母亲的后夫。母亲的前夫叫杜贵东，母亲与前夫是一九六一年结的婚，那正是三年困难时期的第二年，由于缺吃，到处都有人饿死。杜贵东当时是一个镇里的革委会副书记，虽是副书记，连糊口都勉强，偏偏这时母亲又怀上了姐姐，母亲由于营养不良，身体素质极差，生姐姐时出现了大出血，经医院全力抢救，命是保下来了，从此落下一个病恹恹的身子，再也怀不上孕了。"文革"开始后，杜贵东上吊自尽了，丢下母亲带着姐姐孤儿寡母地过日子。一九七〇年的夏天，母亲经人撮合与父亲范汉明结了婚。父亲是昆山煤矿的矿工，为人厚道，嘴巴木讷，是一个老实疙瘩，煤黑子结婚难，父亲虽是头婚，与母亲结婚时已过了三十五岁，比母亲大四岁。父亲在矿上已挖了十六年的煤，父亲虽说是一个煤黑子，身上却藏有两门不很老到的技艺，父亲来煤矿之前，学过一年中医，能识不少草药，还敢捉蛇，因从未露过手，矿上的人自然不知。父亲还会打铳，闲暇时兴趣来了，扛上一支土铳去山上转上一圈，也能拎回一只野兔或山鸡，与工友们一起改善下伙食。

母亲与父亲成家后，还是那副病恹恹子的身架，又还拖个女孩，一家三张嘴，总觉愧对父亲。父亲却很体恤母亲，任劳任怨从不多说一句话。他去山上采来一些草药，晒干后碾成细末，每天让母亲服上一盅。为了增强母亲的营养，父亲有空就背上土铳上山，去打些野味炖汤给母亲喝，有时还抓回一两条蛇，剥了皮清炖，让母亲喝蛇汤。在父亲三年多孜孜不倦的精心调养下，母亲那病恹恹的身子逐渐好转起来，脸上有了红润，体重也增加了十几斤。一九七三的秋天，母亲竟奇迹般地又怀上了孕，父亲喜得合不拢嘴，母亲脸上也漾起了难得的笑意。

一九七四年夏天的一个深夜，母亲要分娩了，由于胎位不正，又碰上了难产。那年代，矿区职工医院妇产科的生产条件十分简陋，医生紧迫地对父亲说，大人小孩只能保一个了，你赶快决定吧。父亲心如刀绞，泪如雨下，迟迟下不了决心。从昏迷中再一次醒过来的母亲颤抖地紧抓着父亲的手，声音微弱地说："汉明，你不能无后，让我去，你好好地带大两个孩子吧！你的恩，我来世再报了！"就这样，母亲选择了死亡，把生命留给了儿子。父亲为了缅怀妻子，就把儿子取名为思母。从此以后，父亲终身未娶，一直拉扯着两个孩子长大成人。姐姐一九七八年考取了市卫生学校，毕业后分配在市第二人民医院做护士。父亲已年近七旬，现与姐姐一家共同生活。

范思母一想起母亲，两眼里总是噙满深情的泪水，母恩浩荡啊！

几天后，范思母与宁珊珊断然分手了。

六

范思母每隔半个月就要到劳教所去一次，因与管教干部是同行，看望林一萍也就挺方便。他为林一萍买去了一摞书，有《钢铁是怎样炼成的》《青春之歌》《战斗的青春》，还有张贤亮的《男人的一半是女人》、路遥的《平凡的世界》等等。范思母第一次去看望林一萍时，林一萍在吃惊的同时还有一丝敌视。范思母第二次去看她，并为她带去了几本书，林一萍心里开始有了一丝暖意。第三次见到范思母，并听了范思母讲了他母亲的故事，林一萍泪流满面了。林一萍没想到范思母的家庭身世竟也是那样平凡与艰辛，林一萍的眼睛里开始流露出了对范思母的信任与敬意。林一萍开始希望见到范思母，希望听见那富有磁性般浑厚的男音，与范思母每交流一次，她就感觉到自己的灵魂又得到了一次净化，生命的意义又有了一次新的升华。

感悟到林一萍内心深处的思想转变，范思母更坚定了改造林一萍的决心。他想，脱胎换骨后的林一萍，一定会是一位内里与外表一样美丽的女性。范思母沉浸在了思维的快乐之中。

然而，范思母的这种行为却招致了来自方方面面的鄙视与非议。

表姐夫苏云龙的观点代表了来自亲属的意见，在大母舅家里，表姐夫说："思母啊，你第一次去看林一萍，我就对你说了，你不要把同情上升为爱情，不要迷恋于林一萍的外表，你是一个警察，还是一个受市局表彰的反扒英雄，怎么能去爱上一个女小偷呢？你能说出爱她的理由吗？你这样做，今后怎么做人，你头脑要冷静啊！"

是啊，是啊，思母啊！你可不能头脑发热，亲戚都是为你好，你要听我们的劝哟。大母舅把至亲都叫来了，大家都是与表姐夫一致的意见。

范思母说："我又没与林一萍怎么样，就是多去看望了她几次。"

表姐夫说："你不要再狡辩了，你瞒着我都去好几次了。你以为我不知道？你不是有那意思是什么？你用耳朵听听外面是怎么传的，难听死了！"

范思母愤愤地说："这是偏见，这是对人家人格的歧视！"

表姐古永芳说："思母啊，你呢，与宁珊珊也断了，大家也都知道。要不这样，表姐去跟你物色一个，这样，人家就自然没话说了，行不？"

大家都说这是一个好办法。范思母也不好再坚持什么，只好说："容我再考虑几天吧。"

范思母对林一萍确实未表达过爱意，对于外界的一些议论，自觉身正不怕影子歪，范思母只当耳旁风，一概不予理睬。

几天后，景海市发生了一起小偷入室持枪杀人案，案件尚未侦破，省公安厅向各市公安局发来了案情通报。

范思母去看望林一萍时把这一案件告诉了林一萍，林一萍"哦"了一声，眉头皱了几皱。突然，她想起了什么，对范思母说："我记起了一件事，几年前，有一次小亚喝醉了酒，对我说疤头他们昨夜偷回了一把手枪，是真是假我就说不清楚。"范思母回队后把这一信息及时报告了市局分管局长，分管局长听后说这一信息很重要，并问范思母是从哪条渠道得来的。范思母如实作了禀报。分管局长将这一信息很快就通报了景海市局，景海警方顺藤摸瓜，果然发现是疤头团伙做的案，遂将疤头团伙一网打尽。

范思母得到这个消息是在一个雨过天晴的午后，一道美丽的彩虹正弯卧在丰岚河畔，空气中飘荡着一股秋天特有的果实清香。范思母驾着车心情愉悦地往劳教所驰去。他要把疤头团伙已落网的消息以及市局准备通知劳教所为林一萍记一次重大立功表现的信息尽快告诉林一萍。

离开林一萍时，范思母看见她那双美丽的丹凤眼里流露出来的已是自信、爽朗、纯情、清澈的目光……

秋香的发家史

一

酒醒后，温秋香发现自己赤身裸体地躺在一张宽大舒适的席梦思床上，两腿间夹着的地方灼灼生痛，床单上汪着一摊血，温秋香顿时明白了，她被雷亚文老总强奸了。

温秋香匆忙抓过一条毛巾毯将身体盖住，双手捂着脸，"哇"的一声大哭起来。

见温秋香醒了，痛哭失声，雷亚文忙从沙发上弹起来，奔到床边，对温秋香说："小温啦，真对不起，刚才我也喝多了酒，稀里糊涂就与你做了。我真不知你还是一位处女，我该死啊！"雷亚文一边假惺惺地扇着自己的脸，一边小心翼翼地赔着罪。

"你骗人，你清醒得很。中午你故意把我灌醉，好让你耍流氓。"温秋香愤愤地揭穿着雷亚文伪装的画皮。想到自己一个少女的贞操就这样被这条色狼玷污了，一股怒火不由从心头"嘭"的一声点燃。"我要去公安告你，你这流氓。"温秋香一掀毛巾被，跳下床来，

217

一把抓起衣服，急促地穿着。

"小温小温，凡事好商量，你可千万不能去报警啊！"雷亚文意识到了问题的严重性，"嗵"的一声跪在温秋香的面前，双手紧紧地抱着温秋香的双腿不放，"小温，我求求你，我给你十万块钱，行不行？或者从今以后我把你养起来，这套房子的房产证我也办给你，行不行？这两条你答应我一条，好不好？"雷亚文眼泪鼻涕都流下来了，全然失却了一个老总的风度。见温秋香许久都未作声，雷亚文又说："小温啦，你去报了公安，其实我俩都完了。我要判刑进监狱，你呢也毁坏了名声，若人家知道你被人强奸，你一个姑娘家日后怎么做人？你还要成家立业呢，你报了警，是两败俱伤啊！"

温秋香被雷亚文抱着双腿，动弹不得。雷亚文最后的一段话，深深地烙进了她的心里。是啊，一旦去报了警，心头的恨是解了，可今后自己怎么有脸去面对家人与同乡？姑娘的名声值千金啦！温秋香心头翻滚的怒火不由慢慢平息下来。望着俯在地下像条狗一样的雷亚文，温秋香低吼了一声："你放开手，让我走，我不想再见到你！"

雷亚文忙松开手，站了起来，慌慌地打开了摆放在卧室里的保险柜，拿出了一个活期存折，一迭连声地对温秋香说："好好好，小温，你想通了就好。你要离开我，离开酒店，我不阻拦。这是十万块钱，就算是我对你的补偿吧。"雷亚文将活期存折放进了温秋香的荷包里。温秋香走进卫生间，洗了一把脸，又将头发梳理了一下，走出卫生间就向房门口走去。

雷亚文涎着脸皮说："小温啦，想开点，女人嘛反正早晚都要过这一回。今后有什么事只管来找我。这样，我开车送你回住处去吧！"

温秋香从鼻孔里哼了一声："不用了！我会走！"拧开防盗门，走了出去。

"嘭"的一声，身后的防盗门被雷亚文重重地一把关上。

二

雷亚文是金凤凰大酒店的总经理。

一个半月前，温秋香被金凤凰大酒店招聘到餐饮部做服务员。进来时先接受了半个月的专业培训，然后再安排上岗。温秋香长得亭亭玉立，漂亮迷人，瓜子形的脸蛋白里透红，像一颗鲜滴滴的水蜜桃。餐饮部经理就把温秋香安排在贵宾厅。贵宾厅是贵客经常光临的地方，总经理雷亚文也就时常要去贵宾厅陪客或与贵宾礼节性见面寒暄。

雷亚文第一次见到温秋香就被她的纯情质朴、天生丽容所吸引，一双眼就时不时地往温秋香的脸上、胸脯上、臀部上瞄来瞄去。雷亚文是位风月场上的老手，被他瞄上的猎物他想方设法都要弄到手。第一眼见了温秋香他就暗忖，啃这颗水蜜桃一定会很过瘾。

午饭前，温秋香就接到了餐饮部经理的通知，雷总中午要陪两个重要客人用餐，要温秋香做好接待准备。

两位重要客人是一男一女，是雷总的高中同学。雷总十分热情，上的酒是贵州茅台，可他自己却没喝几杯，硬拽上温秋香去陪了几盅。温秋香从没喝过白酒，几杯酒下去，开初还不觉得怎样，散席时，酒劲一上来，脚板就打起了飘。待雷总送走两位客人，返回贵宾厅时，温秋香就趴在了桌子上，雷总十分热情地把温秋香扶上了本田小车，笑容可掬地对餐饮部经理说："我把小温送到住处去。"就这样，雷亚文就把温秋香送到了他在青山湖小区的那套秘密住宅内，把温秋香这颗尚未开封的还带着水晶露珠儿的水蜜桃啃了。

三

温秋香是一位刚刚走出大山不久的纯情少女。

温秋香的家在赣北幕阜山区一个名叫剑南峰的小山村里。那里重峦叠嶂，偏深险僻，贫穷闭塞。温秋香家里有七口人，上有爷爷奶奶、父母，下有两个弟弟。从剑南峰到镇里还要走三十多里远的路程。温秋香的父母是一对老实巴交的农民，只晓得作田、砍柴、养鸡、喂猪，一年到头，披星戴月，风吹日晒，也仅仅是养家糊口，没能留下几个积蓄。温秋香是父母咬着牙才让她读完初中的，虽然中考她考上了县一中重点班，但家里实在是再无能力供她上学了。她手下还有两个弟弟要念书呢。温秋香理解父母的苦衷，没有吐半句怨言就回来了。她是家里的老大，该为父母减轻一些压力了。温秋香毕竟已初中毕业，在山里算得上是一个有文化的人了。她不愿再学父母那样面朝黄土背朝天地在土里刨食，她决定走出大山，出去打工。

温秋香九岁上小学，初中毕业时已有了十七岁。村里的小菊小梅比温秋香要大两岁，早几年就出去打工去了。两人家里已盖起了宽敞明亮的砖瓦房。温秋香去小菊、小梅家里要来了她们的地址和电话，去镇上邮电所打电话与她们联系上了。几天后，温秋香怀揣父母借来的几百块钱，去了县城，坐上了南下的长途客车。

温秋香很顺利地找到了小菊和小梅。初来乍到，也就与小菊小梅吃住在一起。

小菊与小梅都只有小学文化。她们对温秋香说是在一家美容美发屋内做洗头工，并问温秋香去不去做？温秋香跟着她俩去美容美发屋玩了两回，温秋香很快就发现，小菊小梅不仅仅为客人洗头，暗地里其实还做"鸡"。温秋香便不愿去。

也算温秋香有福气，她从电视上看到金凤凰大酒店招聘服务员，就跑过去一试，竟一下子就聘上了。才来几天时间就找到了工作，温秋香高兴得心花怒放。

第一个月发了五百块钱的工资，温秋香兴奋得一个晚上都没有睡好。要知道，父母要忙乎上小半年才能积攒下四五百元。第二天，温秋香就插空到邮局汇了四百块钱回去。汇完钱，温秋香一路哼着小曲走回大酒店。

可她万万没想到，才干了不到两个月，自己就让雷亚文老总给强奸了。

四

温秋香突然不去上班了，小菊小梅忙追问为什么？温秋香谎说被老板解雇了，小菊小梅看她不高兴的样子，又怂恿她一起去美容美发屋做事，温秋香却毅然回绝了。小菊小梅都噘起嘴不高兴了，

221

因为房子是小菊小梅租的，水电费也是小菊小梅支付，因温秋香初来除交了一百块钱伙食费，其他费用小菊、小梅都未分摊到她头上。

温秋香看出了小菊小梅的心事。

温秋香虽然被雷总强奸了，可雷总却一下子赔偿了她十万块钱。这个数字在温秋香的眼里简直就是一个天文数字。她哪见过这么多的钱啦！在剑南峰，父母就是肩扛背驮一辈子，磨到死，也赚不到这么多钱啊！温秋香暗地里就傻想，自己的贞操虽然失去了，可一下子竟换来了这么多的钱，也值呀！就庆幸当初幸亏没去报案。手头里攒着这么一笔重金，温秋香的胆气就壮了。她决定不再看小菊小梅的白眼，单独出去租房住。

温秋香很顺利就租到了一个一室一厅，月租金五百元。她给小菊小梅留了一张字条，悄悄地搬了过去。

温秋香给家里写了一封信，谎称她找到了一份高薪工作，又一次性给家里汇去了五千块钱。她想不能一下子汇得太多，否则会把老实巴交的父母吓出病来。

温秋香没有一下子急于去找事做了。她的住房旁边不远处是市里的一所电子科技大学，大学校门口贴着许多的培训海报，有一个月至一年不等的电脑培训班，有初、中、高级的英语培训班，五花八门，什么培训都有。温秋香想，不如先去参加培训，学一门技艺在身，日后也能端碗轻快饭吃。于是，她报了半年期的电脑培训班。

温秋香就是在电脑培训班上认识曾修东的。

曾修东是中途插班进来的，那时温秋香已学了三个月了。

曾修东长得一表人才，文质彬彬，他给温秋香的第一印象就是一个精明的生意人。

曾修东告诉温秋香他是陕西咸阳人，是国内某大型集团公司驻鹏城销售分公司的营销部经理，他利用晚上来参加电脑培训是给自己这方面的知识再充充电。反正晚上闲得也无聊。

曾修东的口若悬河、侃侃而谈把涉世不深的温秋香的目光深深地吸引过去。而温秋香认为曾修东知识渊博竟还这么好学，真是一个打着灯笼也难找到的好小伙子。

不出一个月，曾修东与温秋香谈起了恋爱。

温秋香是初恋，还不懂得爱情，很快就坠入了爱河。不久后的一天夜晚，天下起了瓢泼大雨，一直到下课了还哗哗哗地下个不停。曾修东住的地段离学习地较远，温秋香就把曾修东带去了她租住的房子里。那晚，两个人同居了。

曾修东与温秋香同居了一个多月。在培训班离结束还差十来天的一个下午，曾修东急急忙忙地赶到教室里叫出了温秋香，满头大汗的曾修东告诉温秋香说："秋香，不得了，我家里出大事了！"温秋香忙问："出了什么事？"曾修东说："我哥出车祸了，正在医院抢救，家里打来电话，要我赶快带六万块钱回去，否则，哥哥的命就难保了。"曾修东眼里噙着泪水，接着说，"我左凑又凑，才凑了一万块钱，秋香，我一下子去哪里拿得出这么多钱。怎么办啦？"曾修东的眼泪抑制不住地滚落下来。温秋香见状几乎是不假思索地说："修东，先到我这里拿五万块钱吧，救人要紧啦！"曾修东说："我又怎么好意思一下子借你这么多钱呢？要不……"温秋香说："别多说了，赶快与我一起去取钱吧，你搭飞机走。"曾修东说："秋香，我真不知道怎么感谢你才好。"说完如释重负般地松了一口气。

曾修东接过温秋香取出的钱就急匆匆地走了。

温秋香晚上打曾修东留给她的老家的电话，对方却是空号。发送信息给他的呼机，也一直没有回音。温秋香就有了一丝慌张。半个月过去了，曾修东杳无音讯，石沉大海。温秋香彻底绝望了，知道自己被曾修东骗了。

文质彬彬的曾修东竟会是一个骗情骗色骗钱的大骗子，这让涉世不深的温秋香实在难以理喻。回想所发生的一幕，温秋香感觉自己犹如一下子掉进了一个冰窟窿里，直觉丝丝寒气钻进骨头缝里。

经历过雷亚文的强奸与曾修东的骗情骗色骗钱，温秋香才真正开始体会到社会环境的复杂与人心的险恶。灯红酒绿的大都市委实不太平，四处飘逸着的诱人的香饵下面是密布着一丛丛刀锋竹尖的陷阱。

雷亚文赔偿温秋香的十万块钱，温秋香陆陆续续已寄了三万块钱回家。租房、购衣购物、培训、吃饭、水电等费用花去了一万多块。这一下子又被曾修东骗走五万。温秋香手头上的钱剩下的也就不多了。温秋香不由得一下子紧张起来。培训班一结业，温秋香就四处奔波着去找事做了。

五

温秋香连续几天地跑了很多家单位与劳务市场，都碰了一鼻

224

子灰回来。太苦的事她不想去做，想找一个轻快点的事做，人家不是嫌她没有文凭就是讲她没有技艺。打字员有几家单位要，吃自己的饭月薪不到一千块，温秋香感觉太亏也就没去。几天跑下来，温秋香有点心灰意懒了，就有点自暴自弃，真想与小菊小梅一样搭伙算了。但踌躇了半天还是下不了那样的决心。那做"鸡"的事哪是人干的，想想就令人作呕。每晚躺在床上，又理不出个头绪，翻来覆去睡不着。有一天半夜醒来，回想目前自己的处境，不禁恶狠狠地想，若能再碰上个有钱人让他再强奸一次多好啊，只要自己佯称去报警，哪个有钱人不会用钱消灾而愿去坐牢，那她不就又能捞到一大笔钱了吗！本来这个想法是生气时胡思乱想中闪过的一个念头，可后来的几天，出去找事还是处处碰壁，这个念头就又时不时地从脑海里蹦跳出来，压都压不下去，她就索性顺着这个念头琢磨了一番，这一琢磨她竟理出了一些道道，她想，凭着自己漂亮的容貌，只要能去有钱的老板或有权的领导家里做事，就不愁碰不到爱吃鱼儿的馋猫，只要馋猫一上钩，就咬定是强奸，佯装去报警，那些个老板或领导为了保护名声、地位，都会毫不吝惜地拿钱赔偿了事，谁愿去坐牢呢？越是层次高的人越愿破财消灾，这真不失为一条绝妙的生财之道啊！但去哪里能接近到那些有钱的老板与领导呢？温秋香又思索了一番，最后一拍脑门：对呀，去家政市场，去做那些有钱人家的保姆。想到这里，温秋香不禁为自己的这一发现兴奋不已，而且越想越觉得这主意妙不可言。第二天，她就去家政公司摸了一番底，又进行了一番周密的思考后，果断地决定就走这一条路。

偌大的鹏城，家政公司数不胜数。温秋香写好了一份个人简历，并带去了她的相片，从容不迫地走进了一家家政公司。温秋香提出的条件是：做固定保姆（吃住在主家），月薪不低于一千五百元。而且她内心已确定不是老板与领导家庭她就不去。

温秋香的漂亮迷人令家政公司的工作人员也委实吃惊。这么漂亮的小姐屈尊去人家家里做保姆，条件比一般人提得高一些也是令人理解的。

果然，不几天后，温秋香就接到了家政公司的电话，市里某局领导家要一个保姆，请她过去面谈。

漂亮本身就是女人的门面与资本。温秋香与主家一见面，一番言谈，主家就满意地点了头。

局领导姓王，家里条件果然不同凡响，走进他家就如同走进了宫殿。王局长爱人得了脑中风，要用轮椅推着走路，要一个保姆做家务兼服侍他夫人。温秋香是一个在乡下吃惯了苦的女孩子，人很勤快，又爱干净，很快就赢得了主人家的好感。

王局长约五十挨边，有一子一女，女儿已参加工作，并成了家，儿子在本市一所大学里读大二。

王局长的夫人那种样子，肯定不能过了性生活。身体强壮的王局长见了漂亮动人的温秋香心里就打起了小九九。

王局长家有四房两厅两卫，儿子过礼拜天才回家，平常在家住的就只有夫妇俩与保姆温秋香。

头个把月，儒雅斯文的王局长耐着性子熬过来了。随着与温秋香慢慢熟稔，王局长开始有点摸手捏脚，占点温秋香的小便宜。而温秋香只是脸红红的笑一笑，不躲避不抗拒。王局长就开始得寸进尺。温秋香思忖着猫儿想吃鱼了。果然不几天后的一个深夜，王局长就摸进了温秋香的卧室，温秋香佯装睡得迷迷糊糊，王局长的手摸着她的乳房她也不反抗，王局长的手就又顺着光滑的肌肤往下走，温秋香身子略微动了动，似乎不经意地竟叉开了双腿，王局长早已是欲火攻心，胆子贼大起来，他退下温秋香的裤衩，跃上床，一下就插进了温秋香的体内。

温秋香这时才醒了过来，假装一阵反抗，待王局长累趴了，她一翻身坐起来，嘤嘤地低泣，斥责王局长强奸了她，她要去报警。

王局长就吓醒了，就感觉了问题的严重，忙赔着小心要温秋香宽恕，求她千万别去报警，他愿出八万块钱，作为对温秋香的补偿。

第二天中午，王局长就乖乖地掏出一个八万元的存折悄悄塞到了温秋香的手里。温秋香就找了一个借口，辞了保姆的活。回到她的住处，温秋香仰面八叉地倒在床上，一边翻看着存折，一边享受着成功的快乐。

"这钱来得真是快呀，小菊小梅不知要做多少回'鸡'才能赚回八万块钱。这真是一条绝妙的生财之道啊！" 温秋香在心里反复不停地呢喃。

存折上一下子添进了八万块钱，温秋香的底气又壮了，常言道钱是人的胆，此话委实不假。温秋香休整了一段时间后，又如法炮制地走进了另一家家政公司。

这一次半个多月以后家政公司才来了电话，是一个企业老总要雇一个保姆，约温秋香去面谈。不消说，温秋香又很顺利地去了老总家。

老总姓顾，夫妻俩都三十多岁，有一个男孩上初中，顾总的母亲得了老年痴呆，要雇一个保姆做家务并照顾其老母。月薪给了一千六百块。并与温秋香签了合同。

温秋香来顾总家后第三天，顾总出国培训去了，时间要三个月。

顾总夫妻很恩爱，顾总三天两头就会打来越洋电话。一家人待温秋香也很不错，温秋香没有理由做几天就走，何况还签了合同。做满了三个月，顾总回来了，然而时令已是年关，这是走人的最好理由，温秋香借机辞了保姆活，回家过年去了。

六

父母对温秋香说，家里准备做几间新房。

温秋香说："房子就暂时不要做了，花点钱把屋上添点瓦，用石灰把内外墙粉刷一下，还可以住。两个弟弟只要会念书，中学、大学只管供他们上。"温秋香又说，"再过几年，等我赚多些钱，去县城买两套房，把家里搬过去。这大山里太不方便了。"

能去城里住，那当然好。只不过温秋香的父母做梦都不敢去想。女儿外出打工仅一年半时间，就赚回来了几万块钱，女儿有本事，父母当然听女儿的。

有了钱，这年就过得有滋有味。温秋香一家人都沉浸在喜庆的新年气氛里。

过完元宵节，温秋香又只身南下了。

温秋香又去了一家家政公司做了登记。十多天后，又很顺利地被一家房地产开发公司姓罗的老总相中去家里做保姆。

罗总的老婆在税务部门工作，还是一个什么部门的头头，女儿丽丽刚上小学一年级，温秋香负责接送丽丽上学和做家务活。

罗总风流倜傥，只要在家眼睛就总往温秋香的胸脯上瞅，温秋香的胸脯很丰满，十分诱人。温秋香见罗总的神态，就知罗总是只爱吃鱼的馋猫。但罗总很惧怕他的老婆，不敢过于放肆。温秋香不急，胸有成竹地等待罗总上钩。

不久罗总就逮住了一次机会，罗总的老婆出差去开会。夫人一走，罗总当晚就摸进了温秋香的房里。温秋香故伎重演，佯装迷迷糊糊，任其周身抚摸，也不抗拒，罗总以为温秋香默许，钻进被窝快乐地行起事来。不料温秋香一下子清醒过来，慌说使不得使不得，罗总正酣畅淋漓，哪里听得进话去，硬是行完了事才停下来。温秋香失声痛哭，满脸泪痕，斥责罗总强奸，要去报警。这时的罗总才清醒过来，知道犯了罪，于是又是安慰又是赔罪，其做派与雷亚文如出一辙。罗总先说补偿温秋香五万元，温秋香未应允，后又追加到八万元，温秋香还是泪水涟涟一副伤心欲绝的模样，罗总最后只好一咬牙，说只要温秋香不去报警，他愿多出点血，补偿温秋香十五万。并当即拿来公文包开出了一张十五万元的现金支票。

温秋香又一次获得了成功。

世上偏偏也有不爱吃鱼的猫。

温秋香在市工业大学林副校长家做保姆，林副校长夫人左腿有残疾，做了半年多，林副校长对温秋香未起半丝邪念。似乎他有性冷淡。

大千世界，芸芸众生。真是什么样的人都遇得到。但毕竟爱吃鱼的馋猫还是多。

几年下来，温秋香就这样碰碰撞撞地让人"强奸"得到的补偿竟过了七位数。神不知鬼不觉地成了一位百万富豪。

温秋香在二十五岁那年收了手。温秋香不贪婪，她想姑娘的青春期毕竟有个度。

几年里，温秋香在家乡的县城里买了两套房，一套给了父母，一套给了自己。温秋香回来后不久，经人撮合与初中的同学许继海结了婚。

温秋香的两个弟弟都上了大学。温秋香把老公许继海、父母都拢在一起，在县城的宁红大市场花了几十万买了两间大店面，又租了一层办公楼，招聘了一班人马，注册成立了一家贸易公司，做起了干货批发生意。

……

后来，脑瓜活络的温秋香又参股了一家钨业公司，参股的那年钨价行情正处低谷，随后几年钨价逐底反弹，一个劲地猛涨，温秋香参股的钨业公司赚得盆满钵溢，几年的分红数额十分可观。

……

据传，如今的温秋香身家已达数千万元，成了当地商界的一位巾帼女杰。

小城有故事

一

古老的青瑞县城在民国时期最繁华的时候有三十多家祠堂，那时的祠堂都是宗祠，以姓氏命名，譬如刘家祠堂、周家祠堂、余家祠堂、叶家祠堂、戴家祠堂……等等，宗族里出了有名望的大户，一般都会牵头做祠堂，那祠堂做得一户比一户大，一幢比一幢堂皇气派。然县城中名气最大的当数肖家祠堂，肖家在民国初期出过一位名人，叫肖震鹏，是一位将军，在那时青瑞县地盘上肖震鹏是最大的一个官，所以肖家祠堂占的地盘最大，光天井就有十八眼，祠堂也盖得最恢宏。时至一九四九年初秋，青瑞县城迎来了解放，饱经战火沧桑的青瑞县城，那些祠堂已是败的败、残的残，犹如凋谢的花朵，都失却了往日的辉煌。新生的人民政府成立后，所有的祠堂都收归了国有。至二十世纪九十年代中期，青瑞县城也已变成了一座美丽的小城，昔日的三十多家祠堂，除了肖家祠堂里还住着七十多户县航运公司的居民外，其他的祠堂早已销声匿迹，被一座座现代化的高楼大厦所取代。

肖家祠堂地处县城的南端,靠近汶水河,县城的环城公路建起以后,肖家祠堂的地盘一下子成了一块黄金宝地,成了不少房地产开发商眼中垂涎的一块肥肉。肖家祠堂的产权解放初期就已划归县房产公司,七十多年的风吹雨蚀,鼠咬虫蛀,肖家祠堂早已破败不堪。肖家祠堂的建筑是砖木结构,屋面高度只有两层,屋顶盖的是瓦片,瓦片上青苔斑斑,还长出了杂草。如果把美丽的青瑞县城比作一头美女的秀发,那肖家祠堂就好比是生长在这秀发头上的一块疤痢,大煞了小城的风景。县里几次都欲把它拆除,规划在那里建一个花园住宅小区。无奈那里的住户,大多都是航运公司下岗多年的职工,肚子里都憋着一股子怨气,个个脾气火爆。那些下岗职工振振有词地说,祠堂的房子产权是公家的不错,但他们即使没有饭吃,也从未拖欠过一分钱房租。政府要拆迁可以,换同样面积的廉租房给他们租住。若要强行拆迁,他们就搬到县政府的办公大楼里去。政府也曾考虑过给他们做经济适用房,但大多数人家还是掏不出钱,毕竟租房每个月只要十几块钱,租房与购房,经济承受能力不一样。有一次听说县政府准备采取强制拆迁措施,一得到这个消息,肖家祠堂里住着的男男女女老老少少二百多号人一齐聚到了县政府大门口,把个大门堵得水泄不通,车子都没法进出。有一个瘸腿的汉子做得更绝,他捡来几块烂砖头,架起一口铁锅,锅内倒满大半锅清水,锅底下拼命烧火,过往的路人不解,问那汉子这水烧开了又不见舀着喝是啥意思?那烧火的瘸腿汉子翻着眼皮说:"啥意思?你还看不懂?他们当官的有吃有喝,而我们呢,在等米下锅呀!"

众人便"轰"的一声大笑。如此阵势，政府官员也不敢惹火上身，识时务者为俊杰，就都绕着道走。肖家祠堂拆迁的事政府班子换了几茬，迟迟也没有一个领导敢出头拍板。直到一九九九年的暮春，觊觎了肖家祠堂这块地盘多年的天成房地产开发公司总经理毕福荣，有一天从省城返回青瑞的路上，意外地碰见了一件事，这才令他茅塞顿开，经过毕福荣半年多的精心谋划，肖家祠堂这块地盘才得以拆迁下来。

二

肖家祠堂内有一位住户叫马草明，马草明的父亲马正昌是原航运公司的退休职工，马正昌生了三个女儿一个儿子，虽然家贫，对儿子马草明从小就十分溺爱，马草明读书一塌糊涂，五年的小学他读了七年，小学二年级与四年级各留了一次级。上了初中，马草明更成了混世虫，三天打鱼两天晒网，最后勉勉强强找关系才拿了一张初中毕业证。马草明虽然不会读书，大脑却蛮发达。一九八七年青瑞县西部的土龙山发现了金矿，几万人疯狂地涌上山去淘金，马草明也带上伙伴黑皮上了山，马草明手上没有资本，包不了淘金的笼子，去山上游荡了十多天，就让他发现了商机，马草明花了三百多块钱，从一农户家里买了一把旧铜水壶，用钢锉将铜水壶锉成粉末，竟跟金粉一模一样，那时有不少广东佬来收黑金，马草明与黑皮就去杀这些来收黑金的广东佬的"猪"，广东佬初期不识货，不少人就上了马草明与黑皮玩的这种鱼目混珠的账，一把两公斤重的铜水壶，硬是让马草明与黑皮卖成了金子价，两个人腰眼里硬实实地各揣上了十几万。不久县里整顿非法淘金，从严打击黑金交易，马草明与黑皮赚钱赚红了眼，一时收不住手，被人举报给公安局，结果被公安干警在一天深夜里逮了个正着，两个人落了个鸡飞蛋打，连老本也吐了个一干二净，并被双双送进了号子里。马草明吃不了牢房里的那种苦，有一次外出劳动趁机逃跑，被追逃的武警开枪将右腿股骨钻了两个窟窿，治了半年多，枪伤是治好了，一条腿却瘸了，监狱里只好把他放了出来。马草明腿残了，一贯又好吃懒做，父母拿他没办法，只好勒紧裤带养着他。挨到二十五岁，三个姐姐从牙缝里挤出点钱，给马草明娶了一个农村姑娘，第二年马草明添了一个儿子。肖家祠堂里的厨房是公共的，一个天井住四户，每家住户在公共厨房里搭一个灶台。祠堂里没有厕所，家家户户都用的是便桶，早上都提到公共厕所里去倒屎倒尿。马草明家里共三间房，父母只好挤一间，给马草明三口两间。马草明两口子摆了一个小烟摊，一天赚个八块十块，吃饭与父母在一起，家里日子一直过得紧巴巴的。

那个在县政府门口架口铁锅烧水的瘸腿汉子就是马草明。马草明腿虽瘸，但在肖家祠堂的七十多户住户里是最敢与政府唱对头戏的一个。谁要敢拆肖家祠堂，有一个马草明就要闹得你沸反盈天。

一九九九年仲秋的一天，有一个外地来的年轻小伙子在马草明的小烟摊上买了一条"极品金圣"的烟，一条烟零售价二百三十多块钱，进价是二百零二，马草明一下子赚了三十多块钱，马草明十分高兴，就与那小伙子攀谈起来，那小伙子说他是做木材生意的，刚来县城，想租间房落脚，价钱好讲，并问马草明附近有没有房租，马草明对这小伙子有好感，就问他要租一间多大的房？小伙子说有十来个平方米就够。马草明就说他可以腾出一间房，要不要去看看。小伙子说可以可以，就跟着马草明去看了房间。看过房间小伙子说完全可以，就租马草明这一间，并问马草明月租金要多少？马草明对小伙子说，你在外闯荡多，你说个价吧？小伙子说，我给你一百八，并先支付一个月的房租，行不行？马草明原以为至多能租一百块，小伙子却报出了租价一百八，大大出乎了马草明的意料，马草明忙说行行行，我明天就可以腾房给你。就这样，第二天那小伙子就住进了马草明的房子里。

马草明知道了那小伙子姓毕，叫毕怀林。毕怀林早出晚归，晚饭一般就在房间里架个小电炉烧点饭菜吃。

毕怀林在租房里住了约二十来天，有一天晚上毕怀林用小电炉在房间里炖猪脚，突然停了电，毕怀林就锁上门出去了，碰见马草明从外头回来，毕怀林说，有一车木材被林业公安的逮住了，他要赶过去处理，晚上可能回不来。马草明说没事没事，你只管去。毕怀林就匆匆走了。半夜里，电又来了，接近凌晨三点时，毕怀林的房里突然着起火来，浓烟滚滚，马草明最先被烟呛醒，发觉是毕怀林房里着火，不禁大惊失色，忙叫醒老婆，抱起儿子，大呼小叫出了房门，周围的邻居都惊醒起来，救火声哭喊声喧嚷成了一片，有人打了火警119，十多分钟后，两辆救火车风驰电掣拉着刺耳的响笛呼啸而来，消防队员迅速投入了战斗。肖家祠堂是砖木结构的老屋，秋天又是天旱地枯的季节，那火很快就着了起来。好在当初修建环城公路时，消防部门就考虑了肖家祠堂是一个火灾隐患区，在人行道边布了两个消防栓，加之报警及时，经消防官兵一个多小时的扑救，火就熄灭了，遭灾最严重的是马草明家这一个天井的四户，全部烧光了，紧邻的两个天井的住户也受了部分影响。清点人员时，却发现了问题，与马草明住一个天井的肖大爷不见人影，肖大爷老伴已去世多年，只有一个女儿住在县城的西头，肖大爷平时在女儿家吃饭，因女儿家房子也窄，老人一个人还住在肖家祠堂。天微微亮时，果然在瓦砾堆里就挖出了肖大爷已烧焦的尸体，他的女儿、女婿也赶过来了，哭哭啼啼，遭了灾的人家脸上都是一脸愁容，女人哭泣，男人哀叹，一片凄凄惨惨戚戚。县政府已组成临时的班子安置受灾的民众，消防、公安部门已着手调查火灾原因。至中午，火灾原因已查明，系马草明出租房里的毕怀林用电炉炖猪脚，因停电，忘记拔下电源插头，后来电了，电炉将炖猪脚的铁锅烤红，引燃了旁边的一个装旧棉絮的蛇皮袋，从而引发了火灾。公安部门迅速部署捉拿毕怀林，下午毕怀林却主动去投了案。供述的情况与公安、消防判断的情况一样。火灾虽属失火案，但毕竟烧死了人，又酿成了损失，毕怀林最终被追究刑事责任，判了一年刑。

三

肖家祠堂火灾发生后，天成房地产开发公司总经理毕福荣成了一个最活跃的人物，毕福荣最先慷慨解囊，四户受灾最重的住户他每人捐赠了三万元，其余几户受灾轻一些的各捐赠了一万元。毕福荣这种慈善家的义举迅速得到了政府的肯定与表扬，媒体也对毕福荣进行了采访，并配发了以"大火无情人有情，人间真情暖人心"为标题的通讯给予了专题报道，毕福荣一下子成了青瑞县小城里家喻户晓的人物。每每看到那些颂扬毕福荣的报道，毕福荣的内心里总是情不自禁地涌上一阵狂喜，走到无人处，毕福荣的脸上就浮现出一丝得意的狞笑。

半年前那次毕福荣从省城返回青瑞，毕福荣的车子途经丰宁县的吴昌镇，车子还未进镇里，就被堵了车，一问原因，前面传过话来，说是吴昌镇的一家百货商店不知啥原因着了火，正在扑救，那时已是薄暮时分，毕福荣走下车，果见吴昌镇上浓烟滚滚，火光冲天，车子堵了一个多小时才通，路过那家百货商店门口时，商店已变成了断垣残壁，余烟还在袅袅上升，消防队员与商店里的人还在忙忙碌碌。车过了吴昌镇，毕福荣的脑海里一下子就浮起了一个恶毒的念头，如果让肖家祠堂来一场火灾，政府就有了话说，那你住在肖家祠堂内的住户不走也得走，这是一招唯一能平和又体面地得到肖家祠堂那块地皮的妙招。但究竟怎么样去操作，既要让计划得逞又不露蛛丝马迹，毕福荣那时还没想妥当。但这一念头的可行性毕福荣深信不疑。

接下来毕福荣一直都在思量着如何巧妙地实施这一计划，这一计划必须做得天衣无缝，否则一旦暴露，那他毕福荣将身败名裂，还要追究刑事责任。后来有一天他老家明江县多年未曾来往的远房侄子毕怀林有一天找来青瑞向他借钱，他才灵光一闪，想出了让毕怀林去马草明处租房并制造失手酿成火灾的主意，让毕怀林主动投案，并一次性给了毕怀林十万元作为报酬。毕怀林原来因盗窃坐过三年劳教，心想这一次坐年把牢能换来十万元，再划算不过，就满口应承下来。并赌咒发誓会对此事守口如瓶。毕福荣就放了心。县政府分管城建的副县长宋朋军与毕福荣是铁哥们，早就有意让毕福荣开发肖家祠堂，只因马草明那班人太牛筋，政府拿他们没办法，只好作罢。毕福荣的慈善之举更是为配合他的计划实施而精心编排的内容。一切思考妥当，毕福荣才开始让毕怀林行动。

肖家祠堂的火灾案，让政府抓住了改造这块地盘的契机，县里趁机开了会，决定拆除肖家祠堂。这场火灾本身就是因马草明租房而惹出的祸，为此马草明招来了肖家祠堂住户的一遍责骂，马草明心知理亏，彻底蔫了下来。加之马草明一家因祸得福，连他父母在一起的全部家当不足一万块，而灾后得到的社会各界的资助却进了四万多，马草明一家已是感激涕零无话可说了。没有了出头鸟，肖家祠堂内的其他住户也不敢与政府对垒了，再不拆迁，一旦哪天再来一场火灾，保不准连命都要赔上。县政府勒令县房产公司对未受灾的住户按住房的面积大小，平均给予了户均一万元左右的补助，就把肖家祠堂内的所有住户全部打发了。县房产公司全部收回了产权。不久，肖家祠堂招标开发，企业家兼慈善家的毕福荣所属的天成房地产开发公司自然而然地顺利中标。

四

毕福荣只花了不到一年的时间就将肖家祠堂那片破败不堪的地盘建成了漂亮迷人的"凤凰花园"住宅小区。"凤凰花园"住宅小区开盘不到两个月，两百多套住房就全部售罄，竣工后，毕福荣除去各项成本开销，账户上净添进纯利几百万元。毕福荣喜得连嘴都合不拢了。

可不久，毕福荣却遇上了一个意想不到的麻烦。并因一时之气铸成了他人生的大错。

毕怀林坐满了一年牢放出来了。那天毕怀林来到毕福荣的办公室，满面红光的毕福荣对毕怀林说，"怀林，你辛苦了，出来了就好。虽说当初咱叔侄俩的事两清了，但我发了财我还是忘不了你的。这样，我这做叔的再表示一点我的心意。"说完，毕福荣打开办公室的保险柜，拿出了一扎一百元面额的人民币，对毕怀林说，"这是一万块钱，拿给你做旅费，你去南方找个城市打份工，今后不能再到我办公室来了。否则会引起别人生疑。"毕福荣以为毕怀林会接过钱千恩万谢，不料毕怀林不但不接钱，还鼻孔里哼了一声，说，"叔哇，虽说我俩的事过去是两清了,但你可知道吗,我如今成了一个废人！"说完，毕怀林泪流满面。毕福荣一惊，说，"你这不好好的吗？怎么说成了一个废人呢？"毕怀林一边啜泣一边说，"我关进看守所后，因不服牢霸杜胖子的欺负，就同杜胖子干了一仗，不料杜胖子心狠手辣，竟将我卵子里的两个睾丸捏碎了，我当时就痛死了过去。虽然杜胖子因此加了刑，可我胯下的东西废了啊！"毕怀林呜呜地哭了起来。毕福荣说，"怀林啦，我真不知道这事，这该死的杜胖子，怎么这么残忍呢！"当初毕福荣与毕怀林是有约定的，为了不暴露两个人的远房叔侄关系，两个人装着互不相识，毕怀林进了班房以后，毕福荣也未去探监，毕怀林出了这事，毕福荣确实不清楚。看着伤心的毕怀林，毕福荣说，"怀林啦，莫哭了，哭也不顶用了。这样吧，叔给你五万块钱，算是对你的补偿，好不好？"毕怀林停止了哭泣，盯着毕福荣说，"就给五万？亏你说得出口。我连女人的滋味还没尝过，人就废了，后代也没有了。你开发肖家祠堂少说也赚了几百万吧，不因你这兜草，也不会摔坏我这头牛，我不说多，至少你要给我三十万！"毕福荣说，"什么？你要我给你三十万？你以为我的钱是拉屎捡来的？又不是我捏碎了你的卵子。我是可怜你，才答应给你五万，你得寸进尺，太不像话了！"毕福荣愤怒起来。不料毕怀林却不示弱，梗着脖子说，"三十万一分不能少，否则你后果自负。"毕福荣气得红面胀颈，指着毕怀林说，"你敢威胁你叔，你给我滚，滚出门去。"毕怀林哼了一声，悻悻地出了门。

此后十多天，不见毕怀林再来找毕福荣。毕福荣不知道毕怀林回了一趟老家。毕福荣后来也想过，如果毕怀林再来找他，就再多给三万，给他八万算了，花钱买个平安。

不久毕怀林又回到了青瑞县找来了毕福荣的办公室。毕福荣说给他八万，毕怀林根本不买账，咬着牙肌肉对毕福荣说，"三天之内，三十万少一个子，我就要把火灾案真相报告公安局。"毕福荣气得一屁股跌坐在椅子上，说不出话来，当时就恨不得一刀捅了那畜生。而毕怀林掏出一张写了他电话号码的纸条扔在毕福荣的桌子上，竟扬长而去。

伤心至极的毕福荣叫来了他的四弟——天成房地产开发公司的保安部经理毕福贵，把毕怀林来勒索他的前后过程告诉了毕福贵，毕福贵一听，暴跳如雷，当下就要去做了毕怀林。毕福荣说，"你一个人亲自操办，一定要周密细致，不能出纰漏。"毕福贵说，"大哥，你放心，四弟办事啥时让你操过心，你只管去睡你的安稳觉。"毕福贵说完，拿起桌上毕怀林留下的电话条走了。

果然，此后再也不见毕怀林来找毕福荣了。

毕福贵是第二天晚上动的手，他找到住在旅馆里的毕怀林，说约他去城郊的一家野味店吃顿饭，说他哥毕福荣态度不对，叔侄之间有啥事化解不了，露出一副诚恳的赔礼道歉的相。毕怀林心里听着很受用，还暗想他心一狠毕福荣不也乖乖地打发弟弟来道歉了。就跟着毕福贵上了面包车，到得一个僻静处，毕福贵说停车拉泡尿，趁毕怀林不注意，摸出一把包了一层黑布的铁锤，狠狠地敲在了毕怀林的后脑壳上，毕怀林只吭了一声就没有了气。毕福贵把车开去了汶水河一个叫谷皮洲的地方，用麻袋把毕怀林装好，用绳子扎紧口子，并系上一块石头，将毕怀林的尸体沉进了汶水河的一个深水潭里……

五

也当该毕福荣两兄弟出事。毕怀林被毕福贵沉尸谷皮洲深水潭约两个月后，有两个谷皮洲的后生一天去炸鱼，那鱼特别多，两个后生就不顾了初冬的寒冷，脱光衣服跃入潭中，扎了两个猛子下去，就有一个后生发现了深潭中有一个麻袋，两个后生奋力把那麻袋拖上岸，拆开袋子一看，毕怀林的尸体就暴露了出来，两个后生吓得魂飞魄散，打飞跑回到家中，把在谷皮洲发现尸体的事说了，村里人就涌到水潭边来，果然是一个人的尸体，村治保主任迅速报了警。警方赶来后一搜身，就搜出了毕怀林的身份证，有一个警察认出了身份证上的毕怀林就是一年多前那个肖家祠堂失火判刑的人，通过 DNA 的比对，死者为毕怀林得到确证，警方对这起杀人案迅速展开了侦破。

几天后，接到警方消息的毕怀林的亲属从明江县赶了过来，毕怀林的妹妹抱着哥哥的尸体失声痛哭，一番悲恸过后，毕怀林的妹妹从身上掏出了一封毕怀林留下的信，对警方说：这信是她哥哥留下的，她哥哥曾对她说，如果有一天他遭遇不测，就叫她把这封信交给警方。

侦查人员把那封信撕开一看，内容写的是毕福荣为了谋得肖家祠堂那块地，如何指使毕怀林租用马草明的住房并设计制造肖家祠堂的失火案，毕怀林从停电通告上知道了那晚电力公司将停电几小时检修变压器，就故意用电炉炖猪脚，假装忘了拔电源而酿成火灾。肖大爷也是毕怀林给他喝了一罐装有安眠药的饮料才被烧死的。并写了毕怀林自己如何成为废人，要毕福荣赔偿三十万的经过。信中最后说，如果他一旦遭遇不测，就是毕福荣杀人灭口。警方迅速拘留了毕福荣，毕福荣起初还想抵赖，最后在警方列举的一桩桩铁的事实面前，毕福荣只好低下了犯罪的头颅。供出了他如何利用毕怀林精心编导肖家祠堂失火案，毕怀林如何勒索他，使他一气之下指使四弟杀了毕怀林的全部经过。

……

至今一谈起毕福荣，过去居住在肖家祠堂里的人就像是在讲述一个天方夜谭的故事。

图书在版编目（CIP）数据

分行行长/胡金华著. -- 北京:中国文史出版社,
2019.10
　ISBN　978-7-5205-1464-4

　Ⅰ.　①分…　Ⅱ.　①胡…　Ⅲ.　①中篇小说－小说集－中
国－当代②短篇小说－小说集－中国－当代　Ⅳ.
①I247.7

　中国版本图书馆CIP数据核字(2019)第242815号

责任编辑：全秋生

出版发行：中国文史出版社
地　　址：北京市海淀区西八里庄路69号　　邮编：100142
电　　话：010－81136602　　81136603　　81136606（发行部）
传　　真：010－81136655
印　　装：北京温林源印刷有限公司
经　　销：全国新华书店
开　　本：787×1092　　1/16
印　　张：15.5　　字数：240千字
版　　次：2020年1月北京第1版
印　　次：2020年1月第1次印刷
定　　价：48.00元